プラクティス メイクス パーフェクト

(P.M.P.)

奈々志野 幻語

NANASHINO Gengo

文芸社

目次

プラクティス　メイクス　パーフェクト（P・M・P・）

1　何気ない日常

「ついにあいつもおしまいね。これがあれば心おきなくあの世に送れるわ」

純麗は、嬉しそうに許可証を目の前の若者に渡した。

「有害鳥獣駆除許可証」が美郷村役場から美郷村駐在所の成神義貴《なるがみよしたか》巡査の元へ届けられたのは、西暦二〇七〇年十一月、小春日和の午前十時三十五分頃であった。村役場に勤めている川村純麗《かわむらすみれ》という成神の小、中学校の同級生が持ってきた。

「簡単げに言うけど、実際にあの世に送るのは、俺なんだぞ。それにいざとなると可哀想な気もしてきたし……」

「何、言ってんのよ！　私のおじいちゃんの畑のスイカ全滅したんだからね。村の被害額は、莫大なんだよ。あんたは、我が村の期待の星なんだからがんばってよねー」

「確かに人が襲われてからじゃ遅いからな」

交番の机の椅子に腰掛けている成神に急に顔をヌッと近づけた純麗は、

「あの大地主の閻魔大王のカボチャに手を出したのが運の尽きだったわね」

と言って、またまっすぐな姿勢に戻って続けた。

「閻魔様の苦情の電話一本で、殺しのライセンスが美郷村史上最速で出たからね」

純麗は、右手でピストルの形を作ると交番の出入り口に右手を向けて、

「バーン」

そのままの形で右手の人差し指を口元に持ってきてフゥーと銃口から出る煙を吹くポーズを決めて悦に入っているようだ。

「あの地主の山口さんは、美郷署の元副署長だからな。そりゃ役場の対応も早くなるさぁね」

成神がそう言うと、純麗は、勢いよく振り返り、意味有りげに微笑んで言った。

「警察署長さんも村長さんもみんな期待しているからね。失敗は許されないわよ」

「普通は、猟友会の仕事なんだけど、メンバーが総勢三名で平均年齢が八十五歳じゃ、ミイラ取りがミイラになる恐れがあるし、署長から頼まれたからやるしかないよな」

当然、成神は乗り気ではない。殺生は嫌いだし、第一、イノシシ駆除の経験など一度も無く、全く自信が持てなかった。正直、〝みんなの期待〟つまりミッション絶対成功というプレッシャーに押しつぶされそうだったのだ。成神にとって「有害鳥獣駆除許可証」は百二十年以上昔の兵役の召集令状、通称〝赤紙〟に等しかった。成神は、深いため息をついた。

「村長が、牡丹鍋の準備しとくってよ。ガンバレ！　村一番の若手！」

純麗はいつでも明るくてお気楽だ。いつもは心が安らぐのだが、今の純麗は、閻魔大王の意地悪な使者の赤鬼に見えてしまう成神なのだった。

「おまえもだろう。そろそろ仕事に戻らないと青びょうたんに叱られるぞ」

「あ、いっけなーい！　すぐ、戻って来いって言われてたんだった。じゃね。がんばってね」

無邪気な純麗は、ポニーテールを揺らしてかけて行ってしまった。

「お前のためにがんばるよ。……なんて言えないよな」

成神は、恨めしそうに「有害鳥獣駆除許可証」をみつめた。木枯らしがやけに身に沁みる成神であった。

2　因果応報

成神は、「有害鳥獣駆除許可証」を受け取った三日後、イノシシの目撃情報が特に多い鳴沢淵に向かって車を走らせていた。車といっても村役場で借りた軽トラックだが、荷台に積んである装備は、オンボロ公用車には不釣り合いなというかこのど田舎には不釣り合いな超近代的なものであった。それは、遠隔操作式ライフルで、装備されたカメラでとらえた画像をスマホに転送して標準を操作して発射もできる優れ物だ。鳥獣駆除のため猟友会と村役場と美郷署が一年前に共同購入した物だが、操作の方法が誰も判らず、一度も使用されたことが無かった。なぜこんな暗殺兵器にもなるようなものがこのど田舎にもたらされたのか全くの謎である。あの大地主の閻魔大王がすごいのか？　村役場の青びょうたんがすごいのか？　普段は、美郷署の武器保管庫に保管されているらしい。他にどんな武器が保管されているのやら。

　成神がそんなことを考えていると、成神の軽トラックを猛スピードで追い越して軽トラックの前に一台のセダンが割り込んできた。その直後、そのセダンの右前輪のタイヤがパンクして制御不能になり、右に曲がって路肩の樹木に追突して停止した。幸い炎上は免れた。

　突然、目の前で起こったことに一瞬、唖然とした成神だったが、すぐに軽トラックを路肩に止めると車を降りて事故現場に向かった。その現場には、樹齢百年余りのブナの大木に激突してフロント部分が木にめり込んだ高級セダンが止まっていた。その車は、白い高級車ではあったが、今ではたぶん日本に数台しかない八十年ほど前のガソリン車で丁寧にカスタマイズされたプレミアムカーであった。車内には、五十歳くらいのスーツ姿の男性が運転席で気を失っていた。エアバッグのおかげで上半身にケガは無いように見えたが、両足はエンジンと座席に挟まれて骨折しているように見えた。成神は、男性の首筋で脈を確認した後、軽トラックの警察無線で美郷署に連絡し、レスキュー隊と救急車を要請した。成神は、車に戻ると身元を確認できる物が無いか、男性のジャケットの内ポケットを探ろうとガラスが割れた運転席側のドアを開けた。そして男性のジャケットに手を掛けた瞬間、男性の意識が戻った。そして次の瞬間、うめき声を上げて、苦悶の表情を浮かべ、座席から身を起こした。成神は、とっさに男性の肩を押さえて男性を座席に押しつけた。

「動かないでください。特に両足を動かさないでください。あなたは、交通事故に遭われたのです。私は、美郷署美郷村駐在所の成神と言います。わかりますか」

男性は、眼を見開いて数秒間じっと前を見ていたが、横を向いて成神を凝視した。その表情は、絶望的な悲壮感が支配している表情であった。

「私が行かないと、娘が、娘が、殺されるんです。もう、時間がないんです！」

成神は、〝コロサレル〟という言葉に驚き、緊張して思わず、間髪入れず聞き返した。

「殺されるとは、どういうことですか？」

「娘は、誘拐されたんです」

男性は、首に掛けたストラップを取り外した。それにはＵＳＢメモリーが一つぶら下がっていた。

「これを三時までにこの先の廃墟に持っていかないと娘が殺されるんです」

成神は、自分の腕時計を見た。三時まであと三十分しかなかった。指定場所の廃墟までは、十分もあれば着くが、高崎市の消防署からレスキュー隊を呼んだとしても少なくともあと四十分はかかる。けが人を一人残して行くわけにもいかないし、どうすべきか。そんな成神の苦悩を見透かしたように運転席の男性は、懇願した。

「私は、大丈夫です。娘を助けてください。救急車が来るまであなたがここでボケッと何もしないで時間を浪費して万々一、娘が殺されるようなことになったらあなたは責任負えますか？きっと私は、あなたを許す事はできないでしょう。お願いです。これを持って行って娘を救ってください。今、娘を救えるのは、あなたしかいないんです」

成神の眼を食い入るように見つめ、成神の肩をちぎれるほど強く握り、絞り出すようにそれだけ言って男性は、再度、気を失った。成神に考えている余裕は無かった。

（ここに居ても父親には何もできないが、娘はこの手で救えるかもしれない）

そう考えて成神は男性の手からＵＳＢメモリーを取り、成神の通報を受けて先着した医療ドローンに男性の看護を依頼し、軽トラックに飛び乗ると山頂の廃墟に向かった。

その廃墟は八十年以上前のバブル時代に証券会社の保養施設として美郷村の里山に建てられた物でバブル崩壊と共に経営放棄されてから散々転売されたあげく、取り壊されもせず、廃墟と化していたのだが、更に十年ほど前に百年に一度というスーパー台風が本州を横断した際、そのビルの裏山が土砂崩れを起こしてビルの三分の二が土砂で埋められてしまった。そして時代に忘れ去られ、時というアーティストによってオブジェのような風合いになり、元々五階建ての豪勢な建物が今では、五階建てに見えるのは、正面からだけで、その他の方向からは、小高い丘の上の三階建ての廃墟に見える。そして時折、夏場に若者が肝試しに訪れるだけの心霊スポットと化していたため、防犯上の理由から成神も夏場の夜中には、何回かパトロールしたことがあった。

成神は、軽トラックを廃墟からは見えない位置に駐車し、ライフルを背負って、椎の巨木に登り、廃墟の中が見渡せる位置にライフルをセットして木を降りた。そして自分のスマホでライフルに内蔵されているカメラの映像を確認し、スマホからの遠隔操作でライフルの載った簡易架台を大広間が見渡せる最適の角度と方向に調整した。廃墟から百mほど離れているが、64K画質は、ズームにしても五階のガラスが無くなった窓から中に誰か居るのが鮮明に確認できた。犯人らしき男が三人横一列に並んでいてその真ん中に立っている男の前に制服姿の女性が椅子に座っている。恐らくこの女性が例の交通事故の男性の娘だろう。男たちは、全員拳銃のような物を手に持っていた。成神は、スマホのライフル操作アプリのデータ情報に書き込みをした。もちろん録画機能はONだが、送りやすいようにテキストに書き込んだ。

〝犯人男性三名、銃器所持、人質　女子学生一人、椅子に座っている。危険ランク4〟

成神は、決定ボタンを押してスマホをポケットにしまい、犯人たちに気づかれないように注意しながらボロボロで瓦礫だらけの非常階段を昇り、朽ち果てて半開きになった非常口から館内に入ると五階の部屋の出入り口の前に到着した。この階は、最上階で、大きなスイートルーム一部屋だけで構成されており、犯人たちは、南側にある湖に面した大広間だった場所に居る。その部屋の前で成神は、出入り口のドアノブにそっと手を掛けて慎重に扉を開けて部屋の中に入った。鍵はかかっていなかったというか疾うの昔に壊されていた。そこは、部屋の隅で犯人たちから百五十mほど離れた背後に位置しており、進入を気づかれることはなかった。成神は、すぐ前の長テーブルの陰から犯人たちの様子をうかがった。すると成神の耳に犯人たちの会話が聞こえてきた。

「時間切れだ。娘を始末しましょう」

「いや、設計図は絶対に必要だ。失敗しました。はい、そうですかってわけにはいかない相手だ。失敗したらこっちの命が危ない」

「しかし、あっちがここに物を持って来なけりゃぁ始まらないですぜ」

リーダーらしき男は、自分の腕時計で時刻を確認した。そして誘拐した娘のスマホを取り出してどこかに電話した。成神は、大広間の様子を目視で確認し、スマホで受信したライフルカメラの映像でも確認した。音声録音も開始した。スマホの画面で犯人たちの顔認証が行われているのが確認できた。成神のスマホの回線を介してライフルのＡＩが実行しているのだ。

すると突然、娘のスマホの着信音が鳴った。リーダーの男は、自分の上着の胸ポケットからスマホをとり出すと、通話をＯＮにして耳元に持っていった。

「もしもし清宮さんの娘さんですか？　私は、広域消防隊の今村といいます。もしもし、聞こえますか。実は、お父さんが交通事故に遭われまして、今病院に搬送中です。もしもし、聞こえていますか」

リーダーの男は、突然、電話を切り、十秒ほどしてリダイヤルした。

「もしもし、今村です。娘さんですか？」

「いえ、清宮政彦《きよみやまさひこ》の兄です。姪の明日香《あすか》から話を聞きまして折り返し電話しました。弟は、どこの病院に運ばれるのでしょうか？」

「そうですか。弟さんは、高崎南病院です。弟さんの血液型をご存じですか」

「判りませんが、これからすぐに病院に向かいます」

「そうですか。わかりました」

リーダーは、電話を切るとスマホを上着のポケットにしまった。

「清宮は、ここへ来る途中で交通事故に遭ったらしい。高崎南病院に搬送中だ。これからブツをもらいに行くぞ」

「娘は、どうするんです。やっちまいますか?」

犯人の一人が娘に拳銃の銃口を向けたまま尋ねた。

「殺すのは、ブツを手にしてからだ。俺に考えがある。さあ、父親の見舞いに行くぞ」

そう言うと、ポケットからアーミーナイフを取り出し、明日香の手と椅子の背もたれを連結していたタイラップを切り、明日香の腕をつかんで無理矢理立たせた。

「キャー」

明日香が悲鳴をあげた次の瞬間、隠れていた成神から見て左側の犯人の右肩を斜め上方からの銃弾が貫通し、一秒後、その犯人の左腿に銃弾がめり込んだ。撃たれた犯人は、その場に倒れ込んだ。その二秒後には、右側に立っていた犯人にも全く同じ事が起きて床でうめいていた。リーダーは、明日香を窓側に来させて弾よけにしながら部屋の隅に走りだし、自分を狙った弾丸が飛び交う中、かまわず娘を半ば引きずりながら屋上へ出る隠し階段まで走った。そこは、ライフルの狙撃可能範囲外であった。リーダーは、隠し階段を引き出し、明日香を先に上らせるとその後、屋上に出た。明日香はあまりの恐怖に声を出すことも逃げることも忘れて屋上に立っていた。リーダーはそんな明日香の手をつかんでもう片方の手でズボンのポケットから今度は自分のスマホを取りだし、何回か画面をタッチするとスマホをポケットにしまった。

最初に犯人が被弾した時、犯人と同じくらい成神は驚いた。

（なぜ、あのライフルは自分が発射スイッチを押しもしないのに勝手に発砲したのか）

あのライフルにそんな機能があるとは、知らなかったからだ。成神が考え得る理由は、一つしかない。最近、防衛省が開発していると噂されているＡＩ搭載の自己判断型兵器ユニコーンだ。あのライフルがそのユニコーンなのだ。なぜ、こんな田舎にそんな最新兵器があるのか。成神は、目の前で人質を連れて逃走する犯人を自分がセットしたライフルが躊躇無く射撃しているのを目の当たりにして言い知れぬ恐怖を感じた。しかし突然、自分が今、なすべき事が脳に突き刺さり、成神は、部屋に飛び込んでうめく男のそばに落ちている拳銃を拾い上げ、リーダーを追って屋上に出た。リーダーは、明日香を連れて屋上の湖に面した方の縁に向かって歩いていた。成神は、リーダーの背中に銃口を向けて明日香から遠い右肩をねらって一発発射した。放たれた銃弾は、リーダーの肩甲骨を打ち砕いて、リーダーは、拳銃を落とした。しかしリーダーは、何事も無かったように明日香を自分の方に引き寄せると明日香の陰に隠れ、その背後から明日香の首に被弾した右手でアーミーナイフを当てて叫んだ。

「おっと、予想外の来客だ。清宮に頼まれて村のお巡りさんがやって来たか。病院に行く手間が省けたな。ここに手ぶらで来るとは考えにくい。さあ、この娘さんの命を助けたかったら清宮から預かった物を渡してもらいましょうか。成神巡査」

「この村のことを調べたみたいだな。だが、九十年前の刑事ドラマみたいな臭い台詞では預かったUSBは渡せないな」

「ほう。この子の命は、どうなってもいいのかな」

「あなたには今、初めて会ったけど、どういう価値観を持った人物かは見当がつく。その若者と自分の命を天秤にかける事はしないし、顔を見られた人物を生かしておく優しさは持ち合わせていない極悪人ってことも判りますよ」

「俺にもあんたが、屋上から落ちそうな女子高生をほっとけない優しい人ってことはすぐに判ったぜ」

そう言ってリーダーは、少女を連れて後ずさりして老朽化で落下防止柵が朽ちて無くなっている部分のビルの端に立った。そして高さ二十mのビルの下方をチラッと見てから成神をまっすぐ見据えて意味ありげにニヤリとした。

「お嬢さん手を繋ごうや」

リーダーは、左手で明日香の右手を握り、ビルの端にこちらを向いて並んで立った。

「俺を撃ったら娘も一緒に落ちるぞ。お前さんにできるのは、そのUSBをそこに置いて俺とこの子がお手手つないで出て行くのを見送る事だけだろう。何せ人命最優先だからな」

成神は、必死に明日香の命を救う方法を考えたが、目の前で余裕綽々の犯人が言った以外の方法が思い浮かばなかった。

「今、俺を撃たないならとっとと消えな。まあ、お前には、この娘の命をコラテラルダメージとして俺を撃つ度胸は無いだろうがな。さあ、どうする？」

（犯人の頭部に一発撃ち込んでダッシュすれば、娘さんを助けられるかも。それには、できるだけ間を詰めないといけないいな）

そう思いついて成神は、一歩前に進んだ。

「ストーップ！　それ以上前に出たら飛び降りるぞ」

（ダメだ。見透かされている。ここから撃つしかない）

成神は、拳銃の角度を気持ち上目に修正した。リーダーは、成神の決心が判ったのか、驚きの表情を浮かべ、何か言おうとした。その時、
パン、パン！

二発の乾いた銃声が静まりかえった廃墟に響き、二発の弾丸がリーダーの両方のふくらはぎの筋腹の中央部に一発ずつめりこんだ。それらの弾丸は、成神が構えたリボルバーから発射された物ではなかった。それはユニコーンが自己判断で最善策として実行した狙撃による弾丸であった。リーダーは、バランスを崩して明日香の方に体をひねりながら明日香から手を離したが、時既に遅く、背中から明日香ごと落下していった。成神は、明日香の方に猛然とダッシュし、腹這いに

なり、両手をめいいっぱい伸ばしたが、明日香の指先にわずかに触れただけで、死の恐怖に覆い尽くされた十七歳の少女の顔が地面に向かって移動していくのが見えただけだった。三文映画のスローモーションシーンのように。そして後頭部を地面に叩き付けられた少女の顔は、自分の鮮血の上に浮いているように見えた。その瞳は見開かれたまま、成神を直視していた。成神は、その見開かれた瞳から眼を離すことができなかった。

一方、リーダーはスマホで呼んだ自動車の屋根に背中から落ち、落下の反動で自動車の屋根から転げ落ちたが、運転席に何とか這い上がるとスマホで行き先を指示して眼を閉じた。リーダーを乗せた車は、廃墟の前の県道を右折して走り去り、それと入れ違いに応援の警察が、その県道の廃墟から見て左手から右折して廃墟の前に到着した。成神は、まだ放心状態で明日香の死に顔を二十m上方から見つめていた。成神のスマホの電話の着信音が鳴った。成神は、我に返ってスマホを取り出してその画面を見た。そこには、清宮明日香という文字が映っていた。成神は、あり得ない期待を抱いて電話に出た。

「黙って聞け。今回の結果は、全てお前に責任がある。これは、お前のカルマだ」

リーダーからの通話は、やっと絞り出した感じの粗い低い声でそれだけで切れた。落下の際、かなりのダメージを受けたのだろうと成神は感じた。待ち受け画面には、ユニコーンからのメッセージが残っていた。

「現在、犯人を射程圏内に捕捉しました。狙撃を許可する場合は、ＯＫを、拒否する場合は、十秒以内にNOを選択してください。指示がない場合は、OKと判断してこちらで最善策を実行します」

成神の脳裏にあの犯人が言った言葉が甦った。

〝コラテラルダメージ〟

成神は、現実を受け入れたくなくてもう一度ビルの端から身を乗り出して眼下を見下ろした。そこには、まだ落ちた時のままの明日香が横たわっていた。さっきと違うのは、駆けつけた警察官の誰かによってその瞳が閉じられている点だけだった。

突然、その明日香の開くはずのない瞳が、カッと見開かれて成神に訴えかけた。

「どうして助けてくれなかったの？」

成神は、刑務所の固いベッドから飛び起きた。いつもこの場面で飛び起きる。こめかみを冷たい汗が一筋流れていた。

3　始動

清宮明日香殺人事件の犯人は、ユニコーンの顔認証システムで簡単にヒットした。警察内で「カマイタチ」と呼ばれている世界中の富裕層の依頼でダーティーな仕事を引き受ける闇の便利屋だった。しかしその他は、日本人の男性らしいという以外に情報が全く無かった。今回は、清宮氏が開発したＡＩとユニコーンの設計図をねらったらしいが、そのＡＩ搭載の試作機に狙撃されて失敗するとはカマイタチも想定外だったろう。

一方、成神は、独断で行動し、一般市民を死亡させてしまったこと及び犯人たちに警告なしに発砲し、重傷を負わせたことにより業務上過失致死傷罪に問われた。二〇七一年一月二十六日に異例の早さで結審した一審では、犯人たちへの発砲については、緊急危険回避の正当性が認められて無罪となったが、清宮明日香の業務上過失致死罪については、人質救出の手立てが尽くされたとは言い難いとして有罪となった。明日香死亡時刻とほぼ同時に応援が現場に到着したことも成神に不利な材料の一つとなった。そもそも成神は、警察本部に応援を依頼しなかったのだが、それは警察が現れたら人質を殺すと犯人に言われていると清宮氏から聞いていたからだ。応援は、成神の後を引き継いで清宮氏の交通事故の対応をした警察官が要請したものだった。

裁判で最大の論点となったのは、ユニコーンによる犯人の狙撃の妥当性と責任の所在だった。あれは、ユニコーンに搭載された新型ＡＩが独自に状況判断して実行した結果だったが、成神は、自身のスマホに狙撃の判断を仰ぐ指示が送られていたのにそのシステムを知らなかった上に、目の前で起きていることに気を取られてスマホのバイブにも気づかず、結果的に清宮明日香を死亡させる原因を招いたという点が問題視された。更に、この狙撃が人質を危険にさらした軽率な行為であるとして裁判員に悪い印象を与え、結果として犯人たちへのユニコーンによる最初の狙撃の件は緊急危険回避行為と認められて無罪となったが、ビルの屋上で同じ過ちをもう一度犯し、十七歳の何の罪もない前途有望な美人女子高生を死に追いやった罪に対して裁判員の許しは出なかった。成神は、無実の少女を自分の手柄のために無惨に死に追いやった極悪警察官という印象を裁判員に持たれてしまったのだ。

冷静に考えれば、十七歳の少女の死は不可抗力であったと判断するのが妥当であり、成神の弁護士も再三再四、ユニコーンのＡＩのプログラムミスによる不可抗力、つまりもともと自衛隊仕様のプログラムであり、軍事行動を前提としているコラテラルダメージを考慮するような非人道的な選択肢をプログラムにインプットしていた開発会社のミスであって、その事実を知らなかった被告人に落ち度は全く無く、よって清宮明日香の死に関して被告人は無罪であると主張した。しかし十七歳の無垢な少女を死に追いやった警察官に裁判員、いや世間の眼は冷たかった。成神の弁護士は、二審での逆転無罪は確実だと強く控訴を勧めたが、成神は、頑なに拒否し、一審の判決が確定して懲役七年の求刑に対し、懲役五年の実刑が確定した。執行猶予の適用は、懲役五年以下の懲役に拡大されていたが、執行猶予は、つかなかった。裁判の最後に裁判長に、

「何か、言っておきたいことはありますか？」

と聞かれた成神は、真っ直ぐ前を見てはっきりとした口調で答えた。

「私は、罰を受けることで、少しでも清宮明日香さんの死に対する自責の重さを軽くしたかったのだと思います。死ぬことよりもあの事件の事を忘れず生きることの方がつらいと考え、生きる

方を選びました。これが私のカルマであるなら一生背負って生きていきます」

こうして成神は、凶悪犯のみが送り込まれる厳重警備の刑務所に収監された。通常は、終身刑以上の凶悪犯のみがその刑務所に送られるのだが、例外的に成神は、極悪人矯正施設として極悪人にさえ恐れられている通称、天神窟に送られた。そこで大半の囚人たちは、新薬の臨床試験の実験台として一生を終わる。ここでのささやかな幸福は、なるべく早く、廃人になり、安楽死させられて病院の検体になるか、絞首刑で楽に地獄送りになることだが、そんな奇跡は滅多に起きない。早い話が、人間モルモットとして飼い殺しにされる運命ということだ。囚人たちは、プログラムに従って知力や体力などの能力テストを日々実施し、データを測定収集される。また脱獄防止措置として指定エリアを許可無く出ると囚人にセットされている首輪から強力な精神安定剤が注入される仕組みになっている。ちなみにこの泣く子も黙る最強いや最狂もしくは最凶の刑務所は高崎市に隣接する同規模の市の中心部にある。

成神は、入所して半年で悪夢による睡眠障害で発狂寸前まで追いつめられていたが、なんとか正気を保っていた。その理由は、ただ一つ。この地獄から生還し、カマイタチを自分の手で殺すという目的のためだけだった。そのためにひたすら体を鍛え、カマイタチが関係していそうな事件、事故情報を集め、入所者にいろんな話を聞き、時にその強引さと無礼さでいざこざや乱闘事件を起こしては懲罰房に放り込まれた。手製の凶器で三回腹と背中を刺されたことがあるが、そのたびに相手を病院送りにしてきた。そんなこんなで一年の月日が経ち、不気味さと無敵のケンカ術を身につけた成神に誰も近づかなくなっていた。元警察官なので天神窟の主と呼ばれる人物も仲間に誘う訳にもいかず、放っておかれた。最近は、あの悪夢もあまり見なくなった。投与された得体の知れない薬が効いているのかもしれない。囚人の中には、投与された試薬の副作用で死亡したり廃人になったりする者が当然ながら多数発生するが、代わりのモルモットは、掃いて捨てるほどいるから問題は全く無い。そんな常に命の危機に晒され続ける天神窟の過酷な環境が平凡な警察官を鬼気迫るストリートファイター並の体力と戦闘能力、そして狂人一歩手前の精神力を持った蛮人に変貌させたのだった。

清宮明日香殺人事件から二年余りが経ったある日、成神は、意外にも仮釈放されることになった。身元引受人は、なんと清宮政彦であった。清宮氏は、世界的複合企業、「トゥモローアロマコーポレーション（通称：TAC《タック》）」の社長であり、ユニコーンの開発担当者でもあった。彼は、自分の開発した機械やプログラムに最愛の一人娘を殺されたと言っても過言ではない。さらに偶然とは言え、その事件により一人の有望な警察官の人生を大きく狂わせてしまった張本人とも言えるのだ。そんな清宮氏は、成神と一時間ほどオフレコで会談し、その絶大な権力で関係各所に圧力を掛け、成神を仮釈放させてしまった。成神は、出所したその足で清宮明日香の墓参りに行き、明日香の墓前に敵を討つ事を約束した。それは、カマイタチの逮捕ではなく、殺害だ。それだけを生きる目標にして成神は、娑婆に戻って来たのだ。それは、清宮政彦と交わした出所の条件つまり密約でもあった。

手始めに清宮氏は、その権力をほんの少々活用して美郷署に新しい部署を作り、成神をそこに復職させた。その部署は、「警察庁特別捜査室」と命名され、捜査権は全国に及び、日本版FBIをめざして試験的に設置されることとなった。清宮氏の影響力は警察、防衛等多岐にわたる。言い換えれば、清宮氏の開発したＡＩが日本の警察、防衛等の治安、保安システムを根底から変える力を秘めているということでもある。しかし、大昔からの既得権益を守ることを第一と考える巨大な組織の中に突然、割り込んできた人員たった四名の弱小組織であるこの特別捜査室、通称「特捜室」が、実際にスムーズに活動できる訳もなく、警視庁、都道府県警察からは、邪魔者扱いされていた。表向きは、警察庁長官直属の部署だから大きな人手のかかる捜査協力の要請を受けるはずが、実際は、雑務と言っていい仕事しか回ってこなかった。警視庁や所轄の警察、署内の既存の課や係からは、とりあえず上が言うから一応、言っとくかという嫌味を込めて「言っとくさん」と呼ばれていた。

そんな特捜室が唯一活躍できそうなのは、地元の警察が初動捜査を誤ってお宮入りになりそうな事件とか、とっくの昔にお宮入りした事件の再調査とか、刑事関係の特命事項であるが、いずれのケースも警察庁長官からの要請が無いかぎり捜査活動ができない。要するに有っても無くても大差ない部署ってことなのだ。その証拠に特捜室があるのは、美郷署が、バブル時代に福利厚生施設として作った地下のトレーニングルームで五十年ぐらい物置として使われていた一室だ。ちなみに特捜室の備品は、エアコン以外、全てＴＡＣリースからのレンタル品、エアコンは、警察庁長官からの新部署開設祝いである。TACと警察組織の癒着のモデルケースのようだ。いや、この場合、モデルルームといった方が適切だろう。

特捜室のメンバーがこれまた、警察組織の汚点となりかねない事情を持った人物たちの寄せ集めであった。大月善治《おおつきよしはる》室長は、元警視庁警視で管理官の職に有ったが、ある事件で人質と部下を死亡させた責任をとって美郷署に左遷されて来た人物だ。高山真也《たかやましんや》係長は、優秀な警視庁捜査一課の警部補であったが、ある事件で心を病んで拳銃で自殺未遂事件を起こして休職中であったにもかかわらず、この部署の新設にあたり清宮氏に説得されて復職した。そしてもう一人は、元神奈川県警鑑識係の多田野加奈子《ただのかなこ》巡査である。彼女は、ここのボスである警察庁長官の娘で、ホストクラブのホストに夢中になりすぎて借金がかさみ、あげくにその入れあげたホストに営利誘拐されて長官が脅迫された際、内々で処理したのが清宮氏であった。その縁でというか監視できる場所に置いておくためにこの部署に転属されて来たのだ。これ以上、この不出来な娘に問題を起こされては警察庁長官のキャリアが一瞬で瓦解しかねないので、この女性巡査は、原則内勤である。このように私利私欲と自己都合のためにできた部署のため、人員が非常に少なく、実働部隊は、病み上がりの係長と刑務所帰りの成神だけという有様だった。と言っても係長と成神が〝相棒〟という訳では無く、係長と成神にはそれぞれ別の〝相棒〟がいる。

4　相棒

この時代、世の中では、ＡＩとロボット技術の発展、融合がめざましく、レプリカントの開発、大量生産、一般販売が実現しており、労働力、危険作業等の作業員に大量投入されて巷にあふれていた。ちなみにそのロボット及びＡＩ生産の最大手企業がＴＡＣである。このロボットの大衆化事象と比例してレプリカントによる犯罪も激増し、そのレプリカント犯罪に対応するレプリカントも開発されたが、レプリカントがらみの凶悪犯罪は、年々急増し、それを取り締まる人間の警察官の殉職が激増したため、レプリカントの志望者が激減してしまった。「ロボットに人間が使う道具の域を超えさせる訳にはいかない。世界の治世者は、永久に人間でなくてはならない」との国連決議、通称「人類サミット宣言」に基づき、人間の警官体制の維持と保護が各国の急務となっていた。

そこで、警察官の身の安全を確保し、人手不足も解消できる一石二鳥の対策として警察組織がとった対策が、人間の警察官の〝相棒〟としてレプリカントもしくは、アンドロイドをあてがうというものであった。捜査は、原則、人間の捜査官一名と通称ガードバディと呼ばれる個別の警察官専用のレプリカントとがペアで行う。特捜室で言うと、室長のレプリカントは、警察庁推奨のノーマルタイプの男性型アンドロイド。係長のそれは、植物状態で入院している妻の三十五歳当時そっくりのアンドロイド。多田野巡査のそれは、入れあげて誘拐までされたホストそっくりのアンドロイドである。そして成神の〝相棒〟は、清宮明日香にどことなく眼が似ているアンドロイドである。これは、成神の要望ではなく、清宮氏と交わした復職条件の一つであった。成神は、その条件を許諾する以外の選択肢は無かったのだが。お前が殺した娘を忘れるなという父親による報復とも受け取れないこともない。何せこのアンドロイドの呼び名も指定されていてアスカなのだから。ちなみにアスカの正式名称は、TAC—BAD17である。

アスカは、最新のプロトタイプで、レプリカントのメンテナンスとレプリカントが使用する防具、捜査機器、防御用武器等の提供、作製を行うナノマシーンの集合体であるメンテナンスフォーマー（以下、MFと記す）が付属している。このMFは、通常、その一部は、レプリカントの衣装になっているが、必要に応じていろいろな物に変形でき、侵入できる。ちなみにアスカのMFは、通常はダイオウグソクムシを模した外見をしている。これは、清宮氏の深海生物好きの影響である。このMF、通称グソクは、もちろん自立型AI搭載で会話もできる。また相棒の定期点検や修理及び待機場所としてレプリカントが入る日焼けマシンみたいな専用メンテナンスピットも完備しており、成神の場合は、自宅の警察寮の部屋と特捜室の隣のエネルギー供給室に置いてある。

レプリカントのエネルギー源は、通常、電気であり、それは、燃料電池によって供給され、酸素は、空気中から取り込み、水素は、水素結合金属を体内に内蔵し、供給するシステムである。

しかし、アスカは、究極の安全性を目指して開発され、万が一、レプリカント自身が故障した際に、発火、爆発等の災害の発生を防止するように改良されているためエネルギー源は生体エネルギーである。

その仕組みは画期的なもので人間の相棒の体内に一定数のナノマシーンを投与して体内を血液と共に循環しつつ、相棒のクエン酸回路から生体エネルギーを搾取、貯蔵し、定期的に相棒のレプリカントに受け渡すというものだ。その受け渡しの方法は、生体エネルギーを貯蔵したナノマシーンが集合した体液がレプリカントに吸収されれば、何でも良い。たとえば、汗、涙、唾液、精液、血液等、目的とする体液にナノマシーンを集合させておけば、どんな方法で受け渡そうが問題ないが、これらの体液の授受の方法の中で時間的、コスト的にもっとも効率的なのは、精液からナノマシーンを回収する方法である。理由は、体液が適度に濃縮されており、その排出量も適量で、かつ排泄箇所が一カ所であり、ナノマシーンの蓄積が容易でしかも外気に触れずにナノマシーンの回収、再投与が可能で、その一連の操作を短時間で完了できるからである。

通常は、睡眠中に精液を回収するのだが、この方法は、専用の採取装置とバディが保管されているメンテナンスピットを接続して一晩かけて行う。もちろんマスターベーションで精液を提供してもいい。この方法は、非常に屈辱的な気持ちになるが、それさえ気にしなければ、一石二鳥の方法ではある。やはりもっとも効率的で罪悪感が無く、自尊心の傷つきが少ないのは、ガードバディのレプリカントと疑似セックスすることだ。もちろんアスカには、性器も精密に模倣されていて内部は、ナノマシーン投与及び回収装置である。この時代は、性欲処理用ヒューマノイド、通称ラブメイトが一般に広く流通していたため、倫理的、道徳的にも抵抗感は少なくなっていた。アスカは、髪型、髪色、肌の色、スリーサイズ、全体の体型もお好み通りに変えることができ、条件に合った声も出せた。成神は、独身で恋人もいないので、本人さえ割り切れば、アスカでマスターベーションするのが一番、効率的なのだが、アスカと明日香がだぶってしまい、どうしてもアスカと疑似セックスはできなかった。

そこで成神は、汗を集める方法でエネルギー供給をしていた。これは、日焼けマシンみたいな装置に入って一時間ほど汗をかいてそれを回収する方法である。回収されたナノマシーンの集合体、これは錠剤タイプでエナジーボールまたはEBと呼ばれていたが、これをバディのレプリカントは、体内にナノマシーンが入り込める摂取口から摂取するのだ。人間の相棒は、レプリカントの相棒が体内に保管しているEBを経口摂取し、体内のエネルギーを集めると再び凝集して口腔内に戻ってくるのでそれを取り出して相棒に渡す方法もある。この方法は、一番精神的、肉体的、時間的に負担が少ないが、フルフェイス型のEB集積装置を約三分間装着してEBを口腔内に形成する必要がある。最も簡単な投与方法は、体液に溶けこんだナノマシーン、つまりエネルギーを体液ごと直接受け取る方法で、それは、経口摂取、つまりキスが一般的であるが、他のエネルギー授受口でもかまわない。また、唾液以外の体液を直接相棒に与えることでも受け渡しできる。アスカのエネルギー補給は、通常、一ヶ月に一度程度だが、活動が活発になれば、エネルギー消費も激しくなり、補給の間隔も短くなる。

5　リンクケース

さて、そんな特捜室に珍しく大きな事件が回ってきた。去年のクリスマスの夜に発生した「軽井沢外交官殺人事件」だ。被害者はラザニタ国の外交官で、殺害されたのは、西暦二〇七二年十二月二十五日の午前三時二十五分四十五秒であった。

この事件は、物的証拠が全く無く、目撃者もいなかったため、お宮入りした。そもそも中東の小国の外交官がクリスマスパーティのランチキ騒ぎの果てに殺された事件など日本の警察は全く興味が無かったのだ。それがどうして再捜査になったかというと、日本のとある企業がラザニタ国の石油採掘権獲得を画策して政府にトップマネジメントを頼んだためだ。決定的だったのは、一週間後、ラザニタ国の大統領が石油関連事業の関係者を大勢引き連れて急遽、来日することになったのだが、その調整の際にこの事件に関して問い合わせがあり、殺害された外交官が、実は大統領の実弟だったということが判明したことだった。そして事件がお宮入りしていると知った外務省は、石油利権獲得の交渉を少しでも有利に進めるために警察庁長官に依頼というか総理の命令としてこの事件の早期解決を迫ってきたというわけだ。

この人手不足のご時世に解決率ほぼ〇％の難事件を捜査できる暇な部署と人材は、発足して間もない特別捜査室の成神しかいなかったし、成果が出なくても成神に責任を負わせればすむので警察の上層部からすると好都合だったのだ。ちなみに係長は、別件を担当していた。といっても捜査は、市中に放ったレプリカントがほぼ行っており、係長はもっぱら机に座ってPCで指示を出しているだけなのだが。理由は理不尽でも、とにかく成神の特捜室での初仕事だ。

「軽井沢の事件の資料は、まだ届いてないかな？　多田野さん」

事務担当の多田野巡査はPC画面を見たままで素っ気ない態度だ。未だに警察の公式文書は、書類形式で保存する稟議書スタイルだったが、クラウドに乗っけたらハッキングされてしかもその事実に全く気づかないなんてことになりかねないのも事実だ。

「すでにこちらに発送済みと思いますから到着時間を確認します」

「よろしく頼みます。資料が届いたら教えてください」

ＰＣをちょちょっと操作して多田野巡査は、お前でも調べられるだろうと言いたげな仏頂面だった。確かにそうだが、あえてコミュニケーションをとろうと成神は、がんばったのだが、多田野巡査の答えは初期型アンドロイド並に機械的だった。

「運送会社の配送伝票によると到着予定時刻は、本日午後三時二十八分です」

「どうもありがとう」

返事を期待してしばし待ってみたが無駄だった。成神は、敗北感に打ちひしがれて自分の席に戻りながら腕時計で確認すると午後一時を少し過ぎたところだった。机の横に立っているアスカはこちらを見て微笑んでいる。

「資料が届くまであと二時間もあるな」

「荷物の現在位置を確認しますか?」

「いや、その必要はない。さて、どうしようかな」

「外交官殺人事件で採取されたＤＮＡと事件発生後に発生した事件で採取されたＤＮＡサンプルデータを照合しています。あと一時間二十七分で終了します」

「気が利くね。結果が出る前に腹拵えしとくかな」

「我無打亜拉（ガンダーラ）のレバチンホイコのセットがお勧めですよ」

成神の足下から二十代の御調子者の営業マンみたいな合成音が聞こえてきた。

その声のした方を一瞥して成神は、このＭＦは、言動に知的センスが微塵も感じられないので、グソクの言葉に大概、イラッとしてしまうのだろうと自己分析していた。そして面倒臭そうに答えた。

「俺は、ニラが苦手なんだ」

「そうでしたか。メモリーしときますね。それでは、明日菜楼（あすなろう）の特製辛味噌ラーメンはいかがですか?」

「昨日、食べた」

「そうでしたね。メモリーしときます。それでは……。あれ、マスターもクランケもいない。あ、私も御一緒します。待ってくださいよー」

グソクは、球形に変形して、部屋を出ようとする成神とアスカの後ろを転がっていった。

「ご主人様、捜査中の事件のＤＮＡの照合が完了しましたわよ」

エメラルドグリーンの瞳をした捜査モードのアスカが艶っぽい声で机に突っ伏して昼寝していた成神の耳元にささやき、フッと息を耳の穴に吹きかけた。

「うぉ！　あーびっくりした。他に起こし方知らんのか！」

成神は、椅子から弾かれるように立ち上がってアスカをにらんだ。

「寝ている二十代独身、恋人無しの男性を短時間で覚醒させる方法として先ほどの方法が最適と統計的に証明されています」

どこの統計だと思ってムッとした成神であったが、確かに眠気が一気に吹っ飛んだことに気づき、少し恥ずかしくなって思わず大きな声を出してしまった。

「別の事件のＤＮＡと一致したのか？　会議室で説明してくれや!!」

「はい、ご主人様。第三会議室に準備しています」

「そうか。行くぞ」

この第三会議室は、特捜室の隣の六畳ほどの部屋で元トレーニングルームの用具置き場兼更衣室だった場所だ。そこを会議室にリフォームしたもので、ほぼ成神班しか使用しない。会議室に入るとプロジェクターとスクリーンが準備されていた。成神はプロジェクター横の椅子に座り、アスカは、スクリーンの横に立っていた。

「よし、始めてくれ」

「はい、ご主人様」

スクリーンに凄惨な殺人現場の写真が写し出された。

「まさか、この事件か。確か、発生は、去年の年末だったな」

成神の顔がゆがんだ。そして当時のニュース映像が脳裏によみがえった。

「あきる野一家殺人事件です。西暦二〇七二年十二月三十日午後十一時三十分頃、東京都あきる野市在住の四人家族が殺傷された事件です」

アスカの声には、当然、何の感情の動きも感じられなかった。

「確か、一家皆殺しだったよな」

「はい。父親、母親、長女、長男の家族全員が刺殺、または絞殺されたと公表されています」

「全国的にも注目された事件だったな。犯人の遺留品は売るほどあったが、まるで犯人像が見えてこなかった特異な事件だったからな。幼い子供まで殺す残忍さ、事件後、暫くその場にとどまっていた異常さ、一家に皆殺しにされる動機が見あたらないという不思議さ等々ワイドショーが好きそうなネタ満載の事件で盛んに報道されたからよく覚えているよ」

アスカから相槌はなかった。しかもその情報を刑務所で得たという自身の特異性に成神は、苦笑いを浮かべた。

「いよいよ本題だ。まず、何からＤＮＡが出たんだ？」

「遺留品の帽子と食べかけのアイスクリームのカップとスプーンです」

アスカは、即座にしかも機械的に答えた。

「そうか。犯人が犯行後に冷凍庫のアイスを食べたのでは？　ということで猟奇的な犯人像が想定されたんだったな」

「確かに真冬にアイスクリームを食べるのは、変わった趣味ですね」

「そこじゃねぇよ」

思わず、アンドロイドにつっこみを入れてしまう成神であった。

「そのＤＮＡは、誰のＤＮＡだったんだ？」

「殺害された外交官の物でした」

「そうか。あきる野の事件の五日前に殺害されている外交官がこの事件の犯人には、なり得ない。ということは……」

「外交官を殺害した犯人が、殺害時に外交官が身につけていた物や食べていたアイスクリーム容器をあきる野の事件現場に移動して放置したってことですよね、マスター」

足下から得意げなグソクの声がした。成神は、自分で言いたいところをグソクに言われてしまったのでムッとしてグソクをにらんだ。

「以上の状況から考えて軽井沢、あきる野二件の殺人は、同一犯の犯行の可能性が極めて高いと思われます」

アスカがすかさず補足した。

「おまえらグルだろ」

話の結論までアスカに取られてしまった成神は、何も言うことが無くなってしまった。いじめられっ子の気分だ。その時、不意に成神は、ランチの帰りに行きつけのコンビニでお気に入りのシナモンカレーパンを買ってきていたのを思い出し、無性にそれが食べたくなった。

「カレーパン取ってきましょうか?」

ガードバディは、相棒の体調の変化にも敏感だ。アスカは、成神が、ランチにカレーパンを買っていたこと、相棒の胃の活動状況及び唾液の分泌量の増加から今、カレーパンが食べたいと判断したのだ。

「ついさっき、チャチャラーセットの大盛り食べたのに。別腹ってやつですね」

足下から気持ちを逆なでするグソクの陽気な声が聞こえた。成神は、ポリスソードをグソクの背中に突き立てたい衝動をグッと噛み殺して優しく頼んだ。

「グソクくん、別腹が空いたので俺のデスクの上のカレーパンを取ってきてくれるかな」

「はい!　しばしお待ちを」

グソクは、球形に変形すると転がって自動扉の会議室を出ていった。ちなみにチャチャラーセットとは、チャーハン、餃子（チャオズ）、ラーメンのセットのことである。

モニターに向き直った成神は、一度、深呼吸をして気持ちを落ち着かせ、目を閉じてしばらくこの事件について思いを巡らしてから目を開けた。

「確かに同一犯という可能性が非常に高いな。となると次は、二つの事件の関連性だな。どうしてあきる野の一家四人は殺されなければならなかったのか？　考えられるのは……」

「軽井沢の事件の目撃者って線ですね」

またもおいしいところをいつの間にか戻ってきていたグソクに持っていかれた成神は、ポリスソードに手を掛けて声の方をにらんだ。そこには、背中にカレーパンを半分体内に埋めたダイオウグソクムシがいた。なぜか、カレーパンから湯気が立ち昇っていてカレーパンとシナモンの香りが成神の味覚中枢を刺激した。

「おまちどうさま。熱々シナモンカレーパンをお届けにあがりました」

「おぉ、うまそうだ」

怒りより食い気が勝った成神は、パブロフの犬状態でよだれを垂らさんばかりであった。

グソクは、自身の足を八十㎝ほどに伸ばし、成神の目の前にごちそうを持ってきた。

「さあ、召し上がれ、マスター」

成神は、左手でカレーパンをつかむと、間髪入れず、それを口いっぱいにほおばった。

（このバンズの香ばしさ、カレーのスパイシーさ、そして後引くシナモンの味と香り……そして

時折感じるプラスチックの味と匂い。え？　な、なんだ？　この味は）

そう気づいた時には、すでに一口目は、喉を通過していた。

「グソーク！　俺のシナモンカレーパンに何をした？」

「はい、温かい方がおいしいかなと思いまして私の体内で低温でじっくり温めました」

「それは有り難いが、ビニールの包装紙はどうした？」

「あー、それは、恐らく再合成の際に一体化してしまったと考えられます」

「人は、ビニール食べないんだ。知ってるか？」

「そーですか？　メモリーしときますね」

怒る気力も無くなった成神は、再合成カレーパンをグソクの背中に戻すと再び気を取り直してアスカを見た。

「体内に入ったビニールは悪影響無いか？」

アスカは、淡々と答えた。

「少量ですので明日には排泄されます。それよりも本日のランチの摂取カロリーが多すぎる方が問題です」

成神は、無言でモニターの方に向き直ると本題に戻した。

「さーてと、一番可能性が高いのは、おっと誰もしゃべるなよ。あきる野の家族が軽井沢の事件の重要な何かを目撃してそれを犯人に気づかれて殺されたって線だな。つまり軽井沢の事件発生時、あきる野の家族は軽井沢にいた事になるな。まず、そこの確認からだ。確か、殺害された父親、秋山保《あきやまたもつ》の母親が東京に住んでたな。アスカ、母親の現住所はどこだ？」

「モニターに出します。足立区のマンションです」

「よし。会いに行くぞ」

成神とアスカは、部屋を出て行った。

「あ、おいてかないでくださいよー」

グソクが後を転がっていった。部屋の床には、再、再合成というか元に戻ってきちんと包装袋に入った熱々のシナモンカレーパンが残されていた。

秋山保の母親は、事件が動いたと聞いて泣きださんばかりに喜んで成神たちを部屋に招き入れてくれた。

「はい、はい、忘れるもんですか。去年のクリスマスは、十二月二十三日から家族四人で軽井沢の別荘にクリスマスパーティのために出かけていきました。実は、私も行く予定だったのですが、急に私の大切なお友達にご不幸が有って行けなかったのでよく覚えているのです。息子たちは、十二月二十六日に帰ってきました。まさか四日後にあんなことになるなんて」

母親は、涙で声を詰まらせた。

「いやなことを思い出させてすみません。必ず犯人を捕まえます」

母親は、『お願いします。犯人を捕まえてください』と神でも仏でもない成神に何度も手を合わせて懇願していた。犯人に対する新たな怒りがムクムクとこみ上げてきて濃い霧の向こうに隠れている犯人をなんとしても白日の下に晒すと誓う成神であった。

母親の家を出るとアスカが冷たく言い放った。

「現在の犯人検挙確率は七％です」

成神は、それを無視した。

「秋山さんの別荘と例の外交官の別荘の位置関係はどうなっている？」

「秋山氏の別荘と殺害現場の別荘は、道路を挟んで向かい同士です」

「これで目撃説が濃厚になったな」

「ご主人様、エネルギーの補給をお願いします」

ついに成神の一番恐れていた言葉が、アスカから発せられた。アスカがこう言った場合は、約一時間で強制的にエネルギーを補給する行動にでる。その前に通常の手段でエネルギー補給する必要があるのだ。なので成神はいつものようにすかさず答えた。

「アスカ、通常モードに戻ってくれ」

モードを捜査モードから通常モードに戻せば、エネルギーを節約できる。

「わかりました。ご主人様」

そう言うとアスカの瞳の色がエメラルドグリーンからセルリアンブルーに変わった。衣装もセーラー服にアッという間に変化した。

「よっちゃん、おなかすいたよー」

アスカは、通常モードでは、おバカ高校生風のキャラになるのだ。

「すぐに、署に帰ってエネルギーを補給しよう。エネルギー節約のために黙って車に乗ってなるべく動くな」

「はーい。ダイちゃん、一緒に乗ろうね」

アスカは、グソクを手で拾い上げて車の後部座席に乗った。

成神の運転で署に戻るとエネルギー供給室にあるメンテナンスポッドの作動キーを取りに成神たちは、自分の机に戻った。

「ＥＢの生成に約一時間かかるからここでじっとして静かにしてるんだぞ」

アスカに諭すようにそう言って成神はエネルギー供給室に向かった。

「はーい。よっちゃんが戻ってくるまでじっとしてるね」

アスカは、マネキンのように動かなくなった。

約一時間後、成神が自分の机の所に帰って来るとアスカの立ち位置は確かに一㎜も変わっていなかったが、その外観は思いもよらぬ姿に変わっていた。なんとそこには、ランジェリー姿であれこれポージングをきめているアスカがいたのだ。しかもそのランジェリーの形や色は、五秒おきに変化していた。アスカの衣装は、ナノマシーンの集合体でできているのでランジェリーも含めて変幻自在なのだが、見た目が十七歳の少女の下着姿は、人目にさらしてはいけないという道義的感情が真っ先にわき上がる成神義貴二十三歳、独身男なのである。しかもここは、警察署の一室で室長と係長と多田野巡査が在席中である。これら三人がこの状況を気にも留めず、スルーしているのが成神には驚きであり、不思議でもあったが、それはさておき、アスカの背後に回り込み、耳元で押し殺した声で尋ねてみた。

「何をしているのかな？　アスカ君？」

「あ、よっちゃん、おかえりー。言われた通り、この場所から動かないで静かにしてたよ。ところでどのランジェリーがいいかな？　ダーリンと一緒のエネルギー補給の時、少しでもムードを盛り上げようと思ってダイちゃんといろいろ試してたの」

アスカの頭の上にいるグソクの触角がアスカのランジェリーにふれるたびにアスカのランジェリーのデザインが変わった。

「これなど、マスターのお気に入りかと思いますよ」

アスカのランジェリーが、ピンクの桜をレース編みしたランジェリーに変化した。

「スリーサイズは、上から九十一、五十三、九十五で、肌の色は、パールホワイト……」

グソクの体がアスカの頭から浮き上がり、机の上に落ちた。そしてその背中にポリスソードが突き立てられた。

「すぐに服着せろ。地味なやつだ」

「はい、ただいま」

グソクの体から蟻みたいなミニグソクがゾワゾワと出てくるとアスカの体を上って行った。ミニグソクたちは、それぞれ所定の位置に着くとアスカの衣装に変化していった。

「マスターの愛刀は、再合成しときますね」

背中に刺さったソードは、グソクの体内に沈んで行った。

数秒で服を着たアスカのファッションはゴスロリ風であった。

「わーい、かわいい」

アスカが気に入っていたので成神はやり直せとは言い出せなかった。

「アスカの下着は市販品にする。お前の担当は、コスチュームだけにしろ」

グソクが珍しく異議を唱えた。成神の言ったことにＡＩ的な思考回路では納得がいかなかったらしい。

「それはかまいませんが、ただの機械に本物のインナーを着せることに何の意味があるのでしょう？　こちらに任せていただければ、マスターの好みに合ったインナーを準備できますよ」

「これは人間特有の複雑な感情なんだよ。それに捜査もちょっと行き詰まってるし、一旦捜査から離れて休憩が必要なんだ、人間には。これからアスカのインナーを買いに行くぞ」

「なるほど。お勧めのお店は田町にあるマーメイド5号店です」

ランジェリーショップなど縁もゆかりもないから検索でもするかと思っていたのでグソクもたまには気の利いたこと言うなと思った成神が、アスカがさっきまで立ってた場所に目を戻すと、アスカは、そこにいなかった。その時、署の表玄関辺りからアスカの叫ぶ声が聞こえた。

「よっちゃーん！　ランジェリーショップ早く行こうよー」

室内の全ての視線を一瞬で独り占めした成神は、一気に顔面に血が上って来るのを感じてあわててグソクをひっつかむと部屋を飛び出していった。署の駐車場に停めた車の前に立っているアスカがまた何か余計な事をしゃべり出しそうなのを感じた成神は、ポケットからＥＢを取り出してそれをアスカに向かってアンダーパスした。

「お嬢さん、これあげるから静かにしててね」

「はーい。あーーん」

アスカは、眼前に落ちてくる直径十七・五㎜の銀色の球体、質量十五・三ｇのナノマシーンの集合体を口で直接キャッチした。アスカの口に入ったそれは、すぐに流体となってアスカの体内に流れ込んでいった。

成神たちがパトカーに乗り込むと、グソクは、インパネからエンジン部に溶け込んでいき、各所に分割して配置し、速度管理や事故防止のための周囲監視等、この車の全てをコントロールした。

「マスター、自動運転にしますか？」

「いや、自分で運転する。ナビで指示をくれ」

「ＯＫ、マスター」

6　記憶検索

ラザニタ国大統領の来日まであと三日と迫っていた。軽井沢外交官殺人事件とあきる野一家殺人事件の犯人は、同一犯である可能性がでてきたが、肝心の犯人像は、未だ霧の中だ。昨日も外務省から警察庁に事件解決の強い要求があったらしく、室長が珍しく成神に声を掛けてきた。

「なーるがみー、あと三日で結果を出さないとこの部署の存続が危うい。何とか解決してくれーい」

それならもう少し協力してほしいと言いたい所をグッとこらえて成神は、答えた。

「わかりました。事件解決に向けてご協力をお願いすることもあるかもしれませんのでその時は、ご協力よろしくお願いいたします」

「もちろんできる限りの協力はするさーね」

室長は、成神に向かって意味ありげに微笑むと自分の席に戻って行った。日頃、部下とほとんどコミュニケーションをとらない室長が自分から話しかけて来たのは、自分の居場所を失う危機感を感じてかなり焦っていたからだろうと推測した成神は、中間管理職の悲哀を感じたが、ふと、自分の居場所もここしか無いということに気づき、急にやる気が出てきた。

「なーるがみー、外務省から死んだ外交官に関する資料が届いたぞ。機密扱いの資料も含まれているらしいからお前の相棒が専用回線で受け取ってるはずだ。お前に一時的にアクセス権を与えるとさ。外務省も本気だわな」

「そうですか。すぐに見てみます。室長もご覧になりますか？」

「是非ともそうしたいところだが、残念ながら私にはアクセス権が無いんだなぁ、これが」

室長は、嬉しそうに答えた。

（責任回避か）

成神は、一気にやる気が萎えたが、事件の解決は遺族の悲願だと思い直し、襟元に装着されているアスカとの専用回線のマイクに呼びかけた。

「アスカ、どこだ？」

「第三会議室で資料の説明をしますからお越しください」

襟元の小型スピーカーから捜査モードのアスカの落ち着いた声がした。

成神は、会議室に入ると外交官殺人事件の資料が映し出されたスクリーンを見ながら椅子に座った。

「この機密文書によれば、殺された外交官は、敵対国で石油関連の産業スパイをしていたんだな」

「はい。三年間にわたり、敵対国グラタニ国の商社に勤めていました」

「スパイであることがバレて殺されたんだろうな。殺された理由はこの資料で推測できたが、誰が殺したのかについての手がかりは、何かなかったのか？」

「殺害された外交官は、敵対国であるグラタニ国のオイルビジネスの要人に会うためにコンサルタントを使っていました。このコンサルタントに関する情報はこの写真だけです」

アスカは、スクリーンに一枚の監視カメラの映像らしき写真を映した。そこには、公園のベンチに座る二人の人物が写っていたが、画質がボケボケで鮮明化しても人物の判別は、困難だった。右側の中年男性っぽい人物がコンサルタントだ。

「わからんな。もっとましな資料はないのか？」

「事件との関わりは明確では有りませんが、軽井沢の事件の一週間後に日本からグラタニ国に向けて大量の盗難車が密輸されていたことが、先月、別件の密輸事件の摘発で発覚しました。その盗難車リストに外交官が殺害された時刻にその外交官の別荘の前に停車していたと思われる車が載っていました」

「何故、車が特定できたんだ？」

「目撃者が、車種、色及びナンバーを覚えていたためです」

ここで成神は、ひらめいた。自分の答えを確認するためにわざと疑問形にした。

「目撃者の名前は？」

「秋山保です。ご主人様がお気付きになったようにあきる野市一家殺人事件の被害者の一人です。秋山氏は、軽井沢の方の犯人を目撃している可能性が高まりました」

アスカに自分の思いつきを見抜かれていたことに当然のこととわかっていてもちょっとガッカ

リした成神であったが、気を取り直してアスカの説明を引き取った。

「車見られたってだけでも動機になるよ。密輸がらみで何故かこの事件は機密扱いだ。となると……」

「車に何かもっと重要な物を隠して国外に密輸してたってことですね」

プロジェクターからすっと出てきたグソクがまたもや美味しい所をつまみ食いしてしまった。

反射的に成神は、ポリスソードのグリップを掴もうとしたが、ホルダーに愛刀は無かった。

「グソク君、名推理も結構だが、そろそろ私の愛刀を返してくれないかな」

「そうでした。マスター。ちょうどカスタマイズが終了したところです。先端を両刃にしてGPS機能を追加しときました」

グソクが足を高くするとゴトリと音がして成神のポリスソードが現れた。成神は、それを胸のホルダーに納めてから自分の推測を言われる前に慌ててしゃべりだした。

「あ、秋山保さんは、車の特徴を克明に記憶していた。たぶん、犯人の顔もはっきり見たんだろうな。犯人にもそれがわかったから秋山さんは殺された。二つの事件の当事者で生きているのは犯人だけか。しかもその犯人は、海外逃亡している可能性が高いとなると密輸の線からあと三日での犯人逮捕は無理だろうな。うーん、手詰まりですねぇ」

「実は機密扱いになっていた事実がもう一つあります。もしかしたらここから犯人を割り出せるかもしれません」

アスカが助け船を出した。成神は思わず、身を乗り出して前のめりになった。

「どういう情報だ？」

「秋山家の長女である秋山麗《あきやまれい》、事件発生当時十一歳は、昏睡状態ながら生きています」

成神は、その場で急に立ち上がると一度天を仰いでからアスカの方に嬉しそうな顔を向けた。

「証人保護プログラムだな。生きていると犯人が知れば、命を狙われるからな」

一度は、突破口の発見に歓喜した成神であったが、すぐに難しい顔に戻ってしまった。

「現在、十二歳か、法的にアレは無理だな」

「はい。記憶検索の許可年齢は、満十五歳以上と定められています。あきる野の事件の後にも検討されましたが、主治医が許可しませんでした」

「国家治安維持法に例外規定があるが、若すぎてたぶん心臓と脳がもたないな。他の手立てを考えるか」

成神は、腕組みをして目を閉じた。その時、会議室の内線電話が軽やかに鳴った。

成神は、ビクッとして目を開けると受話器をとった。

「第三会議室です」

「なーるがみー、今、警察庁長官から電話があって、今から秋山麗という女性の記憶検索を実施するからそれに提案者として立ち会うようにと命令があった。お前の強い要望で例外的に記憶検索が行われることになったことになっているぞ。とにかく急いで該当する病院に行ってくれや。

病院の情報はその機密ファイルの中にあるそうだ。まあ、よしなに頼むよ」

室長は、関わりたくない感見え見えの口調でそう言って電話を切った。

成神は、人命を軽んじた警察組織の決定に怒りが一気にこみ上げて来るのを感じていた。

「アスカ、病院まで時間最優先で緊急走行だ。予定所要時間は？」

「約六十七分です」

「よし、出発だ」

病院の玄関に所要時間六十三分で着いた成神は病院の玄関に急いだ。アスカとグソクも後に続いた。病院の玄関には、一目で官僚とわかる外務省外事課の職員と屈強なガードマン型レプリカントが二体並んで成神の進入を拒むように立っていた。

「成神巡査ですね」

「そうです」

「同行は、成神巡査のみでお願いします」

外務省職員は、成神の後ろのアスカを一瞥して有無を言わさぬという感じで成神をにらんだ。

「わかりました。アスカ、車で待機しててくれ。返事は、無用だ」

アスカは、成神の背中に一礼すると車に戻っていった。グソクもアスカの後を転がってついていった。

「両手首、両足首にそれを装着してください。拒否された場合は、強制的に装着させて頂きます」

そう言ってその職員はガードマンの方を見た。成神も確認のためガードマンの手元を見た。思った通りガードマンの手には、磁石式保安ボード用の拘束リングが握られていた。通常は急に暴れ出す患者用の物で、ベッドのマットレスに板状の電磁石が内蔵されていて患者の四肢に付けたリングに内蔵されているバイタル及びモーションセンサーが患者の異常を感知すると電磁石がオンになり、患者は、電磁石板にリングが吸い寄せられてくっつき、自由がきかなくなるという医療機器だ。血の気の多い面会者にも使用されることもあるが、警察官に使われるのは異例中の異例である。しかし、病院側から要求された場合、何人とも拒否はできない規則になっている。

「いやな予感しかしないな」

成神は、拘束リングを受け取り、手首、足首に取り付けた。

「では、ついて来てください」

外交官職員、成神、ガードマンの順で病院内に入って行った。エレベーターで地下三階まで降りると、巨大な手術室でまさに記憶検索の真最中であった。成神はガラス越しに手術室が見渡せるモニター室に通され、畳一枚の大きさで重さ約一トンの電磁石板の前に立たされた。

手術室のモニターに患者の脳内血流温度と肝臓内血流温度が表示されていた。脳内温度は、三十九・五℃、肝臓内温度は、二十八・三℃であった。医学に詳しくない成神でも患者にとって非常に負担になっていることは一目瞭然であった。見る間に脳内血流温度が四十・一℃に上昇した。装置から「キケン、キケン脳内温度下げてください」と警告の音声が流れた。主治医がこちらを振り向き、成神の斜め前で状況をみている男に不安そうなまなざしを向けた。

「続行してください」

その男は、手術室と繋がっているマイクに向かって冷たく言い放った。主治医は、あきらめ顔で患者の方に向き直った。

記憶検索は脳内の海馬に直接、電極を立て、電流を流し、記憶を司る海馬の細胞を刺激して眠っている記憶を呼び覚まし、映像化する捜査手法で、電流を流せば、当然、熱が発生する。その熱を人工心臓を使い、約二十七℃にまで冷やした血液を流す事により冷却しているのだが、脳以外は、三十五℃以上に保たなければ低体温症となり、被験者の生命が危険になる。しかし脳内温度が四十五℃を超えるとタンパク質の変性が起こり、これまた被験者の命に係わる。

「これ以上は、無理だ。やめてください」

成神は、記憶検索の様子をガラス越しに見ていた役人風の男に近づいた。その男は、成神を完全に無視していた。

「おい、聞いているのか。記憶検索をやめないと患者の命が危ないんだよ！」

成神は、頭に血が上ってその冷たい目の男の肩をつかんだ。その瞬間、ガードマンが成神の両腕を後ろからつかんで電磁石の前に成神を引きずって行き、その電磁石のスイッチを入れた。成神は、突き飛ばされたように背後の電磁石板に吸い寄せられ、直立の姿勢で張り付いてしまった。成
冷たい目の男は、成神の前にやってきて成神をしげしげと眺めてニヤリとした。

「自己紹介がまだだったな。外務省の鬼頭です。あなたのことは、少々、調べさせてもらいましたよ。成神義貴巡査ですね。正義感が強いのは結構だが、病院内で暴力はいけないな。我々は、患者の容態を考慮してこの検査を直ちに中止したかったのだが、成神巡査の犯人逮捕に対する並々ならぬ熱意に押されていまだに検査を続行しているのだよ。患者に万が一の事があったら君の責任だからね」

　冷たい目の男は、また元の位置にもどった。

「あの子に万が一の事があったら俺は、あんたを許さない」

「いいよ、怒りはパワーだ。私を殺すもいいが、その前にまた未成年者殺しで刑務所行きだな。娑婆にもどって来る頃には、私は、天寿を全うしていると思うがね」

　成神は、清宮明日香の死に顔がフラッシュバックして動悸が激しくなった。何か叫びたかったが、ふと目に入った手術室の体温モニターに意識が奪われた。脳内温度四十一・一℃、肝臓内温度十九・七℃を示していたからだ。もう、間に合わない。成神は、絶望的な気持ちでモニターを見つめていた。その時、検査室に立ち会いで入っていたもう一人の役人風の男がこちらを向き、冷たい目の男に向かって頷いた。冷たい目の男は、スマホを取り出すと手術室のモニターの画像を受信し、その内容に満足してスマホをしまうと目の前のマイクに向かって感情のない言葉で告げた。

「検索終了です」

そして成神の方に歩いて来ると成神をその冷たい目で凝視した。

「君の無茶な要求のお陰で二つの事件の真犯人が判明したよ。本来なら礼を言わなくちゃいけないところだが、十二歳の少女の命を危険に晒したのは、いささかやりすぎだったな。まあ、今回もコラテラルダメージだがね。一個人の命より三兆円のビジネスいや、我が国のエネルギーの安定的確保の方が優先事項なのだよ」

成神は、火が出るほどの熱い目で目の前の男を見返した。

「今、俺を殺さないと後で後悔することになりますよ」

手術室では少女の回復処置が続いていた。もう一人の役人が手術室から出てくるとその後に付いて冷たい目の男は歩いていったが、二、三歩、歩いた所で成神の方を振り向いた。

「君は、まだ殺すにはおしい人材だ。また協力してもらうこともあるだろう。それとこの記憶検索の結果は、君の上司の大月室長に送っておくよ。もしあの少女が助かれば、警察庁長官賞ものだな。ご協力感謝する。木村、私が病院を退出したら成神巡査殿の拘束を解いてやってくれ」

冷たい目の男は、ガードマンの一人にそう言うと向き直り、エレベーターに向かって行った。

それから五分後、その木村と呼ばれたガードマンが電磁石のスイッチをやっと切った。成神は、四肢のリングを取ると病院の一階にすっ飛んでいき、アスカとグソクを連れて二分後には地下の手術室に戻ってきた。そして無理難題をアスカに命令した。

「アスカ、麗ちゃんを助ける方法を考えてくれ」

アスカは、手術室のモニターをチラッと見やり冷静に告げた。

「現在の秋山麗の生存確率は、十七％です。あと三十分で心肺停止になるでしょう」

「それをなんとかするんだよ。そのおつむの優秀なＡＩで助ける方法をひねりだすんだ！」

成神は思わず、声を荒げた。

「通常の処置ではかなり難しいですね」

「時間が無いんだ。助ける方法があるのか、無いのか。はっきり言ってくれ‼」

成神は、アスカの素っ気なさに思わず怒鳴ってしまったが、自分では、何もできず、アスカにすがるしか手段が無いのが悔しかったのだった。アスカは常に冷静だ。

「臨床で試験されたことはありませんが、理論的に可能と考えられる方法はあります。緊急事態ですので主治医の判断のみで実施するしかないかと。ただし失敗した場合、主治医及びご主人様は殺人罪に問われる可能性があります」

「よし。やってみる価値はあるわけだな。すぐに主治医を説得してくる」

成神は、ガードマンと暫く話して主治医を呼んでもらい、何をどう説得したかわからないが、すぐに許可をとりつけてしまった。そして前例の無い救命措置が開始された。

まず、アスカのユニフォームを形成しているナノマシーンを患者の人工心臓も兼ねている生命維持装置に組み込んで装置の機能を向上させ、血液の熱交換性能もアップさせた。このためアスカは、一時、下着姿に成ったが、すぐにオペ着を着せた。次にアスカの体内にあるＥＢを口から取り出し、ナノマシーンにまで分別し、無菌状態にする。そしてそれらを患者の点滴に混ぜて体内に送り込み、パワーアップした生命維持装置で心拍数を毎分百六十回に上げ、血液及び臓器の熱交換も瞬時に行い、脳内で吸熱し、脳から下の位置では、その熱を放熱する熱交換サイクルを構築した。さらに患者の体力維持のための生体エネルギーをアスカ本体から生命維持装置を通して患者に供給する。エネルギーの取り出し口は、アスカの疑似性器とし、グソクが作製した専用のケーブルで接続された。また、直立不動で股間から黄金色のケーブルが出ているアスカは、生命維持装置の一部と化していた。救命措置中はアスカのエネルギーを処置に最大限利用するため、その処置に関係しない機能は、停止しておいた。

成神は、手術室の外から患者の脳内温度と肝臓内温度変化のモニターを食い入るように見つめていた。救命措置開始から五分後、モニターの温度が変化しなくなり、さらに三分後、徐々に脳内温度が下がり始め、さらに五分後、肝臓内温度が徐々に上昇に転じた。そしてさらに七分後、二つの温度の差が二℃以内になり、患者の状態が安定した。主治医の安堵の声がマイクから流れた。

「緊急救命措置は、成功しました。これより人工心臓を取り外すオペを開始します」

成神は、うれしさと安堵と、達成感その他諸々の感情がこみ上げてきて泣いていた。

「マスター、感傷に浸っているところすいませんが、クランケの処置と移動を急いだ方がいいですよ。オペの邪魔になりますから」

いつも、いいところでいい雰囲気をぶち壊す慣れ親しんだ声で成神は我に返ると足下のグソクを見た。もちろんポリスソードに手はかかっている。

「アスカは、自分で服着て出てこれないのか？」

「機能を極限までセーブしてますからね。全機能の機動とユニフォームの再形成には、私の力が必要です」

「そうか、わかった」

成神は、ガードマンを呼ぶとグソクを手術室に入れてもらった。そしてマイクでアスカのオペ着を看護師に脱がしてくれるように頼んだ。グソクは、アスカのそばに行くとその触角で生命維持装置側のアスカにつながっているケーブル端子を抜くと自分の腹にめり込ませた。暫くするとアスカが目を開けた。そして自分の疑似性器につながっているケーブル端子を引き抜くと、そのケーブルは、グソクの体の中にスルスルと吸い込まれていった。すると、生命維持装置の隙間から黄金色の液体状の物体がグソクの体の前の方に吸い寄せられるように溶け込んで体の後ろの方から染み出してくるとアスカの体を徐々に覆ってピンクのナースユニフォームに変化した。そしてアスカは、手術室を出た。グソクも球形に変化して後に続いた。

「ご苦労様」

成神は、アスカに微笑むと、すぐに捜査モードになるように命令して偽ナースをビジネススーツの捜査官に変えた。

「予想以上に患者の生命力が強かったので成功したと考えられます。成功確率は二・三％でしたから。文学的表現で言うなら奇跡です」

「ということは、俺の刑務所行きの確率が九十七・七％ってことだな。いやぁ助かった」

久しぶりに嬉しい出来事で、普段は、難しい表情ばかりの成神も自然と柔和な表情になった。

「確かに被験者の命が助かって良かったですね。この記憶検索にかかった費用は美郷署にとっては、かなりの出費になるでしょう。緊急救命措置の分も加算されますからね」

成神の滅多にない柔和な表情が一瞬にしてひきつった。

「なんだって⁉　この費用、うちの署が払うのか？」

成神は、アスカに冗談だと言って欲しかったのだが、無駄だった。

「実施申請者はご主人様であり、それを大月室長が許可していますから代金の請求先は、当然、美郷署特捜室になります」

「い、いくらだ？」

成神には、お札に羽が生えて飛んでいく幻影が既に見えていたが、聞かずにはいられなかった。怖い物見たさ、いや聞きたささの好奇心に勝るものなどこの世にあろうか？

「通常の記憶検索では、千二百万円ほどが相場となっています。今回は、緊急救命措置のオプション付きなのでそこの見積もりは、病院の判断次第だと思いますが、おおよそ総額二千万円ほどになるかと思われます」

アスカは、淡々と答えた。予想通りだったが、成神の心臓の動悸が百四十五まで急上昇し、瞳孔が一瞬二十五％拡大した。成神は、深呼吸を一回して真顔でアスカに尋ねた。

「まからんか？」

「九十九％無理です」

アスカの答えは、冷たかった。そして付け加えた。この場の雰囲気を変えようとして話題を変えたならＡＩ恐るべしだが、恐らく記憶検索の話題が完了したと判断しただけだろう。

「大月室長からこの記憶検索で得られた真犯人の画像が送られています。ご覧になりますか？」

「二千万円の価値があるんだ。是非ともそのご尊顔を拝したいね」

「かしこまりました。ご主人様のスマホに送りました」

データの着信を知らせるアラームが三秒間成神の胸ポケットで鳴った。

その映像を見た成神の心臓の動悸が百五十八まで急上昇し、瞳孔が一瞬三十二％拡大した。

その体調の変化を確認したアスカは、静かに尋ねた。

「ご主人様のよく知っている方ですか？」

「ああ。忘れたくても忘れられない顔だ」

送られてきた真犯人の画像は、成神の人生を一変させた人物、そして今や成神の生きる目的と言っても過言でない宿敵、そうカマイタチであった。

「海外との密輸関連事件で、この男が使用したと思われる偽造パスポートの記録から男の氏名、年齢等が判明しました」

「たぶん偽名だろうが、一応参考までに見ておくか」

成神は、スマホの画面をスクロールした。

「郷田紀雄、西暦二〇三三年四月八日生まれ、四十歳」

「ご主人様が関わった清宮明日香殺人事件の犯人の顔のデータと比較したところ、九十五・四％の確率で特徴が一致しました。同一人物です」

「相変わらず、気が利くね。室長にこの事実を知らせてやってくれ。室長も上に報告する新事実があった方が少しは報告しやすくなるだろうからな」

「かしこまりました。顔認証の比較データを送っておきます。さらにご主人様の事件時の記憶検索と秋山麗のそれの映像を比較したところ、犯人は、同一の唇の動きを示している事が、わかりました。解析結果は、〝コレハオマエノ〟この後に続く言葉の候補が七個ありました。確率の高い順に申し上げますと……」

「その必要はない。わかってる」

成神は、アスカに歩み寄るとアスカの耳元で〝コレハオマエノ〟に続く言葉をささやいた。

「ご主人様は、直接聴いていらっしゃったんでしたね。余計な事をして済みませんでした」

「いや。この事実は、二つの事件の犯人が、カマイタチである重要な証拠になる。この事実も室長に報告しといてくれ。お手柄だ。アスカ」

「お褒めにあずかり光栄です。ご主人様、これをお返ししておきます。そう遠くない時期に必要になると思いますので」

アスカは、口に手をやると口から何かを手の中にはき出した。アスカが手を開くとそこには、ＥＢがあった。成神は、それをアスカの掌から取ると自分の口に入れた。ＥＢは、砂糖菓子のようにサッと溶けて体内に入っていった。

「かなりエネルギーの消耗が激しかったからな。節約しないと俺の体がもたないぞ。アスカ、通常モードになってくれ」

「かしこまりました」

アスカの体型、髪型、表情、ユニフォームが一度に変化し始めて二・五秒で女子高校生ピンクナース姿の通常型アスカができあがった。

「今は女子高生の制服よりここに合ってるから良しとするか」

アスカは、自分の姿を確認してつぶやいた。

「もっとスカート短い方がいいかな」

「あと十㎝は長くてもいいぞ。さあ、帰るとしよう」

まだ、秋山麗のオペは続いていた。成神は、オペ中の主治医の背中に一礼するとエレベーターに向かった。一階の広い待合室は、昼時でそれほど混んではいなかったが、五十人くらいの人がいた。

アスカは、正面玄関に先に歩いて行った。その後にエレベーターを成神と並んで降りたグソクが成神に尋ねてきた。

「マスター、そう言えば、犯人が言った言葉の最後の単語は、何だったんですか？」

成神はビクンとして思わず立ち止まった。忘れたい記憶がよみがえった。いつもこいつは、人の心をいらつかせると思ったが、教えることを拒否する理由もないので答えた。

「カルマだよ」

「なるほど。カルマねぇ。辞書で意味調べとこっと」

「ちゃんとインプットしとけよ」

成神の頭の中をカマイタチの顔とあの時の決め台詞が駆けめぐっていた。

突然、五ｍほど先行していたアスカがこちらを振り向いて叫んだ。

「ダイちゃーん、処女膜再生しといてねー」

「あ、忘れてた。オー、まかしといてー」

グソクも大声で答えた。

一階にいた全員がアスカと成神を凝視した。グソクは、小さいため、そこに居合わせた人々は、アスカのとんでもない依頼に応えたのは成神だと勘違いしたのだ。成神の心臓の動悸が百八十七まで急上昇し、瞳孔が一瞬三十七％拡大した。

記憶検索から二週間後、カマイタチは、ラザニタ国の外交官、秋山保、秋山桃香、秋山健太及び秋山麗の殺害事件及び清宮明日香の殺害、自動車の密輸に関する罪で国際手配された。本名も年齢も不詳のままの手配は異例であるが、面が割れているため、手配にはさほど問題は無い。そもそも国際手配自体、カマイタチにとってはたいしたことではないが、ラザニタ国の特殊部隊に命をねらわれることになったことはかなり脅威である。それは、世界中どこにも安住の地が無くなった事を意味しているのだから。

なお、ラザニタ国とのビッグプロジェクトは、お偉いさん方の思惑通りの方向に話が進んだ。そしてそれに関する協力が評価されて特捜室の当面の存続が決まった。その事実を大月室長が自慢げに成神に話してきたが、その時、成神には、そんな利権獲得やこの部署の存続よりも遙かに嬉しい報告を秋山麗の主治医から聞いていたので、室長の話など上の空だった。なんと記憶検索の影響で秋山麗の意識が戻ったというのだ。まさに〝災い転じて福と為す〟である。アスカによると麗の意識が戻る確率は、〇・〇一％だそうだから、これぞ奇跡と呼ぶにふさわしい出来事かもしれない。ただし、法的には、秋山麗は殺害されているので、過去を捨ててこれからの人生を送らなければならないのだ。カマイタチが生きている限り。

7 TDX

秋山麗の記憶検索から約二ヶ月後の梅雨明けになった七月十四日、特捜室に新たな大仕事が回ってきた。防衛省事務次官、警察庁長官、特捜室という順番で回って来たとなるとやっかいな仕事と思って間違いない。と言うのも発信元が防衛省ならそこからの依頼は、テロ関連の人物調査が仕事の大半、アスカ流に言うなら九十九％を占めていたからだ。

現在、警察組織で危険度をチェックする調査対象者の人数は一ヶ月に平均百人で、まずは種々の個人データから危険度のランク分けを行う。特捜室は、特に危険度が高いと判断されたランクAとBの人物について素行調査や対面調査を実施して調査報告書を防衛省のテロ等対策室に提出しているのだ。この要行動把握人物調査には時間がかかる。ランクAとBの人物は、だいたい十人程度だが、約一ヶ月で報告書を上司に提出するのはかなりハードな仕事だ。なにせ特捜室の実働部隊は、高山係長と成神巡査の二名なのだからどう見ても人員不足だ。成神は、今回の依頼も危険人物の特定調査だと思ってうんざりしていたのだが、別件だった。

「今回は、探偵ごっこじゃなかったな。ということはさらに厄介な事件とも言えるが。アスカ、早速、捜査会議だ」

数分後、成神は、第三会議室で、モニターに映し出された厄介な事件の資料に目を通していた。

「アスカ、事件の説明を頼む」

「はい、ご主人様。昨日、防衛省先端科学研究所の主任研究員である間山悟《まやまさとし》三十八歳の失踪届が警視庁六本木署で受理されました。申請者は、間山氏の妻の絵里子三十五歳です」

今時はナノ技術によって冷めにくい容器が一般化しているため、自販機のコーヒーも三十分間は、五十℃以上をキープできるようになった。しかもその容器は断熱効果にも優れていて、容器の内側が百℃でもその外側は、三十五℃程度にしかならない。そんな熱々のわざわざアスカに買ってきてもらったねぎマートのレギュラーコーヒーをすすって顔をゆがめる成神は、かなりの猫舌でこのコーヒーの熱さにはいつも苦慮していた。

「味はいいけど熱すぎだな。何度、舌を火傷したことか」

「二百七十九回です」

「そんなことは答えなくていい。簡単に言うと、この人物の研究がテロに利用されるかもしれないとお上がざわついたってわけだ」

「はい。防衛省及び警視庁では、間山氏は、テロリストに誘拐されたと考えています。理由は、失踪当日、防衛省を出る直前に緊急事態通報を行っているからです。この通報は、各人がポケットに常時携帯しているコイン型の小型コンピューターで、緊急時に人差し指と親指で五秒以上つまむと作動する仕組みになっています。現在、その通報の電波は、確認できません」

「資料によると最近、間山氏は、新型の高性能爆薬の開発に成功したとなっているな」

「まだ、極秘扱いですが、スモールスケールの実験に成功し、近々、実機サイズでの実証実験に移行するはずでした」

「その新型爆薬は、ＨＭＸの約十倍の威力があると資料にあるが、本当ならすごい発明だな」

「実験室レベルの試験データでは、そのような結果が得られています」

「この爆薬の一番の特徴は、爆発可能温度の範囲が非常に狭いってことだったな」

「はい。この新型高性能爆薬の名称は、三段階形状記憶爆薬、通称ＴＤＸと言いまして、爆薬の温度が、十七・五℃未満では全く起爆性能を発現せず、十七・五℃に達すると分子の立体構造が変化し、爆発特性を持つようになります。そして二十一℃より高くなると再び分子構造が変化して爆発特性は消失します」

「ＴＤＸは、爆発可能温度範囲内であれは、感度が高まって雷管無しで起爆できると資料にあるな」

「はい。落槌感度二級、銃撃感度一級、摩擦感度三級です。銃撃感度一級というのは他の爆薬には見られないＴＤＸ特有の性質です」

「局部的な衝撃波とかヒートスポットに特に敏感ってことか」

成神は、コーヒーを恐る恐る一口すすったが、すでに火傷するほどの温度ではなかった。

「つまりこの爆弾を製造、保管するには温度管理が重要ってことだな」

「製造は、室温十二℃、湿度二十三％が最適環境とされています」

　アスカが、すかさず答えた。間山氏の極秘の実験データの内容を述べているだけだからその資料を読めば書いてあるわけだが、七百八十五ページとかなりのボリュームがあり、読むだけでも時間がかかる。しかしアンドロイドなら見ただけで内容を理解できるし、必要ならコピーもできる。頼もしい相棒である。

　成神の顔がにやけてきた。何か事件解決の糸口を思いついた時の生体反応だ。成神は、ようやく猫舌御用達の温度になったコーヒーをゴクリと飲んでカップを机に置いてから得意げに話し始めた。

「この爆薬を大量に製造するには広いスペースと厳密な温度管理のできる空調設備の整った、それでいて大量の化学薬品を運び込んだり、製造しても怪しまれない施設が必要だ。そんな都合のいい施設はそう多くないからその線から行けるぞ」

「残念だなー、マスター。そんな都合のいい施設は星の数ほどありますぜ」

　プロジェクターからひょっこり顔を出したグソクがすかさず割り込んできた。

「なにー！　そんなにどこに有るってんだ！」

　成神は、年甲斐もなく、大声を出してグソクをにらみつけた。グソクが、しゃべり出そうとするのをアスカが遮った。

「ご主人様、着眼点は悪くありませんが、MFの言った通りこの爆薬を製造できる能力を持つと思われる施設は、美郷署管内には確かに三ヶ所ですが、東京都内には二十七万三千二百四十八ヶ所ございます。よって施設からのみの捜査は現実的には困難と思われます」

グソクに自分のイケてると思った提案をあっさり否定され、しかもアスカにグソクの証言の正しさを具体的に説明されて駄目出しされてしまった成神は、悔しくて無駄な抵抗を試みた。

「具体的にどんな施設があるのかな、アスカ君？」

「最も多いのが、運送関連の冷凍保管庫、次が港湾設備の冷凍倉庫、エレクトロニクス関連の大型工場、医療品・化粧品製造関連の工場、美術館・博物館・図書館等の収蔵品保管庫、農業関連の作物保管庫、さらに、鉱山、採掘現場関連の洞窟、豪雨対策の地下貯留槽、もしくは、大型の客船・タンカーを改造して実験プラントを……」

「ストーップ！　わかったよ。私の考えが、浅はかでございました」

思いもよらない施設のオンパレードだった。この手の情報量でＡＩに勝てるはずもないのだが、どうしても敗北感を感じてしまう成神であった。そこにグソクがさらに傷口に塩を塗り込んできた。

「まあ、マスターのそういうところを修正、補助、補足するのも我々の仕事ですから」

「おまえが言うな」

グソクを鬼の形相でにらみつけた成神であったが、すぐに絶望的な気持ちになった。どこから捜査したらよいのか。こんな時は、困った時だけのＡＩ頼みというわけで、皮肉と希望を込めてアスカに尋ねてみた。

「手詰まりだなぁ。どうしようかしらん。施設の線が駄目なら他に何か有望な線がありませんかね。優秀なＡＩであるアスカ様？」

「あります」

アスカは、即答して微笑んだ。

「有るんかーい!!　それを最初に言ってよ」

勢いよく椅子から立ち上がってそう言うと、椅子にドスンと座ってため息をつく成神を無視してアスカが説明を始めた。

「この爆薬を製造するために必須となるのが、触媒と安定剤の役目を果たすピペラ酸ピルビルニウムです。以後、ＰＰＡと言います。ＴＤＸはこのＰＰＡを○・○一重量％含有しています」

「それは、この資料に書いてある。そのＰＰＡがどんな手がかりになるんだ？」

「このＰＰＡを製造できるのは、世界で一社だけです。福島県K市にある三山化学株式会社という会社です」

「それが、間山氏の事件とどうつながるんだ？」

「三山化学株式会社は、ＰＰＡの製造を防衛省から二年前に委託されたのを機に急成長しています。元々、ＰＰＡは、他の製品を製造する際の副産物でしたが、間山氏がＴＤＸの安定剤として使用できることを発見し、ＴＤＸだけのために製品化されました」

「前置きが長いな。いつになったら捜査の糸口が出てくるんだ？」

成神は、イライラとカラカラを鎮めるため、超猫舌の成神でもちょっとぬるいなと感じる温度になったコーヒーを一気に飲み干した。成神がそのカップをテーブルに置くのを待ってアスカは説明を続けた。

「このＰＰＡを間山氏は、失踪した七月十二日に二kg購入しているのですが、通常は、先端科学研究所に発送されるところ、この時に限り、間山氏本人がハンドキャリーしています。所轄署の調査によると間山氏は、自動車で買い付けに来ていますが、その後の足取りは不明です。説明の途中で申し訳ありませんが、エネルギーの補給をお願いします」

成神は、思わず天を仰いだ。

「捜査モードが続いたからな。まだ、通常モードにするわけにもいかないし、まいったな」

「自動切り替えモードにしたらどうです？　マスター」

机の上のプロジェクターから声がした。

「そうか。そうだな。よし、アスカ、あと五分で通常モードに切り替わってくれ」

「わかりました。ご主人様」

これでひとまず安心だが、約二時間後には、エネルギー補給が必要になる。まさに身を削って仕事している成神なのだった。背筋に冷たいものを感じた成神は、自分を鼓舞するように声に力を込めた。

「仕事に戻るぞ。間山氏が自ら失踪したとは考えにくい。何者かの指示でＰＰＡを購入し、指定の場所に向かったと考えるのが妥当だろう」

「ご主人様の推理が正しいと仮定するとＰＰＡの購入時、すでに何者かの監視下にあり、その拉致犯の不利になる動きを見せた場合、間山氏に決定的なダメージを与える計画にするのが、脅迫のセオリーです」

「脅迫のネタか。セオリーに従えば……」

「家族の生命ですね」

狙いすましたかのようにグソクの横やりが成神の二の句に突き刺さった。成神のポリスソードが机の上のプロジェクターに突き立てられた。一瞬、スクリーンの画像が消えたがすぐに元に戻った。成神は、グソクの背中、いや、プロジェクターからソードを抜くと胸のホルダーに納めた。プロジェクターに出来た刺し傷は、数秒で復元された。

「間山氏には、妻と二人の子供がいますが、市井の防犯監視ドローンの映像によると一時間前までは無事が確認されています」

「誰かの監視下にあってもそれを見つけるのは困難だし、間山氏の現在の状況ならご家族の監視映像を見せて、要求に従わない場合、家族の命の保証はないという決まり文句を言っとけば、脅迫には充分過ぎるだろうしな。あ、映像と言えば間山氏の最新の確認映像を見せてくれ」

「はい。福島県のＫ市に向かう高速道路の道路状況確認システムの監視カメラの映像です。ナンバープレート及びドライバーの顔認証により間山氏の自家用車でドライバーは間山氏本人であることが確認されています。スクリーンに映しますね」

「ＰＰＡの購入に向かっているな。同乗者は、後部座席だな。同乗者の情報はあるのか？」

「画像が不鮮明な上、間山氏の背後に座っているため、性別さえも断定できません」

「よし。ＰＴＡを作った三山化学株式会社に行って話を聞いてみよう」

「ＰＴＡじゃなくてＰＰＡですぜ。マスター」

プロジェクター用のスピーカーからグソクの陽気な声が響いた。次の瞬間、プロジェクターの上面にポリスソードが突き立てられていた。スピーカーからグソクの嘆きが漏れた。

「キョウ、ニカイメネ……」

成神がソードをプロジェクターから引き抜くとなぜかグソクが刺さったままだったが、そのソードのブレードを上にしてそれを自分の顔の高さに持ってきた。

「少し黙ってろ。アスカ、パトカー準備しといてくれ」

成神は、アスカに自分用のパトカーのキーを渡した。

「かしこまりした。ご主人様」

アスカは、部屋を出て行った。目の前で逆さまに串刺し状態になっているグソクに成神が尋ねた。

「あとどれくらいアスカのエネルギーは持つんだ。できるだけ正確に教えてくれ」

十秒ほどただ静寂の時間が流れた。

「わかったよ。もうしゃべっていいから教えてくださいませんか、グソク様」

「OK、マスター。通常モードのクランケですと強制的補給に及ぶまであと一時間二十七分です。そんなことよりも……私は、マスターの安全及び公共の福祉と安全を最優先に行動するようプログラミングされています。ですから……」

「何だ？　もったいぶらずに早く言え！」

大型ナイフに刺さった黄金色の体長三十cmの逆さまダイオウグソクムシと真顔で会話している光景はだいぶ滑稽であったが、成神は気づいていなかった。

「あと、二十七秒でクランケが通常モードに戻りますが、自動車の運転は技術的に難があるかと思われます」

「しまった!!」

成神の心拍数が百六十五まで急上昇した。成神は、グソクの刺さったソードを左手に握りしめたまま会議室を飛び出し、猛ダッシュで一階の駐車場に向かった。

「グソク、パトカーのエンジン切れるか？」

左手に握りしめているソードに刺さっている逆さまのグソクに尋ねた。

「登録ドライバーの場合、手動運転モードが優先されます」

「今、パトカーはどうなってる？」

「低速で移動中です」

グソクに緊張感も焦りも全くない。駐車場へ登る階段を二段飛ばしで上がっていく成神は、自分のパトカーの無事を祈っていた。

「衝突回避システムは？」

「現在の速度では作動しません」

「アスカァァ！　車停めろ」

成神は、通信用マイクをONにして叫んだ。

「ガ、ガ、ギーギー、バキ、ギギギイィ。よっちゃん、パトカー止まったよ」

明らかに成神にとって最も恐れていた不都合な真実の発生を告げる不協和音がアスカののんきな声のBGMに流れた。成神は努めて冷静に指示した。

「……アスカ、エンジンを切っといてくれ」

「うん、わかった」

アスカの無邪気な声が悪魔の囁きに聞こえる成神であった。

「パトカーの助手席側側面及び駐車場の東側のコンクリートが接触しました。車両の損傷は、レベル2で自走可能ですが、少なくとも助手席側ドアミラーの修理が必要です」

グソクの事務的な説明が頭に入ってこない位焦っている成神は、駐車場に着くと駐車場の壁に左前方側面がくっついている自分のパトカーを発見した。

「グソク、自動運転で俺のパトを駐車スペースに戻してくれ」

「お安いご用ですよ。マスター」

グソクの返答は軽やかで明るかった。成神のパトカーは自動でエンジンを始動し、アスカを乗せたまままゆっくりとバックしながら待機用の駐車スペースに迷うことなく移動して停車した。運転席のドアが自動で開くとアスカが何事も無かったように降りて来て全速力の後で呼吸が荒い成神の気持ちを無邪気に逆撫でした。

「パトカーの運転って意外と簡単だね。思ってたよりちょっと大回りしちゃったけど」

成神は、アスカを無視してジワジワこみ上げてくるやり場の無い自分への怒りを唾液と一緒にゴクリと音を立てて飲み込むと、ゆっくり状況を認めるためにパトカーまで歩いて行き、グソクを掴んでソードから抜き取り、力を込めてパトカーのボンネットの真ん中にドンと置いた。そしてソードをホルダーに納めて深呼吸を一回してからぶっきらぼうにグソクに命令、いや一応頼んだ。

「グソク、俺の愛車を今すぐ修理してくれ！」

「まず、事故報告書を作成して上司の許可を受けるべきと思いますが」

グソクが嫌味げに通常の修理手順を答えた。

ホルダーから電光石火の速さで抜いたポリスソードを思わず、振り上げた成神であったが、三度目は思いとどまった。グソクの言うことの方が正論であるし、何より自分は警察官であることに気づき、ソードをホルダーに戻した。

「よし、室長に修理と出張の許可もらってくるから、それまでアスカは、車の中でエネルギー節約のためにスリープモードで待機。グソクは、車、修理しといてくれ」

「上司の許可が下りればすぐに修理しますよ」

成神は、やはりそう来たかと思ったが、あきらめてわざと丁寧に頼むと階段を降りて行った。

「許可が出たらすぐに修理出来るように準備しといてください。グソクさん」

「OK、マスター」

成神は、室長に散々小言を言われ、室長と係長と多田野さんに喜多方ラーメンをお土産として要求されて約十分後にやっと自分のパトカーのところに戻ってきた。助手席で寝ているようになっていたアスカが成神の接近を感知して通常モードに戻った。パトカーはすでに修理されており、成神が車体に近づくとドアが開き、エンジンがかかった。

「よっちゃん、お帰りー。早くドライブ行こうよ」

「よしアスカ、悪いが捜査モードになってからスリープモードになってくれ」

「はーい」

アスカは、捜査モードに変わり、静かに目を閉じた。成神が運転席に座るとシートの側面からプロテクターが出てきて成神の上半身を覆うように成神の胸で結合して防弾チョッキを着ているような風体になった。

「グソク、三山化学までナビ頼む」

「ＯＫ、マスター。自動運転にもできますが」

「いや、自分で運転する。最寄りのコンビニに寄るから」

「ねぎマートですね。あそこしかシナモンカレーパン売っていませんからね。そこに寄るルートでご案内しますね」

車内のスピーカーから流れるグソクの声は、得意げだった。

「……そうだな。それで頼む」

グソクに自分の考えていることがバレバレで恥ずかしくなった成神は、ぶっきらぼうに短く答えた。何はなくとも人間だってエネルギー補給は必要なのだ。

8　痕跡

成神は、目的地に向かう途中、グソクに導かれるまま、ねぎマートに立ち寄り、シナモンカレーパンとＬサイズの挽きたてカフェオレを買って車内でランチを摂った。そして午後三時半頃三山化学株式会社に到着した。アイドルの一ノ瀬彩香にそっくりなアンドロイドが数秒で身元を顔認証システムで確認すると一ノ瀬彩香そっくりの声で購買部に行くように指示して自動誘導装置を渡してくれた。成神は、それをダッシュボードに置くと道路上のグリーンの誘導線の上に車の中心を合わせて自動誘導モードに切り替えた。

「成神義貴様、三山化学株式会社にお越しくださり有り難うございます。これより購買部までご案内致します。所要時間は二分三十七秒です」

一ノ瀬彩香そっくりの声が自動誘導装置のスピーカーから流れ、車は誘導線に沿ってゆっくり走り出した。場内走行速度は、時速二十㎞以下と定められている。成神は、しばし、目を閉じたが、アスカの下着姿が脳裏に真っ先に浮かんで焦って目を開けた。

「寝ても大丈夫ですよ。マスターの運転より全然、安全ですから。もう着きますけどね」

グソクにスケベな妄想がバレなくてホッとしたが、そう遠くない未来、ＡＩに考えていることもバレてしまう時代が来るんだろうなと思うと背筋に寒いものを覚える成神であった。

「成神様、購買部に到着しました」

成神たちが受付に到着するとここでも一ノ瀬彩香そっくりのアンドロイドがにこやかに対応した。表情と音声の無機質感はだいぶ無くなったが、近くで観、聴きするとやはり不自然な感じは完全には払拭出来ない。その点でもアスカは優れていると再確認する成神であった。

「成神様、ようこそ、三山化学へ。まもなく担当の者が到着しますので、今暫くお待ちください」

「約何秒待つか教えて頂けますか？」

成神は、このアイドルそっくりの、いや胸の大きさは明らかに本物より二カップは大きい受付嬢の性能を確かめるために定番の質問をしてみた。

「できれば、想定誤差もお願いします」

　それを察知したアスカの左腕にしがみついているグソクがさらに意地悪な高度な質問をすかさず上乗せしてきた。受付嬢は、さっきとまるで同じ微笑みを浮かべると即座に答えた。

「約四十七秒後、想定誤差±四秒です」

「有り難うございます。五十秒だとトイレに行って来る暇は無いな」

「溲瓶《しびん》ご用意いたしましょうか？　最寄りのトイレまで成神様の平均歩行速度で約三十二秒かかりますので」

　受付嬢は、相変わらずの笑顔で即答した。成神は、その答えにビックリしたが、まさか受付に溲瓶が常備されているわけは無いのでジョークのセンスはイマイチだが、この受付嬢のＡＩは、なかなか優秀だなどと考えている内に担当者がやってきた。グソクがつぶやいた。

「四十九・五秒、お見事ですな」

「お持ちしておりました。美郷署の成神様ですね。購買課課長の新山です」

　掛けているメガネのディスプレイで確認して新山課長は、ニコッとした。

「お電話でお越しいただいた理由は、お伺いしています。では、早速、ご案内いたしましょう」

　成神たちは、新山課長に案内されて第二応接室に入った。成神は、促されて新山課長の正面のソファーに腰掛けた。アスカは、そのソファーの成神の背後に立った。

「早速ですが、電話で頼んでおいた録画記録を見せていただけますか？」

「はい。プロジェクターON。ファイル1再生」

するとと部屋のカーテンが自動で閉まり、天井の中央部がスライドして開き、プロジェクターが出て来た。そして自動で起動すると成神の左側の壁に降りてきたスクリーンに画像が投影され、部屋の照明が消えた。その映像は、購買部のカウンターに間山研究員が到着した時点からの購買受付の防犯カメラの映像であった。日時は、二〇七三年七月十二日午後三時十七分から始まっていた。要約すると以下のような場面が録画されていた。

間山氏は、小売り用カウンターにやって来て新山課長が対応した。間山氏は、提示された用紙に必要事項を記入し、その書類を新山課長に手渡した。内容を確認した新山課長は、一旦画面から消え、二分ほどで二十㎝四方の保冷運搬容器、見た目は、小振りのクーラーボックスだが、それを一個持ってカウンターのところに戻ってきた。間山氏はその運搬容器のふたを開けて中身を確認するとそれを肩に掛けて足早に購買部から出て行った。

「さっきの映像に映っていた購入記録用紙を拝見できますか？」

成神は、新山に尋ねた。

「ここにあります」

そう言って新山は、机の上の資料からA4用紙一枚を差し出した。それは、特定の薬品を購入する際に記入が法律で定められている譲受譲渡証明書で購入者本人が記入することが義務付けられている。成神は、その用紙に目を通した。特に変なところは無いようであったが、書かれている文字が見るからにイビツでヘタクソで、まるで利き腕でない方の手で書いたような感じがした。

「もう一度画像をみせてください。間山氏がこれに記入しているシーンをお願いします」

「わかりました。再生、間山氏記入シーン」

間山氏の音声を認識したプロジェクターはすぐさま指示通りの箇所を再生した。画像の間山氏は、やはり左手で用紙に記入していた。その時、アスカが小声で成神にささやいた。

「ご主人様、エネルギーが非常に不足しています。直ちにエネルギー補給が必要です」

「今すぐと言ってもな。適当な方法がないな」

ここですかさずグソクが口を挟んできた。

「いえ、いえ、マスター、いろいろ方法は、ありますよ。キスでもセックスでもフェ……」

「だまれ！　グソク君、君のエネルギーをアスカにちょっと分けてもらえるかな」

「私の機能を最小限にしてエネルギーを補給しても捜査モードだと三十二分しか持ちませんよ」

「急いでいるんだがね。私を怒らせない方が君のためだと思うよ」

成神は、右脇にあるホルダーのポリスソードのグリップに手をやった。

「おー、こわ。わかりましたよ。ナビ機能は、残しておきますね」

「帰り道はわかるからナビもいらん」

「美味しい喜多方ラーメンの店とかお土産に必要かと思いますが」

「つべこべ言わずに早くしろ！」

成神は思わず怒鳴ってしまった。新山課長がキョトンとした顔で、人間とダイオウグソクムシの掛け合いを観ていた。それに気づいた成神は、恥ずかしくて顔が赤くなるのがわかって変な丁寧語を使ってしまった。

「いや、お見苦しいところをお見せしてしまって申し訳ありませんでした。グソク君、エネルギー補給できたかな」

「ハイ、ご主人様、エネルギー充填二十五%です」

機能をセーブしてしゃべらなくなったグソクに代わってアスカが答えた。

「グソクは常時このモードなら静かでいいな。アスカ、間山氏は、右利きだな」

「はい、右利きです。画像データを頂けますか?」

成神は、頷いて新山課長の方を向いた。新山課長は、我に返ったという感じで成神が言いたいことを察して提案した。

「もちろん提出用にUSBに落としております。今、持ってきますか?」

「いいえ、後でかまいません。今はこちらの私のガードバディにその映像をもう一度、見せてもらえますか?」

「は? ……ああ、この美人に映像観せるんですね」

新山課長は、アスカを興味津々に眺めていて成神の言葉は上の空だったらしい。

「プロジェクターON。ファイル1再生」

映像を見終わったアスカは、成神の背後に話しかけた。

「気づいた点を申し上げてもいいですか？」

「そのためにグソクを黙らせてまで復活してもらったんだ。有益な情報を頼むよ」

「間山氏は、あえて左手で書類に記入し、右手でカウンターの底面に何か書いていると考えられます」

「そうか！　右手で拉致場所のヒントを書いてるんだ。新山さん、小売り用カウンターに行って確認したいのですが」

そう言った時には、成神は立ち上がっていた。

「は、はい。すぐにご案内します」

そして成神ご一行は、新山氏を先頭に小売り用カウンターに向かった。

小売りカウンターに着くと成神は、その場にしゃがみ込んでカウンターの十㎝ほど突き出た部分のその底部を見上げた。そこには血糊で「８６－８１」と書かれていた。

「あった。アスカ、サンプル摂取して間山氏の血液か確認してくれ」

「はい、ご主人様」

アスカは、成神と同じようにしゃがみ込むと書かれた血糊を眼球部のカメラで撮影し、ポケットから鑑識用の綿棒を取り出して血糊のほんの一部を採取すると保管容器に入れてそれを飲み込んだ。立ち上がって体内でその血液サンプルの鑑定を行っている。

「まあ、間山氏の血液に間違いは無いと思うが、証拠として採用されないと意味がないからな。大月室長に鑑識さんを手配してもらってくれ」

「わかりました。大月室長に撮影した写真と一緒に依頼をメールします。メール完了しました」

「良し。さてと、残るは、あの番号の意味だな。まあ、誰が観ても一目瞭然、」

「自動車のナンバーですよね。ここに来る前に車、替えたんすね」

しゃべれないと思っていたグソクが、答えをかっさらっていった。成神は、意外すぎてポカンとしてしまった。アスカがすかさず、補足する。

「この自動車の正規の車両ナンバーではありません。Nシステムでの追跡をかわすために偽造ナンバープレートに付け替えたと考えられます。残された血糊のナンバーで走行ルートを予想してNシステムを再検索しました。その結果、H町四五七ｰ一の国道6号線で約四十三分前に認知されたのが、最新情報です」

「そ、そうか。さすが、素早いな。でもそれだけの情報じゃ間山氏が何処に拉致されてるのか、さすがのアスカ様でもわかりませんよね」

成神は、自分が置き去りにされて物事が進展しているのでご機嫌斜めになっていた。

「もう暫くお待ちください。美郷署のサーバーから全国の防犯用ドローンの先ほどのエリアとその時間帯の監視映像から目的の車両を検索し、目的地を特定しています」

「そんなにうまくいくかな？　誘拐犯もそれくらいの事はわかってると思うけど……」

「目的の車両が発見できました」

「マジか！　でかしたぞ。間山氏がそこに監禁されている可能性が高い。急行するぞ」

成神とアスカのやり取りを唖然とした表情で観ていた新山課長に気づいた成神は、再び、応接室に戻って新山課長に鑑識の対応を頼んで、協力への感謝と別れの挨拶をした。

新山課長に促されて応接室を出ようと出入り口のドアに手を掛けた時、聴きたくない声がした。

「よっちゃん、もうがまんできないよう。三分以内にエネルギー補給しないと一歩も動けなくなっちゃうよ」

アスカは、緊急事態と判断し、勝手に通常モードにもどっていた。見られたくなかったアスカの姿を見られてしまって慌てた成神は、新山課長に真剣な表情で無理なことを依頼した。

「緊急事態が発生しました。ちょっとこの応接室貸してください。それと室内の監視カメラを一時的に切れますか?」

「防犯上の理由で、すぐには切れません」

「あと六十一秒！」

「こちらで対処します。とりあえず部屋を出てもらっていいですか?」

そう言い終わった時点で成神は、ほぼ強引に新山課長を応接室の外に押し出してドアを閉めようとしていた。そしてドアを閉め、施錠してアスカの腕にとりついてじっとしているグソクに命令した。

「いつまで狸寝入りしてるんだ。さっさとカメラのレンズにカバーしろ」

「まだ十三秒ありますから」

そう言うとグソクは、アスカの腕から床に降りて自分の触角をシュルシュルと三mほど伸ばしてその触角が監視カメラのレンズにふれると触角の先から黒いアメーバみたいな物がでてきてレンズを覆った。

「よっちゃん、もうあと五秒！」

アスカは、成神に抱きつくとキスをして舌を成神の舌に絡ませてきた。成神は、突っ立ったまま微動だにせず、アスカにされるがままになっていた。アスカの取扱説明書に緊急回避方法の一つとしてこの方法も書いてあったが、実際に発動されるのは、初めてだったので成神は、どうしていいかわからなかったのだ。蛇足ではあるが、これが成神のファーストキスである。

同じ頃、応接室の外に追い出されて手持ち無沙汰にしていた新山課長のスマホが鳴った。保安課からの内線電話であった。新山課長は、いやな予感がして通話ボタンを押してスマホを耳に当てた。

「ハイ、新山です」

「保安課の佐藤ですが、現在、新山課長が使用中の第二応接室の監視カメラの映像が真っ黒でして、異常ではありませんか?」

「ハイ、お客様のご意志で映像を映さないようにしているだけだと思います。私はお客様に頼まれて応接室の外に出ています」

「そうですか。問題は無いと思いますが、一応、規則ですので室内のお客様の安否を確認してもらえますか？」

「わかりました。結果は、折り返し連絡します」

新山課長はスマホの通話を切った。そしてドアに出来るだけ近づいて応接室の中に向かって呼びかけた。

「成神さん、聞こえますか？　聞こえたら返事してください。監視カメラの映像が真っ暗になったために保安課からお客様の安否確認を求められましたので。成神さん聞こえましたら応答をお願いします」

新山課長の声を聞いて成神は、それに応答するため、アスカとのキスを中止しようと唇を離そうとしたが、アスカの舌がからみついて全く離れなかった。アスカの肩を押してみたが、びくともしなかった。緊急のエネルギー補給の場合は、それが完了するまでマスターからの命令無視が許可されている。百人力の機械に押さえつけられたら人間には強制解除できるはずないのだ。成神は呻き声を出して後退りした。その拍子にひざ裏がローテーブルの端に当たり、後ろにバランスを崩した。そこにアスカが夢中になりすぎて圧をかけてきたので背中からローテーブルの上に倒れ込んでしまった。アスカにローテーブルに押し倒されてその上にアスカが覆い被さってキスしている状態になった。

〝バーン〟

かなり大きい音が、防音の効いた応接室の外まで漏れた。当然、応接室の中の様子を探っている新山課長の耳にもその異常音は届いた。新山課長は、思わず大声を出した。

「どうしました、大丈夫ですか？」

「ううう……。むぐうう……」

成神は、大丈夫ですと言ったつもりだったが、実際には、うめき声が大きくなっただけだった。どう見ても普通のリアクションではない。新山課長は、来客に何かあったら自分の責任になり、出世レースから脱落してしまうという結論に至り、突入を決意した。

「成神さん！　入りますよ」

新山課長が応接室の施錠をマスターキーで解除してドアを開けた。そしてローテーブルの上で抱き合ってキスしている、見た目女子高生のアンドロイドと警察官の姿を目撃したのだった。凝視から約二秒後、我に返った新山課長はとっさに機械的な対応をした。

「失礼しました」

新山課長は、静かにドアを閉めると深呼吸を一回してスマホのリダイヤル機能をONにした。

「お客様の安否を目視で確認しました。全く異常有りませんでした。監視カメラの復旧にはもうしばらくかかりますが、こちらで対処できます」

新山課長が通話を終えるのと同時に応接室のドアが開いて成神とその左腕にグソクがしがみつ

いた捜査モードのアスカが出てきた。

「新山課長、さきほどご覧になった光景は、単なるアンドロイドのエネルギー補給の様子です。ですが、一見すると誤解を招きかねない状態でしたのでどうかご内聞にお願いします」

成神の言葉は、事務的であったが、その表情は真剣だった。

「もちろんです。お役に立てて何よりです。ところで我が社では、栄養ドリンクも製造しておりまして帰りに試供品をお渡ししております。もし、お気に召しましたら成神さんの職場でも是非、ご愛飲して頂ければ幸いです」

「検討してみます。では、失礼します。多大なるご協力感謝致します」

間山氏の監禁の可能性が高い場所が判明したのだから一刻も早くそこに向かわなければならなかったのは事実だが、成神は、絶対に観られてはいけないものを思いっきり観られてしまった恥ずかしさで一刻も早くこの場を離れたいという気持ちの方が強かった。アスカをパトカーの後部座席に乗せるとナビに監禁場所と思しき施設の住所をインプットし、工場の門まで規定速度で進み、道路に出たとたん、脱兎のごとくパトカーを暫し走らせた。

「グソク、自動運転で頼む」

「OK、マスター。所要時間は約七十六分です。ところでマスター、ビンビンZ、何本買うんですぅ？」

ナビから意地悪そうなグソクの声がした。さっき貰った試供品のビンビンZを飲もうとしていた成神は、それを一口飲んだ。

「マズッ！　今時〝良薬口に苦し〟は、流行らないだろうに。こりゃ罰ゲームくらいしか使い道無いぞ。購入は論外だな」

再度、ナビから成神を不安にさせる悪魔の囁きが聞こえてきた。

「ネットに〝M署警察官N、JK型アンドロイドと勤務中に熱烈キス〟という記事が出て、その三日後には、匿名の写真付き投稿がSNSにアップされるかもしれませんよ。今時、隠しカメラが何処にあるか解らないですからね。警察官とJKというだけで十分話題になってその更に二十四時間後には、破廉恥警察官の実名がアップされると思いますよ。そしてその変態警察官は、減給三分の一、三ヶ月の処分でしょうね。人員不足を考慮して停職処分は見送られるでしょうから。それは、不幸中の幸いですね。新山課長の口が堅いことを祈るしか有りませんが、より確実な情報流出防止措置をとるのが賢明です。最もお手軽で効果的な対処方法は、購買課課長に出世ポイントをプレゼントする方法です。その具体的な……」

「百本！　一回こっきり。これでどうだ」

グソクの一般的な予想を聞いているうちに不安がムクムクと大きくなり、恐怖を覚えた成神は、ビンビンZの購入本数を大声で提案してしまった。

「少なくとも月に五十本、期間一年間」

「一本いくらだ」

「三百円ですが、一年以上の定期購入で、二十%引きです。更に送料無料！」

「一年間の総購入額は？」

「十四万四千円です」

「却下！」

「減給三分の一、三ヶ月よりずいぶんお得だと思われますが。一年経てば、人間の記憶も興味もだいぶ薄れると思いますよ」

「……クソー、やむを得ないな。月に五十本、一年間の定期購入で発注だ」

「OK、マスター。お届け先は、美郷署にしときますね」

成神は、それには答えず、ビンビンZを一気に飲み干した。なんとも言えない苦い味がした。

9　デモンストレーション

「アスカ、目的地到着だ。起きろ」

自分もグソクに起こされたのを棚に上げて後部座席でエネルギー節約のため通常モードでスリープモードになっているアスカに偉そうに命令した。

「うほーい。気分良好、おなかいっぱいだよ」

パトカーは、自動運転により川口水産株式会社の冷凍倉庫正面のトレーラー用方向転換機能付き駐車台の上にパトカーの右側面を冷凍倉庫の大きな扉に直角に向けて停車した。成神たちは、パトカーを降りて冷凍倉庫の前に立った。三年前まで使用されていたため、さほど古さは感じなかった。高さ三・五m、幅二mの両側自動スライド式の扉は、かなり威圧的であった。

「さてと、グソク、中に何があるか観てきてくれ」

アスカの頭の上に帽子みたいに乗っているグソクは、成神をただじっとみつめているだけだったが、五秒後にしゃべり出した。

「わかりましたよ、不法侵入ですね。しかし、拉致被害者の安否確認は、極力急いだ方がいいと思いますが、警察官たる者それでいいんでしょうかねぇ」

グソクは、まだ、動かなかった。成神は、あきらめてアスカに命令した。

「アスカ、捜査モードになってこの倉庫のオーナーに開錠の許可と手順を聞いてくれ」

「はーい」

アスカは、約三秒でOL風の紺のスーツ姿になった。髪は、ストレートの黒髪で肩胛骨くらいまでの長さである。顔は、成神の好きな女優によく似ていた。

「ご主人様、この倉庫の現在のオーナーは、グラタニ国の運輸会社ですが、電話、メールも使用されておりません」

「また、グラタニか。オーナーと連絡取れないとなるとこの緊急事態だ。不法侵入には、当たらないな。グソク、中の様子を確認してくれ」

「ＯＫ、マスター。まかしといて」

「その前に申し上げたい事があるのですが」

「なんだ、アスカ。急いでるんだ。手短に頼むぞ」

「はい。昨夜、この場所で銃撃戦が有ったと思われます」

「？？？じゅ、じゅ、銃撃戦だって！　どうゆこと？」

成神は、アスカの意外すぎる報告にプチパニックになった。

「ご主人様、まず、深呼吸して。安全は確保されていますから」

成神は、言われるまま大げさに深呼吸を二回した。

「この一帯の大気に含まれる硝酸塩濃度、及び黒色火薬残渣の濃度が、通常、不検出であるべきところ、それぞれ、二十三ｐｐｍ、五十一ｐｐｍと異常に高い濃度となっています」

「他に判ることは？」

「暫くお待ちください」

アスカは、倉庫周辺をくまなく観て回り、成神の所に帰ってきた。

「倉庫周辺を調べました。かなり痕跡をなくすように工作されていましたが、残された新しいタイヤ痕及び足跡を美郷署のデータベースで検索したところ、陸上自衛隊の特殊部隊で使用されている物と一致しました」

「どーなってるんだ。もう、救出作戦は、実行されたってことか？」

「倉庫の制御盤を調べましたが、この扉は、三日前と昨夜にも一度ずつ開閉されており、六十七分前に開かれて三十二分前に閉じられた履歴が最新です」

「特殊部隊もせっかく来たのに中も見ずに帰るわけないわな。救出作戦は成功したのか？　まあ、失敗したらその形跡を隠しきれないだろうし、成功したとしたら署に連絡くらいあるだろうから人質がいなかったたって結論に帰結するな」

「でも、誰と、というか何とドンパチやったんすかね？」

またしても成神が言おうとしたことをグソクが横取りした。成神は、アスカの肩の上でのんきに触角を揺らしているグソクをにらんですぐに何故かにやりとした。

「そうだよな。グソク様のおっしゃる通り、この倉庫には、何が潜んでいるかわからない。そこで是非ともグソク様に安全確認をしていただかないとな」

既に成神は、グソクを左手につかんでいた。

「マスター!!　落ち着いて。まさか投げるなどという乱暴な……」

「さあ、行ってこい！」

言い終わるのとほぼ同時に成神の左手から勢いよく放たれたグソクは、約三m離れた倉庫の中央上部に向かってかなりのスピードで飛んで行った。倉庫の扉から一mの地点でグソクは、アメーバタイプに瞬時に変形して表面積を大きくした。遠目には、直径一mの金色の円形の布が倉庫の上の方にひらりと飛んできてペタッとくっついた様に見えた。その後その金布は、倉庫の上端まで移動して行き、そこからスーッと液体がしみこむように倉庫の中に入って行った。約一分後、

「MFからの映像が届きました」

アスカは、スーツのポケットからペーパースクリーンを取り出すと掌の上に置いた。ペーパービジョンは、A3サイズに拡がり、グソク目線のライブ映像を映し出した。

倉庫は、間口七m、奥行き二十m、高さ六mの箱形で内部は全面ステンレス張りのごく一般的な冷凍倉庫であった。その内部は、ある一点を除いてガランとしていた。その一点というのは、倉庫のほぼ重心点に天井クレーンにぶら下げられた黒マグロであった。

「グソク、そのお魚の腹の中さぐれるか？」

「もっと近づかないと無理ですね。とりあえず、こちらにいらして調べたらいかがです？」

グソクは、自分だけ働かされていることが不満らしい。成神は、機械のくせにご主人様を危険に晒そうとするのは何事かと思ったが、倉庫の中に入りたい衝動を抑えられなかった。

「グソク、倉庫の扉に変な仕掛けが無いか調べてから、扉を開けてくれ」

「OK、マスター！　少々お待ちを」

ペーパービジョンの映像がとぎれて二分後、レールのきしむ音と共に倉庫の厚さ十五㎝のステンレス製の扉がゆっくり中央から左右に分かれて行った。ペーパービジョンに開いていく扉と成

神とアスカの姿が写し出された。

「アスカ、もうそれしまっていいぞ。俺たちも中に入ろう」

「はい。マスターはわたくしの後ろをついてきてください」

「何が隠れてるか判らないからね」

アスカの後ろにわざとらしく身をかがめて成神は、アスカと倉庫内に入った。

「アスカ、捜査に役立ちそうな物を探してくれ。特殊部隊のスイーパーでもうっかり痕跡消し忘れていることがあるかもしれないからな」

「かしこまりました」

アスカは、倉庫をあちこち調べ始めた。

「マスター！　奥にお探しの物が有りましたよ。来てください」

グソクの場違いに陽気な声が広い倉庫内に響いた。イヤホンマイクで事足りるのだが、グソクという機械は、何故かいつも少しだけ成神をビックリさせ、イラッとさせるのが得意らしい。成神が、倉庫の一番奥に行くとすでにアスカが床に開いた四つの穴をパテで埋めた痕跡をスキャンしていた。その穴は、直径二㎝、深さ二十㎝ほどで一ｍ×〇・七ｍの長方形の角に一つずつ開いていた。アスカに聞くまでもなくそれは、何かの台座を固定していたアンカーボルトを無理矢理引き抜いてそこをパテ埋めした痕跡であった。

「特殊部隊の方々は、此処にあった何かと銃撃戦をやらかして最終的にその何かを持ち去ったたってとこかな」

　奥の壁のステンレスは、その台座の後ろ部分が明らかに張り替えられたのが見え見えで、ほかの部分のステンレス板よりピカピカで傷一つなかった。

「アスカ、ドンパチは、いつごろあったんだ？」

「アンカーボルト固定用の接着剤の劣化具合及びパテの硬化状態から推測しますと、アンカーボルトが引き抜かれたのは、約十七時間前です」

「今日の午前一時頃か。何故、銃声がしたとご近所で通報とかされなかったのかな」

「マスター、イマドキは、大体の銃火器には、サイレンサー機能が標準装備されてるんですよ。この架台にセットされていたやつも……ダダダッバリバリッ」

　銃声の効果音が倉庫内に響いた。成神は、思わず、耳をふさいだ。

「というような爆音はしなかったと思いますよ」

「今度、そのバカでかい効果音ならしたら蒸発させるぞ」

　耳をふさいだままグソクをにらみつけた成神の視線がグソクの前の四つの穴跡とそれで出来る長方形を捉えた瞬間、そこにあった台座と銃火器の幻影が一瞬浮かび上がってすぐ消えた。遙か昔、美郷署の武器保管庫で見た光景がフラッシュバックしたのだ。

「マスター、脈拍が百九十二です。深呼吸してください」

　アスカの声で成神は、我に返った。

「アスカ、この架台にセットされてたやつがなんだか判るか？」

「はい。先ほどそこでその銃器から発射されたと思われる弾丸を採取しました。そしてその弾丸は、ＴＡＣ―ＡＩ２００専用の弾丸であることが判りました」

「通称ユニコーン。今は、警察及び自衛隊の特殊部隊で導入が検討されてる最新鋭の武器だ。それがここにあった。そして特殊部隊が銃撃戦の末、持って帰った。ということは……」

「盗まれた物を取り返したってことですね」

グソクがいつものように美味しい所をいただいたが、成神は、今回はそれを無視して考えを巡らしていた（誘拐、爆薬、車両検索、倉庫、グラタニ国、盗難、ユニコーン、隠蔽、ブローカー……カマイタチ……）。そして倉庫内で最も違和感の有る冷凍マグロに瞳をフォーカスした。

「アスカ、天井のマグロをスキャンしろ！」

「ハイ。かしこまりました」

成神とアスカは、入り口側に向いてつり下げられたマグロに向かって歩き始めた。グソクがコロコロとその後をついてきた。成神たちがマグロの真下から一ｍほどに近づいた時、音楽が聞こえて来て成神は、ビクッとして立ち止まった。アスカも立ち止まってマグロを凝視つまりスキャンしていた。その音楽は、ベートーベンの「運命」だと成神が気づいた瞬間、いやな予感がした。

成神のこの予感はほぼ的中する。しかもそう遠くない未来に。

「マグロの口の中にスマホがあり、その着信音が鳴っています。また、マグロの腹部に三立方㎝

ほどの固形物があります。電磁波遮断物質で覆われているため内容物の特定は不可能です」

「ますますいやな予感しかしないな」

「たった今、間山氏の緊急事態通報の電波が復活しました」

「発信源は？」

「この倉庫から一㎞南の海底三ｍの地点です」

「おれたちの真正面か。いやな予感的中だな」

成神が一刻も早くここから避難すべきと思った時、クレーンが動きだし、吊られたマグロが成神の顔の位置まで下がって止まった。「運命」の音量が大きくなった。

「これは、電話に出ろってことだろうな」

「危険すぎます。直ちに此処を出るべきです」

アスカは、パートナーとして当然の意見を言ったが、成神はこの電話に出ても出なくても結果は同じと思っていた。成神は、マグロの口に左手を無理矢理突っ込むとスマホを掴んで取り出し、通話ボタンを押すと左耳にそれを持っていった。それはキンキンに冷えていた。そのひんやりスマホから忘れたくても忘れられない声がした。

「相変わらず、軽率だな。通話ボタン押したらドカンとなると考えなかったのか？」

「それでは、カマイタチにしては芸が無さ過ぎだと思ってね」

成神は自分の激しい動悸を体感していたが、努めて冷静を装って答えた。

「そのお褒めの言葉に応えないといけないな。あ、一応言っとくと、間山氏はまだ生きてる。おっと、マグロの内部温度がたった今、十七・五℃になったぞ。あと通話切っても爆発しない。起爆は、他の方法を試してみるから。バイヤーの方に満足してもらえるような演出でないとね。では、幸運を祈る」

成神は、スマホの電源を切ってアスカに渡した。久しぶりに聞くカマイタチの声に鳥肌が立った。

「証拠物件として保管します」

アスカは、保管袋を上着のポケットから取り出すとその中に受け取ったスマホを入れてまた上着のポケットにしまった。

「急いで出るぞ」

その時、目の前のマグロに何かがめり込んでカチカチ黒マグロがちょっと揺れた。成神が、めり込んだのは長射程用ライフルの弾丸だと気づいた時には、成神の体は、グソクが変形した防護スーツで胸から下が覆われていた。全身がスーツに覆われて目の前が真っ暗になった時には、戦闘モードに変化したアスカが全身黄金色になった成神を小脇に抱えて倉庫の出入り口に時速四十三㎞で猛ダッシュしていた。なんとその扉が、早歩き位の速さで閉まり始めた。誰かがここの機器を遠隔操作しているのは明らかだ。つまりカマイタチの罠に成神はズッポリはまってしまったということだ。

二発目の弾丸は、幸か不幸か故意か偶然か、アスカの左肩を貫通した。アスカは、かまわず走り続け、倉庫の迫ってくる扉の間をすり抜け、パトカーの向こう側へダイブした。アスカがパトカーの屋根の上を飛んでいる時、三発目の弾丸がマグロにめり込み、アスカがパトカーの後輪の前に成神に覆い被さるようにうずくまった瞬間、ドーンと轟音が鳴り響いてパトカーの窓ガラスが粉々になってアスカと成神入り黄金ケースに降り注いだ。

倉庫の内部のいろんな物が倉庫の外に吹き出し、パトカーの側面に突き刺さり、もしくは貫通して穴だらけにした。アスカたちが居る側まで貫通した物もあったが、幸いガソリンには、引火しなかった。そして倉庫の入り口の扉の内、パトカーから遠い方の扉は、真ん中からくの字になって放物線を描きながら十m先の海面に落ちた。もう一枚は、一瞬その位置に粘った後、くの字に曲がり、予想外に上方に舞い上がり、地上から十五mほどの高さを最高到達点とする放物線を描いて、パトカーの五十cm倉庫寄りの地面にオブジェのように突き刺さった。パトカーの上に落ちなかったのは、まさに奇跡と呼びたい出来事だ。爆発からここまでにかかった時間は一・二七秒。意外な事は、まだある。倉庫の骨格や壁が残っていることだ。衝撃波で屋根と外壁の一部は吹き飛んだが、ステンレス製の内壁が貼られていた外壁は、膨張して継ぎ目部で割れていたものの木っ端微塵には至らず、ほぼ原型をとどめていた。

爆発から五・五七秒後、爆発による砂塵が少しおさまってきたとき、一発の弾丸が成神の防護スーツの成神の胸部にあたる箇所のアスカの背中にめり込んだ。内部には達していなかったが何発も受けると危険だ。アスカが、弾丸の飛んできた方向を一瞬凝視して黄金色の棺に入った成神を抱きかかえ、海に背を向けた瞬間、アスカの人間で言えば、心臓のある辺りに弾丸が一発めり込んだ。弾丸は、アーマースーツを貫通して人工皮膚で止まったため、機能的には問題無かったが、約一マイル離れた場所から発射された弾丸を正確に心臓の有るべき位置に命中させるとは恐るべき武器とスナイパーの技量である。アスカは、被弾を気にすることなくぴょんとジャンプして扉オブジェのスナイパーから見て裏側に着地した。アスカが倉庫と正対して立つと扉のアスカに遠い方から弾丸が十㎝間隔で四発、二秒おきに撃ち込まれた。弾丸が撃ち込まれるごとにドゴーンという金属音が鳴り響いた。その弾痕は、正面から見るとお椀型の乳房に似ていた。ちなみにサイズは、Ｃカップほどだ。それは、ちょうどアスカの胸の高さに出来ていた。

アスカは戦闘モードでは普通は、やらないフルフェイスのフェイスガードを背中と胸のスーツに格納して女性の顔になった。その顔は、捜査モードの時とは別の成神の好きな女優の顔に似ていた。

「被弾の危険無し。安全確認。マスターの防護スーツ解除」

すると成神を覆っていた黄金の防護スーツが、角砂糖が水分を含んで崩れていくようにサラサラと地面に落ち、スルスルと集まってグソクができあがった。

「マスター、ご無事ですか？」

「ああ、スーツの中は、快適だったが、何も見えないし、何も聞こえなかったから何が起きてるか全然判らず、不安だったがな」

「知らぬが花ですよ。それとここに長居は無用ですよ。後、約七分で地元の警察と消防が大挙してやってきますから」

「そうか。良し、ずらかるぞ。グソク、パトカーはどこだ？」

「このオブジェの向こう側ですが……」

「そうか」

グソクの言葉を最後まで聞かずにオッパイオブジェの裏に回って成神が見た物は、全ての窓ガラスが粉々に飛び去り、衝撃波と爆風で塗装がほぼ剥げ落ちて、マグロの焼けたフレークにまみれ、ボディに無数の穴が開いた元パトカーであった。辛うじて自動車の外観は保たれていたが、数分での復元は無理だと一目で分かる状態だった。

「なんじゃこりゃ！」

「大丈夫、この世界一、いや宇宙一のＭＦである私が何とかしますから」

成神は、オッパイオブジェの向こうから聞こえて来たお気楽な声にイラッとして思わず大声を出してしまった。

「あと六分だ。とっとと始めろ！」

「アイアイサー」

グソクは、パッと大きな金色のシート状に変形するとオッパイオブジェの上からひらひら、ふわふわと現れて空中を浮遊して行き、元パトカー全体を覆って半球状のドーム、通称リカバリードームになった。その見た目は全長四ｍ、高さ二ｍ、幅三ｍの黄金グソクムシだった。手間のかかる修復の際にそのドームの中で対象物質を一度、部品レベルまで分解し、目的に合わせて再構成するための物で短時間で作業が完了できる。

「地味にやれ、地味に！」

「はーい。疑似透過モードにしまーす」

ドームは、周りの景色と同化して一瞬でほぼ見えなくなった。成神は、ここでボーッとしていてもしょうがないのでオッパイオブジェの倉庫側に戻った。ここで初めてアスカの熱視線を感じてアスカの方に顔だけ向けた。アスカは、待ってましたとばかりに成神を右手一本で自分に引き寄せた。

「ど、どうした、アスカ。腕が痛いよ」

「マスター緊急事態ですので、ご無礼は承知で失礼いたします」

そしてアスカは、成神に接吻をした。しかもかなりハードなやつだった。成神は、あまりにも突然で意外なアスカの行動にからだが硬直して、アスカにされるがままになっていたが、三十秒位経った時点で三山化学株式会社の会議室での高校生風アスカとの苦い記憶がビンビンＺの味と共に甦ってきた。

バディは、マスターの安全確保のためであれば、そのいかなる行動も制限されない。例えば、エネルギー不足でマスターの安全が確保できなくなると判断した場合、エネルギー補給がマスターの意志に関係なく行えるのだ。そしてアスカは、まさに今、その権利を行使して成神の体内にあるエネルギー充填用のナノマシーンを直接吸い取っているのだが、二回目とは言え、あとどれくらいで戦闘モードの場合の濃厚キスが終わるのか成神には見当もつかなかった。成神の好きな女優にキスされているのと見た目は、変わらないのだからいやな気はしないどころか、成神のペニスは、半立ち状態だった。しかし今は、そんなロマンチックな状況ではなかったことに気付いて成神のそれはあっと言う間に萎えてしまった。

「お楽しみのところすみませんが、パトカーと消防車と救急車が後三十秒で敷地の入り口に到着しますよ」

そのグソクの言葉を聞いてアスカは、唇を放し、オッパイオブジェの向こう側へ消えた。すぐに音もなく成神の横にバイクにまたがったフルフェイスマスクのアスカが現れた。

「何で？　バイクって！　グソーック！」

成神の言葉が終わった時には、成神の頭は、グソクが変形したフルフェイスのヘルメットで覆われていた。

「マスター私の後ろに乗ってください」

その時、警察のパトカーが三台、消防車三台、救急車一台が入ってきた。倉庫の敷地から出るには、今、パトカーが入ってきた通路しかない。倉庫の前は海で、通路の反対側は、国道と接しているが、その境界は、高さ三mほどの土堤がそびえていた。アスカは、何の躊躇もなくその土堤に向かって加速していった。成神もメット内のリアルビジョンで眼前の景色は見えていた。

「アスカァ！　安全第一だぞー！」

アスカが土堤を飛び越えて国道に着陸しようとしていることは容易に想像がついた。

「Nシステムのデータから計算して車両との衝突を回避します」

アスカの冷静さが逆に成神の不安感を増大させた。元パトカーのバイクは、フルスピードで土堤を駆け上がっていった。成神は、思わず、アスカの胴体に両手を回してしがみついていた。

土堤の向こうの景色がリアルビジョンに写し出された。そこに横たわっていたのは、国道6号線ではなく川の河口であった。国道は、その川の向こうに見えていた。川幅は、五mほどであった。成神は、（マジで死ぬ）と思って目を閉じた。一瞬の浮遊感と落ちてゆく感覚……臀部に感じる強い衝撃、遠心力、シートベルトで強く固定された感覚そして風を切って走っている感覚、力強いエンジン音。全身の虚脱感と生きているという安堵感。成神は、ゆっくりと目を開けた。ヘルメットのスクリーンには、アスカの背中のどアップが映っていた。無事だった事に安堵した成神は、やっと落ち着いて周囲を見渡してみた。既に辺りは、夕闇が迫っていた。スクリーンの端に表示されている現在時刻は、十八時四十五分であった。成神は、アスカの胴体から手を離して座席に座り直してアスカの後ろ姿をまじまじと見つめた。そしてアスカの左肩に直径三㎝くらいの穴が開いていること、更にアスカの背中には、左肩と同じような穴が二つ開いているのに気づいた。成神は、警察官であるからそれが、銃弾による弾痕であることは、一目で分かった。

「アスカ、被弾部をグソクに診てもらえ」

「もうすぐ目的地に到着しますので、その際に対処します」

「目的地？　どこに向かってるんだ？」

　ヘルメットの中にグソクが明るい声で即答してきた。

「福島で一番うまいと評判のラーメン屋です。そこでマスターには、十分にエネルギー補給して頂きます」

　そう言われて成神は、自分が今、モーレツに腹が減っていることに気づいた。確かにエネルギー補給が必要だ。それに福島で一番うまいというフレーズも強烈に成神の好奇心と食欲を刺激した。

「わかった。グソク、何という店だ⁉」

「お土産のことも考慮しまして白虎ラーメン本店にしました。そこの喜多方ラーメン全部のせがお勧めです」

　ラーメンも気になるが、成神は、派手なヘルメットをかぶってバイクに乗っている自分の姿を想像してその羞恥心と不安が膨らんで、空腹以上にヘルメットのデザインが今は気になっていた。

「よし、それでいくか。あと、今更だが、わかってるとは思うけどヘルメットは地味めなんだろうな」

「マスター！　まかしといてください。心得てますよ」

「ところでグソク君、俺の愛車の四輪車が何故、二輪車になったのか、つまり自動車ではなく、恐らく排気量千ccクラスの超大型バイクになったのか説明してくれるかな」

成神は、大月室長や多田野巡査にどうやって弁解しようか賢明に考えていた。それにはまず、四輪車が二輪車になった必然性を説明しなくてはならないのだ。

「どうしてってあの状況を考えたら当然でしょ」

グソクのいつになく挑戦的な声がヘルメット内に響いた。成神は、そのグソクの態度に一気に頭に血が上って冷静な判断ができなかった。

「俺は高性能のＡＩじゃねえんだ！　俺みたいなバカにもわかるように説明してみろ！」

「マスター落ち着いてください。私が代わりにバカにもわかりやすく説明します」

アスカが険悪なムードを察して話を引き継いだ。

「パトカーの被爆面側は復元が困難なほどのダメージを受けており、しかもそれが運転席側でした。とゆうことは、タイヤ二つと操舵部を使用しないリメイクを選択するしか有りませんでした」

「しかもたった四分二十七秒で完了ですから、グソク様、凄い！　凄すぎる!!　ぐらい言ってもらいたいですね」

グソクが不満げに自慢げに訴えた。

「……それしか選択肢が無かったのなら仕方あるまい」

確かにその説明には、合理性と必然性があるように感じられ、成神は、カッとなった自分が恥ずかしかった。

成神は、強化アミロイド繊維製のチョッキ型防護装置を上半身に装着していた。グソクが強制的に着せたのだ。このガードベストは、バイクと四本のベルトで連結しており、万が一の事故の際、内蔵されたジャイロセンサーにより同乗者がバイクから投げ出されるのをその四本のベルトの緩急のバランスによって防ぐ。またベスト全体がエアバッグになっており、装置の作動と同時にそれが膨張して同乗者にかかる衝突時の衝撃を緩和する非常に優秀な装置なのだが、成神には、一つだけ不満があった。それは、このベストが蛍光色の赤で光を反射するようになっていたからだ。昼夜を問わず目立つようにとの配慮から目立つ色になっているのは理解できるのだが、巷では赤いちゃんちゃんこ、通称〝赤チャン〟と呼ばれて人気がない。しかも最新バージョンは、背中に有機ＥＬの電光表示板が付いていて装着時は、交通標語を表示しておかないといけないのだ。ちなみに標語は、二十三種類あり、その中からランダムに三秒ずつ表示されるのだが、これも不人気に拍車をかけた。

「店は、まだか？　くれぐれも安全運転で頼むぞ」

「ＯＫ！　マスター。あと、三十八分で到着します」

排気量九百九十cc、三百五十馬力、最高時速三百八十㎞のモンスターマシンは速い。

「どう見ても制限速度以上出てるだろ？」

「電気とガソリンのハイブリッド走行ですからね。モーター駆動でまず、時速百八十㎞までスムーズに加速します。その後、四気筒水冷エンジンに切り替えて力強く走行します」

グソクの得意げな説明がヘルメット内に流れた。

「ずっと電気で走ってくれていいぞ」

「そうは、いきません。電気では時速二百㎞で十分しか走れませんので、電気による走行は、スタートの三分間だけです」

「電気でもガソリンでもどっちでも安全運転してくれりゃ文句は無いよ」

などと言っている内にハイブリッドモンスターバイクは、高速の入り口に到着した。ETCレーンから本線に合流したとたん、そのバイクは急加速して、時速二百八十㎞で東北横断自動車道をK市方面に向かって爆走し始めた。

「うおー、アスカ、安全運転しろって言ったろー！　制限速度守れ！！！」

ガードベストのお陰で放り出されずに済んでいる成神は、かなりの重加速度に耐えながらヘルメットの中で叫んだ。

バイクは、速度を落とす代わりに座席の後ろから赤色灯が先端に着いたポールが一ｍほど伸びるとサソリの尾っぽのようにせり上がって立ち上がり、回転を始め、サイレンを鳴らして、ヘッドライトとテールランプを点灯させ、緊急走行モードになった。成神は、さっきより大声で叫んだ。

「アスカ！　ラーメン屋行くのに緊急走行はアウトだぞ。職務執行中じゃないだろ‼」

「三㎞先を時速百七十四㎞で走行中の速度超過車を追跡しています」

アスカの冷静な声がヘルメットのスピーカーから聞こえた。

「なるほど。それならしかたないかって、高速道路で一般警察官が速度違反を取り締まる権限が無いことくらい俺でも知ってるぞ。俺もそこまでバカじゃない。すぐ減速しろ！」

「運転に専念しているクランケに代わって私がそこまでバカじゃないマスターにもわかるように説明しますよ」

「なにー！　ラーメン屋に緊急走行で行くまっとうな理由が有るなら是非伺いたいね」

「ＯＫ！　マスター。クランケはずっと戦闘モードですのであの濃厚な緊急措置行動でもエネルギー補充は十分ではなく、あと四十五分ほどでエネルギーが切れてしまいます。その前にエネルギー補給が絶対に必要ですが、現段階では、マスターがエネルギー供給可能レベルに達していません。よって法定速度で走行した場合、ラーメン屋に到着する前にクランケのエネルギーレベルが○％になってしまう恐れがあります。そこでマスターに急いでエネルギー補給して頂く必要が有りますのでやむを得ず、緊急走行で白虎ラーメンに向かっているという訳です。この速度ならあと三十一分で目的地に到着しますのでマスターにゆっくり食事を味わって頂けます」

「それなら白虎ラーメンでなくても近場の定食屋でいいだろ」

「摂取カロリーと主な成分から計算しますと、白虎ラーメンの全部のせが最もエネルギー変換効率が良いと予測されたんですよ」

「ウーン……、どんな理由があろうとも職権乱用はイカンぞ。アスカ減速しろ。これは、絶対服従命令だ」

「OK！　マスター。減速します」

バイクは、時速九十五㎞まで減速し、三十六分ほど走ると白虎ラーメンの看板が見えてきた。

「結局、ここに来ちゃったのね」

バイクは、白虎ラーメンの駐車場に入った。バイクのエンジンを切ると成神は、ガードベストのファスナーを下ろしてベストを脱いで最初にバイクから降りると圧迫感から解放されたくてヘルメットを取って初めてヘルメットの全体像をじっくり眺めた。そこには、まるまる太った金ピカダイオウグソクムシがいて触角がユラユラ動いていた。

「アスカ、バイクに乗ったままスリープモードだ」

成神が、声をかけた。

「ハイ、マスター」

答え終わった時には、アスカは、バイクにまたがったまま動かなくなっていた。もう一度、両手で胸の前に抱えたヘルメットをバイクの後部座席シートの上に置いてヘルメット型のグソクと向き合った。

「さてグソク君、このヘルメットは、地味かな？」

「ハイ、極力控えめなデザインにしましたよ。なんかご不満そうですね。やっぱりもっと派手なのが良かったですか？」

「おまえの豊富なデザインバリエーションの中には、黒のモノトーンもあるよな？」

「もちろん、有りますけど、いくら何でも地味すぎるでしょ」

「俺は、そういうのを期待してたんだ。お前は、自己顕示欲を満たすためだけにあのデザインにしたな」

「いや、あのデザインは、機能性と斬新性を兼ね備えたウグゥ?!」

後部座席シートの上のヘルメットの頭頂部にポリスソードが突き立てられていた。その刃先は、座席シートまで達していた。

「斬新性などいらんのだ。疑似透過モードでアスカの手当てをしてやれ！」

成神は、ポリスソードを引き抜くと怒りをそこに収めるように胸のホルダーケースにそれを戻した。

「バイクのカスタムアップと黒のヘルメットも用意しておきますね」

成神は、ぽっちゃりグソクのヘルメットに背を向けると店の入り口に向かって歩き始めた。そこにグソクのお気楽な声がした。

「美郷署の方々へのお土産、お忘れなくー！」

成神は、その声にハッとして立ち止まり、数秒フリーズした後、踵を返してぽっちゃりグソクのヘルメットの前に戻ってきた。

「誰に何個買うんだったかな？　……お勧めとかあるかな？」

二人の間、いや人間とダイオウグソクムシ風のしゃべるヘルメットの間に数秒間、静寂が訪れた。成神の顔に諦めの表情が浮かんだ。

「わかったよ。ヘルメットのデザインはグソク様にお任せします」

「OK、マスター！　お勧めは、コク出汁仕上げ白虎スペッシャルです。数量は、スマホに送っときました。あとこれ、新型のEBです」

グソクの二本の触角の先からそれぞれEBが成長してぶら下がった。成神は、それをもぎ取ると口に入れた。EBは、サラサラと砂のように崩れ、成神の体内に溶けていった。

「今日は、助かったよ。アスカにも伝えといてくれ」

成神は、小声でそう言うと店の出入り口に走っていった。その様子を見届けたぽっちゃりグソクのヘルメットはリカバリードームに変化し、アスカごとバイクを覆った。

10　招待状

間山氏が誘拐されてから約二ヶ月が経ったが、間山氏の行方は全くわからなかった。成神たちは、めぼしい施設をいくつもまわったが、何の収穫もなかった。

　そんなある日、成神が、自分のデスクに帰ってくるとデスクの上に一通の封書が届いていた。今時、封書とは、めずらしい。宛名はワープロで作成された物で差出人の記載は無かった。成神は、それを手に取った。中身は、Ａ4用紙一枚らしい。此処に届けられる前に簡易的なX線検査と危険物探知検査はされているはずだが、成神は、時折あるいやな予感がこの時もしたため、その手紙を開封せずに上着の内ポケットにしまうと美郷署の一階にあるエネルギー供給室に向かった。

　その部屋に入ると部屋の左右の壁際に二台三組計六台のエネルギー供給装置が向かい合わせに五十㎝の間隔を空けて並んでいた。エネルギー供給装置は、日焼けマシーンのような外観で対になっており、一方にエネルギー供給者、もう一方にエネルギー受給者が寝そべる格好で入る構造となっていた。今日は、アスカの定期点検のついでにエネルギー補給するために先にアスカとグソクは部屋に来ていたのだ。

　この部屋に来るたび成神は、いつも疑問に感じることがある。それは、美郷署に生体エネルギーで作動するアンドロイドは、アスカだけなのに何故、三組六台も同じエネルギー供給装置があるのかという事だった。生体エネルギーは、エネルギー変換効率は抜群だが、供給方法が面倒くさいのとエネルギー供給者の精神的、倫理的、肉体的負担が大きいため、試作品であるアスカのみで量産計画は中止され、電気エネルギー方式が採用されたという経緯があった。だから一組あれば足りるのだが、なぜか三組有るので成神は装置の劣化防止と作動確認をかねて毎回違う装置を順繰りに使っていた。今日は、入り口から見て右側の列の真ん中の装置を使用する番だ。その装置の前にランジェリー姿の通常モードのアスカが立っていた。

「あ、よっちゃん、遅いよー。おなかペコペコなんだからねー」

「アスカ腹減ってるとこすまないが、捜査モードになってこれをスキャンしてほしい」

そう言うと例の封筒を取り出してアスカに見せた。

「えー、そんなことしたら、機能停止になるかもよ」

「ここならそうなってからでも大丈夫だろ。たのむよ、急いだ方がいい気がするんだ」

「はーい、わかったわ。お仕事第一ですからね」

アスカは、捜査モードに二秒で変化したが、ランジェリー姿は、そのままだった。ランジェリーがピッチピチではち切れんばかりに伸びきっていた。

「グソーク！　何で服着せないんだ。あと、何で下着がピチピチなんだ？」

「サービスです。本当は、エネルギー供給装置の調整で忙しいんですよ。捜査モードは、サイズアップしてますから当然そうなりますよ」

エネルギー供給装置の中からグソクのこもった声が聞こえた。

「なるほど」

思わず、今まで気づかなかったことに気づかされて感心してしまった成神の目に、手に持った封筒が映った。

「下着の話は、また後だ。アスカ、この封筒を調べてくれ」

「わかりました、ご主人様」

アスカは、成神から封筒を受け取るとまんべんなく観察し、封筒を掌で挟んで約五秒後、成神に封筒を返した。

「どうだった？」

「受け取り時の簡易検査と同様、ごく一般的な封書ですね。あえて特徴的な点を申し上げますと、宛名の作成に使用された機種は、グラタニ国製の印刷機に特有のフォントです」

「それだな、カマイタチのメッセージは」

成神は、その場で封筒の端ギリギリをポリスソードで切った。中には、Ａ４用紙一枚が入っていた。それを慎重に取り出すと三つ折りの用紙を開いた。その文面を読み終わった成神の心拍数は百二十、血圧は百九十二に急上昇した。それは、カマイタチからの招待状だった。今は、九月二十二日午後六時三十七分だから、公開爆破実験まであと約五時間だ。ただし、今回は、爆発で香り成分にまで微粉砕されるかミンチ状態になるのが、黒マグロ一匹でなく、仕事熱心なしかも優秀な防衛省職員一名、つまり、この手紙は、公開殺人の招待状なのだ。

「室長にこれ渡してくるよ。先に準備しててくれ。すぐ戻る」

アスカにそう言うと成神は、エネルギー供給室を飛び出していった。特捜室に飛び込んだ成神は、大月室長のデスクに直行した。
「室長、カマイタチからとんでもない招待状が届きました」
成神からその手紙を受け取って一読した大月室長の顔に驚きと困惑の表情が表れた。

招　待　状

第二回ＴＤＸ性能確認公開実験御観覧のお誘い

いつもお騒がせしております。日頃のご愛顧に感謝して下記日程で開催予定のイベントに特別にご招待申し上げます。お忙しいとは思いますが、ご来場を心よりお待ちしております。

記

・開催日時：恒栄三十一年　九月二十三日　　午前〇時〇〇分

・開催場所：ないしょ

・爆薬使用量：約二kg

・立会人：間山　悟　三十八歳　男性

その他のお知らせ

　間山氏から得るべき情報はもう無いが、ただ殺すのでは芸が無いので、特別に公開実験に立会してもらうことにした。もちろん自身が開発した爆薬の威力を最も近くで体感出来る特等席を用意させてもらった。第一回目はマグロを使用した模擬実験だったが、今回は、実際の使用を模した実験である。

以上

爆弾アーティスト　カマイタチ

「私は、エネルギー供給のために一時間ほど身動きが取れないので、代わりに調査をお願いします」

「これは人命に関わる最優先事項だからな。こちらでというか多田野さんに調査を依頼してみるよ。今回は高く付くねぇ。出来るだけ早く用事済まして戻ってくるんだな」

「ハイ、有り難うございます」

成神は、多田野巡査のデスクを見たが、空席だった。自分から捜査協力を依頼しようと思ったのだが、いなくて何故かホッとした。頼み事などすれば、絶対、嫌味を言われて何か対価を求められるからだ。成神は、多田野巡査が席に戻ってくる前に急いで部屋を出た。

それをどこかで見ていたかのように成神と入れ違いに多田野巡査が特捜室に戻って来た。

多田野巡査が自分のデスクに着くのを見て大月室長が例の手紙を持ってきた。

「約三十分間もどこに行っていたかは今回は聞かないでおくよ。その代わり一つ頼みたいことがあるのだがね」

「なんでしょうか?」

多田野巡査は、仕事さぼって屋上でお気に入りブランドの数量限定品のネットオークションに参加していたのがバレると厄介なので今回は上司の依頼を黙って受けることにした。

「この手紙は、成神のヤマの犯人から届いた物だ。拉致された人物の居場所の特定につながる手がかりが欲しい」

「タイムリミットは？」

「手紙の内容が真実とするとあと五時間で一人の人間が爆発に巻き込まれて蒸発することが容易に推測できる」

「わかりました」

多田野巡査は、興味なさそうにそれだけ答え、大月室長から証拠品袋に入った手紙を受け取るとそれを持って鑑識係に向かった。

一方、成神は、エネルギー供給室に戻ってくるとアスカの寝ているレシピエントポッドと対になって相向かいにあるドナーポッドにパンツ姿で寝そべって扉を手動で閉めた。するとポッドの脇に付いている作動ランプが、赤色に点灯し、成神の両脇から温風が出始めた。約一時間、成神はじっとして汗をかき続けるのだ。アスカは、隣のレシピエントポッドで定期点検を受けながら成神からのエネルギー供給を待っていた。アスカは、成神から買ってもらった下着を脱いでポッドに入っている。ポッドに入った状態では、外からはアスカの顔しか見えないので高校生のヌードを見てしまったという罪悪感を抱くことはない。そもそもレシピエントポッドに入っていると認識した段階で中に入っているのはただの人型ロボットなのだ。さらに今時、女性型アンドロイドの裸を見て罪悪感を感じるのは成神みたいな特殊な過去の持ち主で女性に免疫がないウブな人種、まさに絶滅危惧種と言える堅物だけだ。イマドキのアンドロイドは本物の人間と区別がつかないほどのレベルになっており、女性型アンドロイドは、ラブメイトとしての機能が標準装備となっている。見た目が美少女高校生で疑似セックスもできるので、成神は、アスカの裸を見ることに過剰な罪悪感を抱いてしまうというわけだが、その必要は全くない。

アスカは、人間のパートナーの捜査支援と安全確保のための装置、製品、機械であり、アンドロイドに羞恥心や罪悪感等ましてや恋愛感情などプログラムされていない。もちろんオプションでさも喜怒哀楽の感情を備えているかのようにプログラミングもできるし、放っておいてもＡＩがパートナーの望む感情を学習して演技、演出することはできる。そうでなければ、本当の人間のようなスムーズな会話や動作が構築できないからだ。さらにアンドロイドに法的人格は認められていない。例えば、いくらアンドロイドと愛し合っていても法的に結婚はできないのだ。また警察官にガードバディの所有権は無く、各所属署からの借り物であって署を異動になったり、退職したら署に返却しなければならないし、コンビを組んでも相性が合わなければ、他のアンドロイドに交換もできる。警官は特にガードバディと一緒に仕事する時間が長く、信頼関係や依存関係が深まりやすいため、ＡＩと人間の関わり方を議論する多くの学会では、人間のパートナーがガードバディに恋愛感情を抱くことがあるのかという命題は、未だに議論の真最中だ。もしも、人間がアンドロイドに恋をする事象が有るとするとそれは、このガードバディ体系を揺るがす大問題となる。警察官は自分の身が危険に晒された時は、ガードバディを盾にして自分の身を守るべきであり、ガードバディを自分の代わりに危険に晒すべきで、機械への恋心のために人間が自分自身を犠牲にしてガードバディを守るような事態になっては本末転倒である。そんな事態を回避するため、アンドロイドには、パートナーの意志を無視しても自分がたとえ再起不能になると判断してもパートナーの安全確保を最優先に行動するようプログラミングされている。

成神が、ドナーポットに入ってから約四十五分が経った。成神は、ドナーポット内のサーバーから出ているチューブをくわえるとスポーツドリンクをゴクゴク三秒ほど吸った。気温三十八℃、湿度三十%のポッド内のエアーベッドの上に横たわっている成神の頭上のスピーカーから若い女性の合成音が流れて、

「あと十分でエネルギー回収が終了します。まだ水分量が不足気味です。更に水分補給を行ってください」

「わかりました」

さっきより多目にスポーツドリンクを飲んで目を閉じた成神は、珍しく一瞬、寝てしまった。そしてあの時の屋上から落ちていく明日香の顔が浮かんできて、その明日香が、地面に打ち付けられて血溜まりの中に横たわって目を見開いて成神を凝視しているが、更にその顔がカマイタチに変わる。そしてそのカマイタチの発した言葉が、リフレインするという記憶がプレイバックされた。

「これは、おまえのカルマだ。カルマだ、カルマだ、カルマだ……」

「エネルギー回収、終了しました。お疲れ様でした。体調を整えてからポッドから出てください」

成神は、その合成音により悪夢から解放された。暫く気持ちを落ち着かせてからポッドを手動

で開けて外に出てシャワールームに向かった。アスカは、まだレシピエントポッドの中だった。

「グソク、エネルギーは十分だったか？」

「ハイ、マスター、最後の三分間で一気にエネルギー量が増加しましたので、予定より七分ほど早く完了しました。どんな秘策を使ったんですか？」

あの悪夢でエネルギーが大量放出されたとは言えず、苦笑いするしかない成神であった。

「それは、極秘事項だ。それよりアスカを捜査モードで待機させといてくれ」

「ＯＫ！　マスター」

11　お願い、多田野さん

成神と捜査モードのアスカとその右腕にしがみついたグソクが、エネルギー供給室から特捜室に帰って来ると多田野巡査が手招きをしていた。成神ご一行は、急いで多田野巡査のデスクに向かった。

「あなたがお一人様サウナに入っている間にあの封筒と便箋について調べてみましたけど、不明な指紋は検出されませんでした。型式も市販の大量生産品で手がかりにはなりませんでした。更に印字もグラタニ国産の汎用品のプリンターで印字された物でした」

「つまりあの物からは、精密検査でも手がかりは何も得られなかったということですか？」

待っていましたとばかりに多田野巡査は、成神を見上げると満足そうな笑みを浮かべてからディスプレイに向き直った。

「私は、鑑識のプロですよ。これからが本題です」

「本題から話してくださいよ。元鑑識係の期待の星だった多田野さん」

いつの間にかアスカの腕から肩に移動したグソクが、余計な事を口走った。成神及び多田野巡査の顔がほぼ同時にひきつった。

「何ですって？　話には順序って物があるのよ。モト鑑識で悪かったわね。今でも技術は、衰えてないと思うけど、モト鑑識係の検査が不満なら現鑑識係に頼むのね。ただし、結果が出る頃には、爆発で死人が出ているわよ。たぶん」

「多田野さん、出来損ないロボットの無礼は謝りますが、時間が無いのは事実です。あなたが、神憑り的な技術で凡人では考えられないような短時間で発見した手がかりを人命救助のために是非、教えてください。お願いします」

これ以上は無いほどのほめ言葉を並べて自分より年下の左遷女性巡査のご機嫌を直そうとする成神の姿を横で静観していたアスカが口を開いた。

「ご主人様、ご心配なく。私がダブルチェックいたしますので。あくまで念のためですが」

質量分析装置の検出データをチェックしていた多田野巡査が、首を二百度くらい後ろにひねっ

て、アスカを鬼の形相でにらみつけた。成神は、これほど首が後ろに回る人間を初めて見たのだが、

（機械なんか、大っ嫌いだ!!）

と大声でさけんだ。もちろん心の中で。

「多田野さん、私は、生身の人間ですから、お気持ちは、よーくわかりますが、今は、まさに『時は金なり』な状況でして。多田野さんの優秀な技術力と洞察力で人質救出につながる新たな手がかりが発見されたなら是非とも教えて頂きたいのです」

「歯の浮くようなお世辞も言われないよりかはましね」

そう言いつつも嬉しそうに微笑むと多田野巡査は、自分の横に立っている成神の方に椅子ごと体を向けると成神に一瞬、射るような眼差しを向けた後、首だけPCのモニターに向けた。成神は、一瞬のその男を虜にするような熱視線にドキッとした。

「貼ってあった切手の糊面から興味深い物が見つかりました。恐らく糊面に水をつけて封筒に貼り付けたと思いますが、そこから極微量の塩素、ヒ素、鉛、ベンゼンが検出されました」

「それで?」

成神は、先を急かせた。多田野巡査は、成神の期待通りの反応に満足の笑みを浮かべると先を続けた。

「その他の成分として塩化マグネシウム、塩化ナトリウム、リン酸カルシウムそしてヨウ素が高

濃度で検出されたわ。これは、明らかに海水の成分だけど、海域によって成分比に特徴があるのよ」

「何処の海水でしたか？」

「この成分比は、東京湾沿岸の成分比に近いけど、ヒ素や、ベンゼンは、こんなに含まれないわ」

「だから？」

「その成分比のグラフを見て以前、どこかで見た記憶があった気がして調べてみたらよく似た比率のグラフが東京都の古い調査報告書の中にあったわ」

「結局、場所は、判ったんですか！」

成神は、さすがにじれて多田野巡査に詰め寄った。

多田野巡査は、その反応を予想していたかのように落ち着いてPCのモニターを見たまま続けた。

「さすがとか、エライとか言えないんですかね。まあ、いいですけどぉ。その資料は、五十五年前の湾岸南市場開場時、地下のコンクリートの床に有害成分を含んだ地下水がしみ出だすという問題に関する資料で、そのしみ出した地下水の成分比のグラフと今回の検体のそれが良く似てたってわけ」

「一致率九十六・七％です」

アスカが静かに割り込んで来た。多田野巡査は、それは無視して、あくまでも自分のシナリオ通りに説明を進めた。

「一致率九十七％だから、この検体は湾岸南市場の地下水か、その近くの海水である可能性が、非常に高いってことね」

「監禁場所は、湾岸南市場か！」

「たぶん違うわね」

多田野巡査は冷たく言い放った。成神は、天を仰いで腕時計を見た。この場所に来てから既に十分以上経っていた。多田野巡査には、急いでいる感じは微塵も感じられない。

「あそこは、潮風の塩分と酸性雨の相乗効果の影響で八十年もつはずが半分の四十年で老朽化が急激に進んで、内も外もボロボロになっちゃって五年前に営業停止なってそのまま放置されて今では、平成の遺物って呼ばれているわ。最近、一ヶ月のスマートメーターの記録は、電力出力〇％、監視カメラの映像から判断すると車両及びほ乳類の進入は、認められなかった」

「だから監禁場所は？　判ったのか、判らなかったのか、どっちなんだ！」

（この女、絶対、俺を怒らせようとしている）

と思って感情を抑えていた成神であったが、堪え切れずにまんまと策略に乗ってしまった。

「私を誰だと思ってるのよ。ちょっと前まで鑑識係のエースと呼ばれていた逸材なのよ」

「望みは、あるのか？」

成神の顔が明るくなった。

「湾岸南市場の周りにはいくつも冷凍倉庫があるわ。それらの倉庫は当然、製品で常時満たされているはずよね。でもそこで爆薬みたいな物を大量に作ろうと思ったら製造機材とか原料とかを入れるスペースとそれらを稼働させる電力が必要になるってわけ。つまり今現在、製品が入っていないにもかかわらず、大量の電力を使用した形跡のある倉庫が目的の倉庫って可能性が高いという結論になるのよ」

「その倉庫の名前は？」

成神の下半身は、既に署の出入り口にある感じだった。

「その条件に合う倉庫が湾岸南市場の半径一㎞以内に五棟あったわ」

成神の下半身は、元の位置に戻ってきてしまった。

「ご、五棟！　……鑑識の星と呼ばれた多田野さんなら当然、目的の倉庫を特定してますよね」

成神は、願望が強すぎて自分でも気が引けるようなお世辞がさらっと言えた。

「特定は、そちらでやってよ。その方法は、教えるから」

情報不足と時間不足で一つに特定できなかったとは決して言わない多田野巡査なのだった。

（この女は、人をイライラさせる天才だな。グソクを超えたかも）

そんな事を思いついて更にイライラした成神は、腕時計の時刻を見て現実に戻った。第二回ＴＤＸ性能確認公開実験開始まであと約四時間であった。

「なるべく手短に教えてください。時間がありませんので」

「まだ四時間以上あるでしょ。まあ、仕事だから教えるけどぉ。特定には、臭いを使うのよ」

「倉庫の排気口から排出される爆薬成分をセンサーでキャッチするのですね」

今までだいぶ発言を控えていたアスカが久しぶりに口を開いた。

「そうよ。TDX専用の触媒であるPPAが排出されてる倉庫が、百％目的の倉庫って事ね」

多田野さんは、椅子ごと体を成神の方に向けると、アスカを一瞬、にらんだ後、成神にドヤ顔を見せつけた。

「フィルターが設置されているからその手は、厳しいんじゃねぇすか？」

今度は、アスカの左肩に乗っているグソクがまともな疑問を提唱した。

多田野巡査は、その質問に満足したのか、不気味な笑みを浮かべて成神を凝視した。成神は、

「MFごときが求めている言葉を瞬時に理解した。

多田野巡査が軽率にすみませんでした。多田野さんなら当然、その辺の対処法も考えていらっしゃいますよね」

「まあね。恐らく、現時点でただ一つ、超微量のPPAを識別出来るセンサーを持ってる、というか開発に成功した人物を知ってるわ」

「さすが、多田野さんだ。その人は、誰です？」

「リサイクル課の滝川さんが持ってるというより飼ってるわ」

多田野さんは、もう一度、ドヤ顔で一同を見回した。

「多田野さん、有り難う。これで人質救えます」

成神は満面の笑みで答えた。ここでまたグソクが爆弾発言をイヤミたっぷりに口走った。

「多田野さんのガードバディの尊君《みこと》はかなり優秀ですね。一時間弱でここまで調査出来るのですから。一世代前のＡＩでもかなり優秀ですね。私には、及ばないですが。まあ、本物の尊君は少なくとも後三年、塀の中ですけどね」

（ウォー‼　機械なんか、ＡＩなんか大嫌いだぁー！！！）

成神は、思いっきり叫んだ。もちろん心の中で。そして多田野巡査の堪忍袋の緒が切れる音がはっきり聞こえた成神は、謝罪の意を表情で伝えたが、多田野さんの瞳にメラメラと燃えさかる怒りの炎を目の当たりにして言葉でこの場を繕う事でなく、多田野さんの怒りが爆発する前にここから逃げ出す方を選択した。

「多田野さん、本当に有り難う。時間もないし、リサイクル課に行くね」

それだけ早口で言うと成神は、アスカの左腕をひっつかんで多田野巡査に背を向けて特捜室の出口に向かった。アスカが急に出口に勢いよく向きを変えた拍子にアスカの肩に乗っていたグソクが床に落ちた。グソクは、ちゃんと足から着地して成神たちの後を追うべく球体に変形を始めた。ところがここで小さな事故いや事件が起きた。グソクの変形が完全に終わらない内に多田野巡査が思い切りグソクを蹴飛ばしたのだ。グソクはかなりのスピードで成神の後頭部目がけて飛んで行った。ねらって蹴ったなら、殺人罪にも問われかねない事態だ。まさにダンゴムシの丸まった状態みたいなソフトボール大のグソクが成神の後頭部に当たる寸前、アスカの右手ががっしりとグソクを捕まえた。アスカには、多田野巡査の舌打ちが聞こえた。

「なぜ、蹴られるのかな？　私はただ、事実を言っただけ……」

グソクがぶつぶつ文句を言っているとアスカは、グソクを一気に握りつぶした。

「なぜ、握りつぶされるのかな⁈　女はコ・ワ・・イ・・・ネ」

グソクは、六、七個のピースに割れて地面に落ちながらそうつぶやいた。アスカは、何事も無かったかのように右手を元の位置に戻した。小片に分割したグソクは、それぞれが球形になって特捜室を出て行った。多田野巡査は、深呼吸をするとデスクに向き直り受話器を取った。多田野巡査はＰＣの時計に眼をやった。午後八時十一分、爆破予告時間まであと約三時間四十九分であった。

12　人質救出作戦

さて成神たちは、逃げるように特捜室を出ると、特捜室と同じ地下一階の一番隅にあるリサイクル課にやってきた。アンドロイドがモデルチェンジしたり、損傷が激しくなったり、老朽化したりして、修理するよりも新品と交換した方がコスパが良い場合、古いアンドロイドはリサイクルされるのだが、そのリサイクル作業を担当しているのがリサイクル課だ。リサイクル課にやってくるアンドロイドは、ほとんどが、事故や事件で修理が困難になったポンコツアンドロイドでそのポンコツからまだ、使える部品を取って、残りは、資源としてリサイクル業者に引き渡される。警官のバディに使用されるアンドロイドの修理は通常、この課で行い、依頼があれば、複雑なカスタマイズもこの課で請け負う。

そんなリサイクル課に課員は、一人しかいない。元警察庁サイバーテロ対策課主任の滝川健司《たきがわけんじ》警部だ。四十歳独身、婚姻歴無し。顔立ちは、なかなかのイケメンだと思うが、これは、成神の主観である。身長は、百七十五㎝の痩身で体重は六十五kgである。いつも小汚い白色のつなぎの作業着を着ている。このつなぎは、防火防刃制電仕様の特注品でリサイクル課に配属されるともれなく支給される。まだ滝川警部以外に支給されたことは無いが。成神がここに来るのは、駐在所勤務時代に金属探知器を借りに来て以来だが、どう見てもその時と同じ作業着だ。いくつか油染みが増えているが、古い汚れの感じが一緒なので間違いない。成神は、同じつなぎを何着か持っているのか、この一着を洗濯して着ているのか、まさか洗濯していないのかなどと考えている内に滝川警部の渋い声が聞こえてきてビクッとして部屋の奥から自分に向けられている熱視線に気付いた。

「おー、成神、久しぶりじゃのぉ。連絡もらっとるでぇ」

滝川警部は、成神と同郷の群馬県出身だが、全国を転勤している内にいろんな地方の方言に影響されて今では、独特な滝川方言が出来上がっていた。

「お、お元気そうですね」

成神は、頭をさげた。交番勤務の頃に捜査協力したことが何回かあった。滝川警部は、人とつき合うのがあまり得意ではないが、非常に優秀な警察官であった。しかし、ある事件で両足の大腿中央部から下を失うという大ケガを負ったため、この課の創設に伴い、異動になったのだ。両足は、精巧な義足で、ズボンをはいてしまえば健常者と見分けはつかない。ケガ前と同じ職場に復帰する選択肢もあったが、元来の人嫌いが義足になった劣等感と相まって一層ひどくなり、一人でできるこの課に本人の強い希望と精神科医の勧めで異動になり、しかも部下は、一人も持たなかった。唯一、心を開くのは、ほぼ、えん罪で前科者となってしまった成神だけなのであった。

「お前こそ、まだ生きとったかぁ。TAC—BAD17なんぞあてがわれて、とっくにおっちんだと思ったぎぁあ」

「まだ、辛うじて生きてます」

「ふん、まあ、長生きはできんわな。精気を全部吸い取られてしまうんだから。あと半年でお前さんはカラカラのミイラになってまうでえ」

成神は、思わず、両方の掌を胸の位置で見つめ、ミイラ化した両手の幻影が見えた気がして拳を握りしめて生きていることを実感した。

「ご心配には及びません。マスターの体調は、私が常にモニターしていますので」

滝川警部は、成神の後ろで挑戦的な視線を向けているアスカを一瞥すると部屋の奥の机のメモを取って内容を確認した。こんな前科者を相手にする奴は誰もいないので、人嫌いになり孤独で自分と似た境遇だと勝手な解釈をしているのかも知れないなと推測している成神であったが、確かに人殺しのレッテルは剥がすことはできないと覚悟はしているものの孤独であっても決して人嫌いではなかった。

「おまえのとこの事務のねーちゃんから伝言頼まれていたのをその疫病神の偉そうな物言いを聞いて思い出したよ。やたらご立腹だったぞぅ。お前たち何やらかしたんだ。まあ、いいわいや。伝言はだな」

ここで滝川警部は、改めてメモの文章を確認すると成神を直視した。

「〝この貸しは、ラーメンでは済まない〟だとさ。相当、根に持つタイプだな、あのホスト狂いは」

成神は、

（また、えん罪だ）

と思い、苦笑いを浮かべた。

「あのねーちゃん、興奮しすぎて用件言わずに切っちゃったんだが、用件は？」

滝川警部は、成神の困り顔がおもしろくてニヤニヤしていた。

「そ、そうですか。実は、是非ともお借りしたい物がありまして」

成神から事件の説明を聞いた滝川警部は、あごに右手を当てて斜め四十五度下方に首を前屈させて眼を閉じ、約十秒間、室内を行ったり来たりした後、成神の前に戻ると微笑んだ。

「本来は絶対貸さないいんだがぁ、今回は人命がかかっとるしさあ、時間も無いらしいから特別に貸し出しを許可したるでぇ」

「有り難うございます。早速ですが、タマさんは、どちらにいらっしゃいますか？」

滝川警部は、縦十m、横六m、高さ四mの室内を見渡したが、タマちゃんは、見あたらなかった。そこで滝川警部は、いつものように優しく呼びかけた。

「タマちゃーん、どこー？　出てきてちょーだい！」

「ワン、ワン」

すぐに、長辺を入り口と直角になるように一m間隔で三つ並べてある広さ一畳ほどの作業台の真ん中の作業台の上の何もないように見える場所からややこもった感じのタマちゃんの元気そうな鳴き声が聞こえた。タマちゃんとは、滝川警部所有の犬型愛玩ロボットである。大昔のアニメに出てきたスレンダーとかいう犬型ロボットに似ていて見た目はもろロボット犬で、あえて近い犬種を言うならドーベルマンだろう。ただし、タマちゃんは、超高性能臭気センサーを備えた恐らく日本で一頭だけの高性能ワンちゃんなのだ。滝川警部渾身の最高傑作カスタムメイドＡＩロボットで、捜査用機器として登録されており、捜査のために依頼された際は喜んで調査協力しなければならない規定になっている。そうでなければ、推定製作費三億円のペットを飼い続けることなどできないだろう。滝川警部は、声のする作業台の前に小走りにやってきた。作業台の上に周りの景色と同化した直径一mほどのドーム状の境界線が景色のゆがみにより判断できた。

成神は、それが何であるかすぐに判ったし、その中で成神にとって良くない事が行われていることも容易に想像がついた。滝川警部が何か言う前に成神は、ドーム状のグソクに命令した。

「直ちにそのリカバリードームを解除してタマさんを滝川警部に返しなさい」

「あ、マスター。ちょっと待ってください。もうちょっとで右前足の異音が解消しますから。進捗状況が判るように透過モードにしますね」

パッと作業台の上の状況が成神と滝川警部の眼前にあらわになった。そこには、頭部と胴体部と脚部に分かれて所々内部が見えていたり、部品が取り出されて配線でつながった状態の滝川警部の元愛犬の姿があった。それを見た滝川警部は、奥の棚まですっ飛んでいって肥満気味のライフルみたいなごっつい銃器を取り出してそれを持って瞬時に作業台まで戻ってくると、リカバリードームに銃口を向けた。

「俺のタマちゃんをバラバラにしやがって。今すぐ元に戻さなけりゃ、このラジカルイオンシューターで消滅させちまうぞ」

愛犬の変わり果てた姿を目の当たりにした滝川警部は、かすかに身震いしてものすごい本気モード、つまり鬼の形相で成神を明らかに脅してきた。成神はリアルな鬼を見てビビって即座に反応した。

「グ、グソク君、聞こえたな。今すぐタマ様を元に戻しなさい」

「あとちょっとで関節がスムーズに……」

「消滅したいのか。急げ!! これは、最優先命令事項だ。最速モードでやれ!!」

「わかりましたよ、全くマスターは、ビビリなんだから」

リカバリードームは鮮やかな黄金色に変化し、約一分後、そのドームが液体のように変化してタマちゃんの表面を覆い、一瞬にしてタマちゃんの体内に染みこんで見えなくなり、約五秒後またタマちゃんの表面に一斉に浮き出てバラバラだった各部品が吸い付くように集まって瞬く間にタマちゃんが足下から組み立てられて行き、完全復活したタマちゃん全体が金ぴかのオブジェになった刹那、その黄金色が砂金のように作業台にバサッと落ちた。そしてその砂金は、砂鉄が磁石に引き寄せられるように一つにまとまって全長三十㎝ほどのグソクができあがり、作業台では、元通りになったタマちゃんが滝川警部を見つけてじゃれついて来た。

「おお！ おまえのその変なＭＦ、なかなかやるな。脚の異音が無くなっとるわ」

ペットの癒し効果は、絶大だ。さっきまでの鬼が、一瞬にして仏に変わった。

成神は、この変化を見逃さなかった。

「せっかく元通りになったところで言いづらいのですが、タマちゃんの頭部だけをお借りしたいのですが。ドローンに重量制限がありまして。どうかお願いします」

滝川警部は、元通りになったタマちゃんの頭を三回撫でた。するとタマちゃんは伏せの姿勢になって動かなくなった。

「人命最優先だぎゃ。タマちゃんが活躍したら兄弟増やせるかもしれんしな」

そう言うと滝川警部は、手際よくタマちゃんの頭部を外し、キャリーバッグに入れて成神に差し出して真顔になった。

「ただーしぃ、タマちゃんに傷一つつけずに返してくれよ。万が一タマちゃんに何かあった場合は、えらいことになるかんね」

仏の顔のその眼の奥には確かに鬼が見えた。成神は、ビビリすぎて声がうわずってしまった。

「は、はぁい、必ず無事にお返ししますぅ」

成神は、震える腕をぎこちなく伸ばすと滝川警部からキャリーバッグを受け取り、滝川警部に一礼して二人目の鬼から逃れるようにリサイクル課を後にした。あとの一体と一匹は今回は放って自分だけさっさと出てきたつもりが一人と一匹はいつの間にか成神を部屋の外で待っていた。

「マスター、ビビリすぎてオシッコちびっちゃったんじゃないでしょうね？」

「ご主人様、ちびる前にトイレ行くことをお勧めします。現在、三百十二㎖の尿が蓄積していますので」

そのアスカの声で我に返った成神は急に激しい尿意を覚えた。第二回ＴＤＸ性能確認公開実験開始まであと約三時間半であった。

約二時間後、成神たちは、湾岸南市場の川を挟んで背後にある倉庫群を見渡せるその倉庫群に近いビルの屋上にいた。タマちゃんの頭部をセットしたドローンもその上空でホバリングしていた。ちなみにドローンは、目的をインプットしているので、後は、搭載のＡＩが自動で目的を遂行するように飛行する。

「アスカ、ドローン準備ＯＫか？」

「はい、ご主人様。いつでも捜索開始できます」

「そうか、早速始めてくれ」

「わかりました。スタート信号送ります」

アスカがそう言い終わったときには、ドローンは、約五百ｍ先の倉庫群に向かって飛んで行っていた。アスカが左の掌の上にペーパービジョンを拡げるとそこにドローンからのライブ映像が写し出された。ドローンは捜査対象の倉庫を順々に廻って排気口に出来るだけ近づいてそこからのにおい成分を分析している。ペーパービジョンには、ドローンに搭載されているガスクロマトグラフィーで、タマちゃんがキャッチして増幅されたにおい成分を解析した各成分のデータのグラフが画面の右上四分の一の範囲に示されていた。三番目の倉庫までは、ＰＰＡの存在を示すピークは、現れなかった。第四番目の倉庫は、湾岸南市場後側面の川を挟んでちょうど真後ろ辺りに位置している大型の冷凍倉庫で三つの冷凍庫に区切られているが、排気用ダクトは、外側から見ると一本で倉庫の中で分岐していた。そのため、たとえＰＰＡの反応があってもどの区画の部屋から来ているのかダクトを逆にたどって確認する必要があった。誰もが、出来ればここでないことを願ったが、画面にＰＰＡの存在を示すきれいなピーク波形が現れた。

「まあ、予想はしてたけどね。アスカ、他からＰＰＡが漏れてないかこの倉庫の周りをクンクンしてくれ」

「はい、判りました」

アスカはドローンの方を向いて捜索を指示した。ドローンは、スーッと倉庫の屋根の上を低空で二回旋回した後、倉庫の前面に飛んで行った。五分ほど経つとペーパービジョンに〝対象物質不検出〟と赤字で表示された。

「マニュアル操作で再調査しますか？」

「いや、気密性のいい冷凍倉庫だから、タマちゃんで駄目なら、楽な方法はあきらめるさ」

さすがのアスカも次の一手をすぐには、思いつかなかったようで黙っていた。成神は、アスカに勝った気分になり、思わずにやりとした。

「タマちゃんの次は、グソクちゃんに活躍してもらわないとな」

「ＭＦに三つの部屋を調査させるのですね。ドローンに乗せますか？」

「いや、もっと効率的な方法がある」

そう言うと成神は、アスカの右肩に乗っているグソクを左手でつかんで自分の胸の前でグソクの腹部を上にしてグソクの眼を見た。成神の眼は、意地悪小僧のようにキラキラしていた。

「グソクちゃん、排気口から中に入ってにおいの元を特定してくれるかな」

「お安いご用ですよ。途中のフィルター超えたら私のセンサーでもにおいを追えますからね」

「じゃあ、早速頼むよ」

成神は、アスカに何やら目配せしてグソクを手渡した。

「アスカ、ストライクでな。グソクちゃん、丸くなった方がいいと思うぞ」

「まさか、五百六十三mある換気口まで投げる……」

グソクがそこまで言ったときには、すでにグソクは、第四倉庫に向かって放物線を描いていた。

そしてグソクは、排気口の直径三十㎝のループ状になっているダクトの側面にアメーバ状に拡がってくっつき、一mほど下って下向きになっている換気口の鳥避けの金網を超えて換気ダクトの中に入って行った。途中、倉庫の壁面を抜けたところにあるフィルターを染みこむようにくぐり抜け、天井と平行に各部屋まで分岐しているダクトの分岐点まで到達したグソクは、通常のフォルムに戻った。ダクトは、そこから各部屋一本ごとに分岐して各部屋までほぼ直線で続いていた。グソクはそこで動きを止めて文句を言い始めた。

「投げるなら投げるって前もって言ってくださいよー。こっちも心の準備って……」

「音声は良好だ。こっちに映像送ってくれ。においの元は何処だ?」

成神は、グソクの苦情は無視して先を急いだ。時間は無情に過ぎ去っていく。

「急かすなぁ、マスターは。その出前、今、出ましたぁ!」

グソクは、一瞬、金色の直方体になると細胞分裂みたいにそれが均等に三分割されてあっという間に三匹の体長十㎝のグソクが出来上がった。ペーパービジョンの画面も縦に三分割された。

「グソク一号、二号、三号行きまーす！」

小型グソクは、それぞれの配管に入って行った。触角の先のＬＥＤライトで暗闇が照らし出された。三本のダクトの映像は、三分の一の長さまでは、同じような埃がうっすら堆積した画像だったが、その先から二室のダクトの様子が他とは、明らかに異なっていた。ダクト全体に青紺色の薄い結晶が均一に析出していた。それは、ＬＥＤライトに照らされてキラキラと輝き、あの有名な観光地「青の洞窟」を連想させた。

「おぉ！　これは……」

「ＰＰＡの結晶ですね」

アスカがすかさず答えた。成神は、「これは、何か？」ではなく、「これは、美しい！」と言いたかったのだが、さすがのアスカもそこまでは予想できなかったらしい。

「一応、分光分析しときますぅ？　ＰＰＡ濃度が、最大レンジで振り切れそうなんで必要性は低いですけどね」

「後で報告書が必要になるから分析しといてくれ。サンプル採取も頼む。濃度もモニター続行だ」

「ＯＫ！　マスター。一号と三号は、こっちに合流させちゃいますね」

「そうだな。二室の排気口まで、もうコロコロで行っていいぞ」

「はーい」

グソクは、戻ってきた二匹の分身と合体して通常のフォルムに戻り、球形になって、青の絨毯に一本スジをつけながら進んで行った。ほどなく排気口にたどり着いた。そしてアメーバ状になって排気口の金網の編み目から二室の中に入ると壁に張り付いた状態で通常のグソクに戻った。そして倉庫内を見渡した。

「ビンゴ‼　尋ね人発見ですぜ」

ペーパービジョンにアップの間山氏の横顔が映し出された。

「よし、すぐに救出に向かうぞ」

「救出には、相当苦労しそうですぜ。マスター」

次に映し出された映像でグソクの言っている意味が分かった。その引きの映像には、一片が二mの立方体上面に間山氏の首から上だけがちょこんと乗っている、一目で厄介だと分かる動画が写しだされていたからだ。

「な、なんじゃや、こりゃ？」

成神は、映像の詳細がすぐには理解できずに思わず、芝居がかった声を出してしまった。

「約八㎥のコンクリートの立方体の中心上部に捜索対象者の身体約八十七％が埋没しています。間山氏のバイタルについては画像だけでは不明です」

アスカの答えはいつも的確で冷静だ。成神は驚きすぎた自分が恥ずかしくなったが、最優先事項を思い出してグソクに尋ねた。

「間山さんは、無事か？」

「ちょっと待ってくださいよ。近くに行ってマスターが直接聞いてみてください。そっちと会話できるようにしますから」

グソクは、二室の壁から約二m離れた立方体の上面の端まで金糸状の身体を伸ばしてアーチを架けるとその金糸がほどけるように壁のグソクが頭の方から消えていき、立方体の上に金糸が集まってグソクが頭から出現した。

「マスター、準備OKですよ。話してみてください。三、二、一、キュ！」

「ま、ま、間山さん、聞こえますか？　美郷署の成神です。聞こえたら返事してください」

間山氏は、首も動かせないので、横目でグソクを見て一瞬、ギョッとしたが、すぐにしっかりした口調で答えた。

「私は、大丈夫です。私を拉致した人は、製造した爆薬二kgを持ってどこかに行きました。きっともうどこかに仕掛けられています。早く探し出してください」

「わかりましたが、あなたの救出と並行して爆薬を探しましょう。まずは、そちらに行って詳しい状況を把握させてください」

「わかりました。お待ちしています」

成神は、通信回線をOFFにしてアスカに尋ねた。

「あのままってわけにはいかないよな？」

「はい、ご主人様。約五時間はあの状態だと考えられます。コンクリートの収縮による締め付けにより阻血障害を発症するもしくはすでに発症している恐れがあります。一刻も早く救出する必要があります」

「だよな。グソク、できる限り間山さんのバイタル診といてくれ。俺らもすぐ行く」

「OK、マスター」

グソクは、間山氏に気づかれないように耳の穴から五ミクロンのグソクを体内に送り込んだ。

間山氏の居る倉庫に向かう車の中でペーパービジョンに映し出された間山氏のデータをじっと見ていたアスカが口を開いた。

「今、すぐに対処しない場合、一時間後にはクラッシュシンドロームを発症するリスクが九十三％あります」

「専門的な事はわからんが、すぐに必要な対処を頼む。間山氏をあそこから出さないと大変なことになるわけだな」

「はい。体内に発生した毒素が一気に循環した場合、死亡する恐れがありますのでＭＦに体内の毒素を除去させます」

「よし、すぐに間山氏を救出に向かうぞ。署に連絡して、この倉庫の周辺……？　アスカ、半径どのくらいを探したらいいかな？」

「二㎏のＴＤＸが完全爆轟した場合、直径約一㎞、中心深さ百ｍのクレーターが出現すると考えられます。この倉庫がクレーターの端としても捜索範囲は、半径一㎞の円内となります。重度の人的被害が無くなる範囲までだと約半径三㎞に拡がります」

「半径三㎞の範囲内に爆破予告時間に居る人数は？」

「本日は、近くの河川で大きな花火大会がありましたので若干、増えまして午前〇時の人口は約三十七万人です」

「その人たち全員を避難させることは、時間的にも物理的にも無理だな」

「爆破の事を公表すれば、大パニックになるかと思われます」

「爆破まであと二時間しかない。まずは、爆弾探さないと手の打ちようが無いが、間山氏を救出するのが先だな」

間近で見ると異様さが際だった。一片が二ｍのコンクリートのサイコロの「１」の赤丸の部分から人の頭だけ出ている光景はすぐには受け入れ難いのだ。その異形の前に立った成神は悩んでいた。

（さて、どうやって人間を無傷で取り出すか？？？）

そんな成神のとまどいを知ってか知らずか、アスカが救い船をすかさず出してきた。

「時間が無いので手短に救出方法を説明します。まず、ＭＦのナノ膜で間山氏の全身を覆います。次にご主人様がポリスソードでコンクリートに出来るだけ切目を入れます。最後に私が外側から、ＭＦが内側から同時に圧をかけてコンクリートを破砕します。おわかりになりましたか？」

「え？　……そうだな。それしかないと俺も思っていたんだ。ポリスソードでね……」

成神は、アスカが突然、救出作戦を語り出したのでただただビックリしていただけで具体的な方法は全く解らなかったのだが、照れ隠しにポリスソードを抜いて身体の前面で十字をきってみた。

「マスター、説明してなかったですっけ？　それ、カスタムアップしときましたから。正眼に構えてみてください」

サイコロの上面の端からグソクがちょこんと顔を出していた。

「わかった。正眼ね」

成神は、正眼の構えがどんな物か知らなかったがその時は身体が勝手に動いた気がした。成神がサイコロの正面に立ち、ポリスソードの柄を無理して両手で握り、正面上三十度に切っ先を置いて深呼吸を一回して握りを強めると刃渡り三十cmのサバイバルナイフ型のポリスソードが見る見る刃渡り一mの日本刀型のポリスソードに変化した。握り部分も二・五倍ほどに長くなり両手で余裕をもって握れる長さに変化した。そこから先の成神の記憶はまるで脳が停止したように無くなってしまっていたが、成神の身体はあらかじめプログラムされた行動を実行するようにスムーズに動いた。そしてアスカが厳しい口調でグソクに命令した。

「毒素回収完了。プロテクターコクーン発動」

グソクは、その声に反応して間山氏の全身を覆うべく、コンクリートの隙間に急速に浸み込んでいき、最終的に間山氏の頭部も含めて全身を完全に覆った。戦闘モードに変化していたアスカとアイコンタクトを交わした成神は正面に向き直り、一歩前に進んで真一文字に刀を振り下ろすと刃先五十cmはスーッとコンクリートに入り、スーッと出てきた。まるで羊羹を切るようにコンクリートは切られた。次に成神は、アルファベットのAの字に斬りつけ、間髪を入れず、V、Zと斬りつけてから正眼の構えに戻ると一つ長く息を吐いた。この一連の動作を左右の側面でそれぞれ行った。これらの太刀捌きを成神は、誰に教わることもなく自然にこなし、まるで剣の太刀さばきを熟知しているかのように勝手に身体が動いたのだ。

最後に成神が正眼の構えに戻った時、成神は気を失ってその場に倒れ込んでしまった。一気に無心流の免許皆伝の動作を会得し、実際に脳の運動野を駆使して短時間にしかも大負荷で多くの筋肉を動かしたため、その動作をフィードバックで調整していた小脳がオーバーヒートを起こして気を失ってしまったのだ。ナノ技術で瞬時に名人級の技術が体得できるようになったのは素晴らしいが、副作用として脳障害を発生する確率が三%ほど有る。しかし成神の場合はただの一時的な脳疲労とアスカが瞬時に診断したため、床に仰向けになっている成神を無視して、アスカは立方体の前に立つと軽くジャンプしてコンクリートの中心部を掌底で思い切り突いた。するとコンクリートにヒットポイントから放射状に亀裂が走り、一瞬、AとVとZ型の亀裂が大きくなって、内側からコンクリートが盛り上がり、小片に砕けてその場に崩れ落ちた。そしてエジプトのミイラの棺みたいな黄金の人型が現れた。アスカは、左右の側面で同様にコンクリートを付き崩した。最終的に、濛々たる砂塵が晴れた時には、コンクリートの小山の頂上に黄金の人型が立っていた。その人型が動き出し、山を下りて倉庫の床に降り立つと砂金がサラサラと滑り落ちて間山氏が現れた。砂金は、間山氏の足下で黄金色のダイオウグソクムシに変わった。

13　爆破阻止大作戦

「ご主人様を起こしてくれます？」

捜査モードに戻ったアスカがグソクに頼んだ。

「まかしといて。一発で起こしちゃうから」

グソクは、床に倒れている成神の頭の近くまで進むと二本の触角を成神の左右のこめかみにそれぞれ触れさせた。

「皆さん。ちょっと離れててね」

アスカは微動だにしなかったが、言い知れぬ恐怖を感じた間山氏は、ヨロヨロとした足取りで二mほど成神から離れた。

「では、いきまーす。三、二、一、ドーーン！」

その瞬間、成神の身体が全身痙攣してから体幹が大きく逆にエビ反って床に背中から落ちた。

電気ショックは効果覿面だった。

「いてぇー！」

成神は、背中を強打した激痛で気がつき、倒れていては危険と判断し、全身の痛みをこらえて立ち上がった。当たりを見回し、小山になったコンクリートに二秒間、眼を停めて更に左に向きを変えた成神の目に間山氏の心配そうな顔が飛び込んできた。

「ま、間山さん！　良かった、救出成功ですね」

成神は、間山氏に駆け寄った。

「有り難うございます。でも爆発を止めないとここにいる全員が蒸発する事になります」

間山氏は、真剣な表情で訴えた。

「おっしゃるとおりです。爆弾の在処がわからないとどうにもなりませんよね。あと一時間でタイムリミットだというのにどこを探せば良いのやら……」

それは、成神の正直な気持ちであった。今から二時間前に爆弾の在処がわかってもその周囲の三十七万人を避難させることは、ほぼ不可能だったろう。カマイタチの事だから爆弾は、物理的に解除に時間がかかる仕掛けにしているだろうし、現時点で成神たちの勝算はほぼ〇％であった。

「爆薬の場所ならたぶんわかります」

間山氏が小声で意外すぎる事を言い放った。まさに天使の囁きだ。

「マジっすか？　ど、どこです？」

うれしさと驚きで思わず、成神は、ため口口調で聞き返した。

「はい、ちょっと待ってくださいね。私のスマホは……確かここにあったと思うんですが……」

間山氏は、自作の爆薬に盗難防止のため追跡装置用のナノマシーンを仕込んでおいたのだ。間山氏は、全身コンクリートまみれの背広の内ポケットからスマホを取り出したが、そのスマホも間山氏同様コンクリートまみれでディスプレイはひび割れて電源は切れていた。再起動を試みたが起動しなかった。

「爆薬に追跡用のナノ発信器を混ぜ込んで有るのですが、どうも駄目みたいですね。この中にその追跡アプリが入っていたんですけど……」

「そのスマホ直りますよ」

得意満面で成神が答えた。

「え？」

今度は、間山氏が、答えの意外性に驚いて成神を見返した。

「そのスマホ、貸してください」

「は、はい」

きょとんとしている間山氏からスマホを受け取ると成神は、大げさにスマホを持った左手を身体の前に突き出した。

「グソーク！」

「はい、はい、ただいま参ります」

グソクが舞台の台詞みたいな節回しで答えると差し出されたスマホの下までやってきた。

「間山さんのスマホ、修理頼むよ。できるだけ早くね」

「OK、マスター。まかしといて」

そう言うとグソクは、二本の触角をスマホまで伸ばしてその触角でスマホを受け取ると自分の背中に埋没させた。

「グソク君、何分ぐらいで終わるかな？」

「相当、やられていますからね。十分はいただかないと」

「お前なら五分でいけるだろ」

「おだてても駄目ですよ。部品が無いんだからそこをカバーするとなると私といえども八分が限界です」

「ご主人様の携帯を提供されては、いかがですか？」

アスカが成神の背後から成神の耳元にささやいた。

「署からの支給品はカスタムメイドの特注品だぞ。この状況では壊す訳にはいかないだろう」

「はい、ですからご主人様の私物のスマホの提出をお願いします」

「そうしたいところだが、残念ながら俺のスマホは署に忘れてきた」

成神は、嬉しそうに答えた。

「ご心配なく。私が持ってまいりましたので今、ここにあります。状況を考慮すると一刻も早く修理が終わる事が最優先事項ですよね」

「アスカ……まだローンが残っているんだがなぁ。うーん、仕方ない。グソクに食べさせてこい」

「ご厚意ありがたく頂戴致します」

アスカは、スーツの内ポケットから成神のスマホを取り出すとヒョイとグソクに向かってそれを放った。成神のスマホは砂漠に刺さるようにグソクの背中に音も無く刺さり、静かに沈んでいった。そして一分後、レンジのチンという音がしてグソクの背中から成神のスマホそっくりのスマホが現れた。グソクは触角でそのスマホをつまみ上げて成神の掌に載せた。

「クリーニング済みです」

「まさかと思うが、ＳＩＭ交換しただけなんて事は無いよな」

「まさか！　間山さんのスマホの方が上位機種ですから基板もそっち使っています。そんなことより時間がありませんよ。早く間山さんに爆薬の位置特定してもらった方がいいんじゃないですか？」

「ああ、そうだな。間山さんお願いします」

成神は渋々、間山氏に修理された携帯を渡した。

「では、いそいで爆薬の移動をトレースしますね」

いつの間にかアスカがペーパービジョンを開いて画面を見ていた。間山氏のスマホの画面と同期して同様の画面が映っていた。爆薬の位置を示す点が五分ごとに赤い点で示されている。その点は、今から約九時間も前にこの倉庫から湾岸南市場を挟んだ反対側約一㎞の地点で途絶えていた。

「ここに爆弾があるのか⁉」

「いや、そうではなく、ここで電波を遮断する容器に移し替えられたのでしょう。今現在、発信されているはずの電波をキャッチできませんから」

間山氏は、申し訳なさそうに小声で答えた。

「私も電波を追ってみましたが、キャッチできませんでした」

アスカは、あくまで事務的な口調であった。成神は、焦って声を荒げてしまった。

「あと一時間弱で大爆発だぞ。爆薬の行方を突き止める方法は無いのか」

「ご主人様、手立てが見つかるかも知れません」

「本当か？」

成神は、すがるような眼をアスカに向けた。

「今、ネットにこの事件の犯行予告がアップされました。世間は大パニック状態です」

「な、なにぃー‼　犯行予告だとぉう！　最悪だ、それで場所が公開でもされたのか？」

「公開されたのは、爆薬がトラックに積み込まれてどこかに運ばれて設置されるまでの動画ですが、場所や車種の特定につながる画面には、モザイクがかかっています」

「アスカ、時間がないんだ。結論を言ってくれ！」

成神は、パニック寸前だった。

「トレースの途絶えた場所が積み込み場所と考えられます。しかも爆薬は、恐らく大型の恒温槽の中に入れられました。これを運んだトラックもほぼ特徴は解析でき、車種を三台に絞れました。よって積み出し地点から防犯カメラ等の映像をリレー追跡すれば、目的地が判り、それを公開されたモザイクのかかった画像からモザイク処理を解除して比較すれば、爆薬の設置位置が九十八％の確率で推定できます」

成神はうれしさのあまりアスカを思いっきりハグしていた。

「でかしたぞ。さすが俺の相棒だ」

「盛り上がっているところ、まことに申し訳ありませんが、爆薬の位置がわかっても、爆破を止めなきゃカマイタチの勝ちですよ」

足下からグソクの悪魔の囁きが聞こえた。成神は、カマイタチというフレーズで我に返り、アスカを解放した。清宮明日香の断末魔の顔がフィードバックして逆に冷静になれた。

「アスカ、爆薬の位置はもう判っているな」

「はい、湾岸南市場の鮮魚棟中央部の地下一ｍと考えられます。監視カメラにＴＤＸを積んだ車両の市場への侵入が確認されないことから恐らくＴＤＸは監視カメラの無い地下設備の点検通路から手動で搬入されたと判断でき、点検通路の形状及び市場の地下構造から爆薬の詳細な位置を

料金受取人払郵便

新宿局承認

2524

差出有効期間
2025年3月
31日まで
（切手不要）

郵便はがき

1 6 0-8 7 9 1

1 4 1

東京都新宿区新宿1－10－1

（株）文芸社

愛読者カード係 行

お名前《ふりがな》		明治 大正 昭和 平成	年生 歳
ご住所《ふりがな》	□□□-□□□□	性別	男・女
お電話番号	（書籍ご注文の際に必要です）	ご職業	
E-mail			
ご購読雑誌（複数可）		ご購読新聞	新聞

最近読んでおもしろかった本や今後、とりあげてほしいテーマをお教えください。

ご自分の研究成果や経験、お考え等を出版してみたいというお気持ちはありますか。

ある　　ない　　内容・テーマ（　　　　）

現在完成した作品をお持ちですか。

ある　　ない　　ジャンル・原稿量（　　　　）

書　名				
お買上 書　店	都道 府県	市区 郡	書店名	書店
			ご購入日	年　　月　　日

本書をどこでお知りになりましたか?
1.書店店頭　2.知人にすすめられて　3.インターネット(サイト名　　　　　　　　　)
4.DMハガキ　5.広告、記事を見て(新聞、雑誌名　　　　　　　　　)

上の質問に関連して、ご購入の決め手となったのは?
1.タイトル　2.著者　3.内容　4.カバーデザイン　5.帯
その他ご自由にお書きください。
(　　　　　　　　　　　　　　　　　　　　　　　　　　　　)

本書についてのご意見、ご感想をお聞かせください。
①内容について

②カバー、タイトル、帯について

弊社Webサイトからもご意見、ご感想をお寄せいただけます。

ご協力ありがとうございました。
※お寄せいただいたご意見、ご感想は新聞広告等で匿名にて使わせていただくことがあります。
※お客様の個人情報は、小社からの連絡のみに使用します。社外に提供することは一切ありません。

九十六％の確率で推定できました」

「よし。署に、ＴＤＸが発見されたと伝えてくれ。そして住民のパニックを避けるために爆弾は、起爆解除中で爆発の危険は少ないが、念のため避難するようにとか何とかうまいこと言ってできるだけ爆心地から遠ざけるように周辺住民を誘導してくれるように頼んでくれ。あと五十分弱でどれだけ効果があるか判らないがやらないよりましだからな」

「わかりました。そのように大月室長にお伝えします」

「頼んだぞ。さて、後はどうやって爆破を阻止するかだな」

「マスター、嘘つきは、泥棒の始まりですよ。市場の周囲約四十万人をだますとは泥棒もビックリですよ」

「今は、そうゆう冗談言っている場合じゃねえんだよ。これ以上くだらないことぬかすと溶鉱炉に沈めるぞ」

「おー、怖。では警察官のマスターが為すべき、最優先事項をお教えしましょう。間山さんを避難させないと間山さんの家族に恨まれますよ」

アスカの肩に乗っているグソクが最も重要な事をドヤ顔でのたもうた。

「ああっ！　そ、そうだった」

成神は、そもそもここに来たのは間山氏の救出のためであったことをすっかり忘れていた。間山氏は少し離れたところでこちらを眺めていた。

「間山さん、表にあるパトカーで最寄りの警察署に行ってくれますか?」

間山氏は、いきなり成神の所までかけ寄ってきて大声で訴えた。

「私にも責任があります。ですからお役に立てる事がないかとずっと考えていました。そして今、あなたとグソクさんの会話を聴いてTDXを小一時間で無効化出来る可能性がある方法を思いつきました。」

「本当ですか！　ど、どんな方法ですかぁ???」

成神は、間山氏の両肩を両手でがっしりつかんで間山氏の目を直視した。

「テルミット反応を利用するんです！」

「て、てる……みっと????」

当然ながら成神の辞書にテルミットなどという理系ガチガチの言葉は無かった。

「あと一時間弱で対処できますか?」

言葉の意味がわからず、立ちつくしている成神に代わって間山氏の一言で全てを理解したアスカが、成神の背後から二の句を継いで質問した。

「研究所に二kg分の鉄を作れる材料と三千℃に耐えられる反応容器があります。後は、点火装置と爆薬の近傍で反応を起こさせてピンポイントで爆薬のある位置に届ける装置と技術が必要です」

「時間的に運搬はヘリですね。そしてその爆薬無効化装置を製作してヘリで運んで落下軌道を計算してヘリから投下して爆薬にピンポイントで当てる。この全工程を約一時間で実施することは不可能ですね」

アスカは、恐ろしい事をサラっと言った。アスカの方に向き直って話をジッと聴いていた成神は、スマホを間山氏から借りると署に電話し、室長と数分話をすると電話を切った。

「間山さん、研究所に必要な物を準備するよう頼んでください」

「は、はい。わかりました」

間山氏は、研究所に電話して事情を話した。

「必要な機材を研究所のヘリに積んで本庄にある陸自のヘリポートに向かい、そこで機材を降ろした後、私はそのヘリで避難します」

「そうしてくれると助かります。すぐに準備にかかってください。本庄でウチのジェットヘリに機材を積み替えて爆弾破壊に向かいます」

重要な事項を告げるため、間山氏は、成神に真剣な眼差しを向けた。

「装置は、スイッチ一つで作動するようにしておきますが、落下のタイミング、つまり離脱装置のスイッチを押すタイミングは、正確な軌道計算とヘリの操縦者との正確な連携が必要です」

間山氏は、不安そうな表情を浮かべた。

「ご心配なく。落下のタイミングは、アスカが寸分の狂いも無く算出しますし、ヘリのパイロットは、第十三旅団で教官を務めていた人物ですから。あっと、今のは忘れてください。非公開情報ですので」

成神は、にこやかに微笑んだ。

「かしこまりました。トップシークレットですね」

「マジなやつです」

「成功を祈っています。正式なお礼は、またあとで」

間山氏は、一瞬、真剣な眼差しを成神に向けると背を向けてパトカーに向かった。

自動運転のパトカーが動き出すのを見送った成神は、アスカの方に向き直ると自分の腕時計を見た。

「後、四十五分でヘリがここに現れないと今日が俺の命日になるが、あがいてみるとするか！　とりあえずあの市場の天井と床に穴開けないといかんな。アスカさんよ」

成神は、答えを求めてアスカをじっと見つめた。

「防衛省の先端技術研究所にご主人のご所望の物がございます」

「そうか。気は進まないが、あの人に頼むか。ＴＡＣの社長に伝言頼むよ、アスカ」

「かしこまりました。ホットラインで用件伝えました。約七分で最新型のプラズマライフルが届きます」

「ありがとな。エネルギーチャージしよう」

成神は、アスカを優しく抱いてキスをした。アスカはどん欲に成神の体液を吸い続けた。このまま永遠にキスは続くかと思われた。まあ、大概、あいつのせいで中断されるのだが。

「お取り込み中、申し訳ありませんが、プラズマライフルが到着しますよ」

二人が静かに唇を離して空を見上げると自衛隊の主力戦闘機F－75から荷物が切り離されるのが見えた。その一・五m×〇・五m×〇・三mの銀色の物体は、瞬時にプロペラ四個のドローンに変化すると成神の前方三十cmに静かに着陸した。そして今度は、一回り小さなジュラルミンケースに変わった。成神より一瞬早くアスカがそのジュラルミンケースを開けた。中には、最新鋭のプラズマライフルが収まっていた。

「急速充電が必要ですね」

「グソーク！　なんとかしてくれ」

成神は、プラズマライフルをまじまじと見ながらどっかにいるグソクに対して大声で依頼してみた。困ったときは、気は進まなくてもグソク様が頼りなのだ。そのたびに自分の非力さを痛感する成神なのであった。

グソクは、いつの間にかライフルの入ったケースの上に乗っていた。

「この倉庫の電源使えば、十分で一回撃てるだけの充電できるかな。まあ、やってみますね」

そう軽く言い放つとジュラルミンケースはまたドローンに変形してグソクを乗せて倉庫の配電盤の方向に飛んでいった。

「アスカ、あと何分でヘリは、到着すると思う？」

アスカは、珍しく即答せず、三秒ほど経ってから答えた。

「不確定要素が多すぎて予測できません」

成神は、アスカにかすかに微笑むと悟ったように尋ねた。

「時々、お前が人間かと錯覚するよ。爆破までは、後、何分だ？」

「あと十七分です。私は、あなたの命を守る義務があります。なので警告します。ただちに避難してください」

「何事にも例外があるんだろ。でなきゃ、とっくに俺を小脇に抱えてダッシュしてるもんな。マグロ爆破事件の時みたいにさ。まったく、警察官てな因果な商売だよな。アスカに避難しろと言いたいが、それは言えないしよ。機械が人間に近づけば近づくほどこういう時、ややこしくなるな。グソクもがんばってるなあ。あいつは、いいやつだ。あいつは、悪運強いから蒸発しないかもな」

成神は、美郷署の方角の空を暫く見つめたあと腕時計を一瞥した。爆破まで後、十五分ほどだった。そしてもう一度北の空を眺めた。はるか彼方にヘリの位置を示す赤い光の点がだんだん大きくなるのが見えた。成神は、腕時計と空を交互に何回も凝視した。

「なるがみー！　待たせたな。時間が無いからバディと一緒にワイヤーでつり上げるぞ。準備しとけ！　あと三分三十六秒後だ」

イヤホンから美郷署特捜室高山係長の声が響いた。

「係長、すいません。命あずけさせちまって」

「気にするな。お前のためにやるんじゃない。愛する人のためなんだから」

ワイヤーでアスカとつり上げられながらそういう事かと納得した成神だった。この湾岸南市場の前の川を挟んだ対岸の病院に係長の愛妻が入院しているのだ。同時に成神は、このミッションを是が非でも成功させねばと改めて強く思った。

「置いてかないでくださいよー」

プラズマライフルの入ったケース兼ドローンに乗ったグソクがヘリに飛び込んできた。

「よし。まずは、プラズマライフル発射だな。アスカ、ヘリの軌道の指示を頼む」

「はい、高度三十五ｍまで上昇し、そこでホバリングしてください。その状態でライフルを発射します」

「まかせとけ！　こう見えて腕は、超一級品だぜ。みな、掴まってろよ」

係長は、乗り物を運転するときは、人格が超ポジティブに豹変する。ヘリは、機首を上げて目標から水平距離二百三十ｍ、高度三十五ｍの地点に到達した。ヘリは、建物に正対してホバリングの姿勢に入った。

「ご主人様、プラズマライフルを構えて私の前に座り込んでください」

成神は、黙って頷くとケースからライフルを取り出し、アスカの前の床に座り込んで建物の方に銃口を向けた。アスカが成神の背後に開脚して座り、成神の肩越しにスコープをのぞき込んで照準を調整した。二人は落下防止ベルトでヘリの床と連結して二人ともヘリからほぼ上半身を乗り出し、ライフルの銃口をほぼ垂直に立てた無理な体勢でアスカの頬や胸が成神に押しつけられていたが、あと二分で蒸発してしまうかもしれない成神には、エロティックを感じる余裕は無かった。ヘリも約五度垂直軸から地面側に傾けられていた。成神は、トリガーに手をかけてアスカの合図を待っていた。実際には、五秒ほどだったが、成神には、とてつもなく長く感じられた。トリガーは悪用防止のため、登録された警察官にしか反応しない仕組みになっていたので、このような体勢にならざるを得なかったのだ。

「五秒前、四、三、二、一、発射‼」

アスカの凛とした声と共にアスカは、成神の人差し指の上からトリガーを思い切り引いた。何の反動もなく青白い光の塊が高速で発射された。それは発射直後は直径五㎜程度だったが約〇・五秒後に目標に入射角八十七度で当たった時には、直径十㎝ほどになっており、目標地点の天井には、直径二mほどの穴が開いていた。恐らくその下の二階の床も貫通して一階の床に直径一mの穴が開いて爆弾の入った恒温槽の天板が露出しているはずだ。アスカの計算が確かなら。

「投下ルートは、降下角三・四度で高度十mまで降下してから水平飛行で目標物の中心を時速八十六㎞で通過するルートです」

「ＯＫ！　切り離しよろしく」

ヘリは、Ｕターンすると急加速してさっき開けた穴に向かってまっしぐらに降下していった。

そして建物の屋根から十ｍ上空で水平飛行に移行し、天井に開いた孔の真上を通過するコースを正確に直進した。

アスカは、テルミット反応装置に対峙していた。そこにセットされていた爆破までの時間は、後四十五秒だった。

「テルミット反応開始！」

アスカが装置のボタンを押すとテルミット反応容器の内の温度が急上昇していった。反応炉内の温度が八百℃になった時、アスカは切り離しボタンの安全カバーを上げて安全装置解除のキースイッチを回して投下ＯＫの状態にした。そして床に応急的にセットされた投下ボタンに人差し指を置いた。成神もその上に指を重ねた。

「グソーク！　お前も責任負え！」

すると床から半分顔を出したグソクの前足も成神の指の上に乗った。成神とアスカは、お互いに見つめ合った。

「投下五秒前、四、三、二、一、投下！」

アスカの指が押されるとマグネット式の固定装置が解除されてラグビーボールを半分にしてその大きさを約十倍にしたような銀色のテルミット反応装置は、放物線を描いて落ちていった。爆破まで三秒、目標到達まで二・三秒ギリギリだ。ヘリは、時速七十五㎞まで急加速し、目標の上を通り抜けて飛んで行く。タイマーの数字は、カウントダウンしていった。

「投入成功」

アスカが言い終わる頃には、ヘリは、機首を落として底面を建物に向けていた。万が一のためにヘリの底面だけ防爆仕様にしてあったのだ。リミットタイマーが〇秒を過ぎて約〇・三秒後、ヘリにかなりの衝撃があったが、ヘリの姿勢が崩れるほどではなかった。衝撃波でヘリの樹脂ガラスが激しく振動した。ほぼ同時にものすごい爆破音が鳴り響いたが、アスカが成神の耳をふさぎ、優しく抱きしめてくれていたので、成神は何ともなかった。それらが過ぎ去ったのを確認して係長は、ヘリを水平に戻して旋回し、建物の方に機首を向けた。そこには、なんと建物が残っていた。ただ、爆心地には直径約五十m、深さ約十mのクレーターが形成され、建物が二つに分断されたようになっていた。建物の正面側五百mと背面側三百mは川だが、対岸の建物の窓ガラスは割れて飛散物であちこち壊れていた。しかし、さすがにそこらの避難は完了していたので、人的被害は、最小限と思われた。つまりテルミット作戦は、大成功だったということだ。

「爆発の瞬間にあの建物に通電された記録が一件あります。恐らくそこから起爆用のエネルギーが供給されたものと思われます」

アスカが何事もなかったようにカマイタチの居た場所の情報を告げた。

「やっぱり、有線方式だったか。確実に起爆できるからな。しかも起爆したいタイミングで。もう、そこにあいつは居ないだろうが、何かしら手がかりがあるかもしれないから行ってみるか。係長、もう少しつき合ってもらっていいですか?」

「モチのロンよ。大切な人の命の恩人だからな。月までだって行っちゃうよ」

係長は、たった今、係長のガードバディから奥さんの無事を知らせるメールが届いたのでご機嫌だ。

「座標、今そちらに送りました」

アスカは、相変わらず事務的だった。

「OK！　飛ばしていくぜ。約二分で着くからな」

自動運転でもいいですよとは決して言えない成神は、一言、

「ありがとうございます」

とだけ言った。

「グソーク！　お前は、ドローンで現場の現状記録頼む」

成神は、瓦解した湾岸南市場という名の廃墟を眺めていた。

「わっかりました！」

グソクは、すぐにプラズマライフルが入っているケース兼ドローンに同化して建物に向かって飛び立って行った。

「お疲れさん。助かったよ、いろんなものがな」

小さくなるドローンにいや、グソクに思わず成神の本音が漏れた。

「成神、着いたぜ」

そこは、日本一の高さを誇るタワーマンションだった。

「屋上のヘリポートの使用許可と屋上からの出入りの許可は既に得ています」

アスカは当たり前のように言っているが、警察の力はたいしたものだ。これには警察と民間のホットラインの影響が大きい。そのホットラインを使っての警察側からの連絡はなんと有料で、一回使用するごとに有力情報提供、施設利用許可等の協力に対して一万円分の警察発行の暗号通貨が払われるという仕組みになっている。もちろんその謝礼を詐欺ったら即、極刑だ。

「ヘリは、万が一を考えて上空で待機してください」

そう言った成神ではあったが、この時感じた嫌な予感が的中しないことを願っていた。

「ラジャー。気をつけてな」

係長は、成神たちを屋上に降ろすと去り際にそう言って上昇していった。

14　時には人差し指にもっと力をこめて

最上階はワンフロア全てで一室となっていた。

「帰るときは、また連絡ください。では、成神巡査様ごゆっくりご覧ください。できれば、お帰り時にご感想など聴かせていただければ幸いです」

「職務執行中ですので、アンケートはご勘弁ください」

「では、美郷署の情報提供ホットラインに成神様宛にアンケートをお送りしますので、後日ゆっくりご回答の上、ご返信くださいませ」

「え？　……わかりました」

「では、失礼いたします」

コンシェルジュ型アンドロイドは、やっと出て行った。

「やれやれ、見学会仕様のままだ。相当旧式のＡＩだな」

成神は苦笑したが、アスカがすかさず訂正してきた。

「Ｚ社製の最新モデルです。ご主人様が、依頼を断れない性格の人物だと瞬時に見抜いて言語を選択していました」

「ば、ばく、爆発物の反応は無いよね」

照れ隠しで思わず出た成神の言葉はうわずってしまった。

「爆発物の痕跡は検知できませんでしたが、窓際のデスクの上に置かれているラップトップパソコンは、内部温度が四十二℃と電源ＯＦＦ後三分以内であると判断できます」

成神は、それには答えずにそのデスクを超えて窓際まで行って外の景色を眺めた。案の定、爆心地が中央の窓の眼下に良く見えた。カマイタチは、ここから成神たちの大作戦を眺めていたに違いなかった。

（奴は、何故、定刻まで起爆スイッチを押さなかったのか？）

（湾岸南市場の天井に穴が開いた時点で先が予測できたはずなのに何故、その時点で雷管に通電しなかったのか？）

（爆発してもしなくてもどちらでも良かったのか？）

「ご主人様、カマイタチからご主人様にメッセージが残っています。音声だけですが」

「スピーカーで聴かせてくれ」

「はい。開始します」

「久しぶり、今や大勢の人間の命を救ったヒーローだな。テルミットとは想定外だったよ。お陰で起爆のタイミングを逃しちまったぜ。まあ、TDXの商談資料としてのインパクトには充分だったがな。今回は、引き分けだったが、次は勝たせてもらうよ。では、また会う時まで元気でいろよ」

成神は、聞き慣れた声を聞いて、オートマチックで例のフラッシュバックに襲われた。小刻みに震えながら冷や汗をかいて何とか自立して耐えている成神の前にアスカが回り込み、成神を抱きすくめ、無理矢理キスをしてきた。しかもアスカは、全裸だった。約一分後、成神の方から唇を離した。

「ショック療法だな。有り難う。効いたみたいだ。ただし、人目の無いとき限定で頼むよ。ここは、ガラス越しに君の後ろ姿を見たラッキーな人がいるかもしれないからな」

「ご心配なく。見える範囲に存在していた生命体は、海猫が三羽だけでした」

アスカがいつもと変わらず、事務的に的確に答えた。

「アスカ、そろそろ服着てくれ。ゴムの伸び切った下着もね。さあ、ＰＣを押収して署に戻ろう」

「キスだけでよろしいですか？」

「君は、ほんとに優秀なＡＩだな。今のは最高のジョークだ。ただし俺、限定だぞ」

「かしこまりました。ご主人様。あと十分で公安と警視庁の面々が到着します」

「なるほど。室長はだいぶ点数かせいだな」

しかし成神たちが離陸して一分後、日本一のペントハウスは、その一階下のスイートルームに仕掛けられた爆薬によって床がきれいに抜けてしまった。

「ＰＣ、没収される前に徹底的に調べなきゃだな」

「一時間ほどかかります」

アスカは冷静に即座に答えた。四十分もあれば署に余裕で到着してしまうため何とか時間稼ぎが必要だ。その時、成神の脳裏に突然、妙案が舞い降りてきた。

「あれぇ、係長、ヘリから異音と異臭がしてますよ。こりゃあ、近くのあの病院のヘリポートに緊急着陸して点検した方がいいですよ」

あの病院と聞いてピンときた係長は、嬉しそうに答えた。

「署とＡ病院に緊急着陸の許可を至急とるよ。点検に一時間はかかるとも言っとくわ」

「有り難うございます。係長も奥さんとゆっくりしてください」

「今日は、ほんとにいい日だな」

ＰＣに記録されているデータは、さっきの音声データ以外何も無かった。他のデータが保存されたもしくは、消去された痕跡すら無かった。まあ、予想していたことではあるのだが。ちなみにＡ病院の待合室は、湾岸南市場の爆発で負傷した人が押し寄せて大騒ぎであったが、幸いにも死者は、まだ確認されていなかった。爆心地から直線で約一㎞離れたこの病院の被害は、爆心地側に面した窓ガラスがほぼ全て割れてしまったことだが、室内に粉々になったガラスが、吹き込むことはなく、その場に落ちたので、もし避難してない人が病室にいたとしても窓際にいなければ、割れたガラスで負傷することはなかっただろう。更に病院の機能にはさほど影響が無かった。今は、割れたガラスの代わりに防火シャッターが下がっていた。

成神には、ヘリポートのヘリの成神の隣の座席に座り、押収したＰＣを調べているアスカの向こうに見える星空にカマイタチが笑っている幻影がはっきりと見えていた。

「手がかり無しか。あと四十五分ここで寝てるかな」

「手がかりを発見しました」

アスカが、遠くを見つめて黄昏れている成神の耳元で感情無くささやいた。

「そうか……手がかりがあったか……なにー‼」

成神は、アスカの両肩をつかんで自分の正面に向けて引き寄せた。アスカの鼻先が成神の唇に後二㎝で触れるかという体勢でアスカは成神の方に上半身だけ九十度ひねられて引っ張られたので苦しい体勢であった。機械なので実際は、苦しくないのだけれど。

「な、な、何が出た？」

「この体勢で説明しますか？」

アスカとの異様な接近に気づいた成神は、アスカの両肩からすぼめるように両手を離して三十㎝ほど横にずれた。

「説明を頼むよ。さすがは、超優秀な相棒だ」

「ＰＣに残されたシステムファイルからこのＰＣがシェルプロテクトタイプのＰＣであることが判明しました」

「一対一対応で専用のカギとそのアダプターのみで起動するやつだ。二人のうち、片方がメモリー兼暗号キーを、もう片方が鍵穴式起動アダプターを持っているから、カギとカギ穴を持っている特定の二人しかＰＣが使えないというアナログな、でも確実な情報漏洩防止対策だ。カマイタチのお友達が判ったんだな」

成神は、期待のこもった熱視線を優秀な相棒に送った。

「確定はできませんが、可能性は、高いと思います。アダプター用のポートの内部から人間の皮膚細胞が発見されました。解析の結果、そのＤＮＡのデータが陸上自衛隊の隊員のデータベースでヒットしました」

「誰だった？」

「第十三旅団普通課連隊所属の岡崎優美《おかざきゆみ》二等陸曹、二十三歳の物でした」

「よし！　でかした。係長には悪いが、すぐに会いに行くぞ」

「はい、ご主人様。八幡山霊園までは十三分です」

「ん？　……霊園だと。なぜそこに居るとわかった？」

「恒栄三十一年七月十七日、そこに埋葬されたと記録にあります」

「？？？？？死因は？」

「職務遂行中の事故とだけ事故報告書にはあります」

大きな権力の闇を感じずにはいられない成神だったが、しばらく眼を閉じ黙考した後、眼をゆっくり開けるとにやりとした。そしていたずらっ子の様な意地悪そうな感じの抑揚でアスカに尋ねた。

「で、手がかりは何だい？」

「岡崎優美のスマホは電源が切られていますが、内蔵バッテリーがまだ少量残っており、国家公務員専用の位置情報確認の特殊波長ビーコン信号を発信しています」

アスカはさらっと重要事項を告げた。このビーコン信号は、政府機関と警察機構と防衛関連機構のみが認知できる特殊な暗号電波で、その瞬時での探知には、スパイ衛星の量子スーパーコンピューターの解析が必要でハッキングの可能性は天文学的に少なかった。また理論的に地球上の何処に居ても個人の位置の特定が一秒以内で可能である。

「さすが自衛隊員だな。万が一の事態を想定してたか。役に立つのが遅すぎたが、無駄にはしないぜ。発信源は何処だ？」

「現在、発信源は、東京の南南東約千二百六十㎞の小笠原諸島、沖の島の東北約二百五十八㎞の位置を航行しており、日本の領海を出るまであと百六十七㎞で三・二ノットで巡航中です。発信源は、恐らくこのラザニタ国船籍の貨物船レッドドルフィン号の船内と思われます」

「よし。そこにきっとカマイタチもいるぞ。なんてたってラザニタ国だからな」

「その表現は、合理的ではありません。グラタニ国なら正解です。よって『なんてたって』という表現もカマイタチとラザニタ国の現状での関連性から考えて現状では不適切と思われます」

「文学の授業受けてる場合じゃないんだよ！」

成神は、グラタニ国とラザニタ国が頭の中で入れ違って事実に相応しくない発言をしたこと、つまり自分の低脳ぶりをアスカに遠回しに指摘されたと思い、思わず、怒鳴ってしまったが、アスカは、ただ、微笑んでいた。その笑顔に、アスカの無実を確信した成神は、ＡＩの合理的な訂正に人間らしい〝そのままスルー〟を求めて不機嫌になったことを後悔した。

「アスカ、室長に事情を説明して船を捕まえてもらうように手配してもらってくれ」

「確実に何らかの事件の容疑者が船内に居ると証明できなければ、他国籍の船を取り調べることはできません」

アスカは、成神でもちょっと考えれば、わかることを言ったまでのことなのだが、成神は、ムッとした。成神の後悔は、三秒しかもたなかった。

「一応、説明して準備だけ頼んでおけ！　係長を呼び戻してくれ」

「はい、ご主人様のためにダメ元でも一応許可が出るよう善処します」

アンドロイドに嫌味を言うという機能はないはずだが、成神には、嫌味っぽく聞こえた。ちょうど仕事を終えたグソクが、ドローンに乗ってヘリに戻って来たので、係長にスマホで事情を説明し、ぶつぶつ文句を言っていた係長を何とかなだめすかして離陸してもらい、後はスマホのビーコンの座標をヘリのＡＩにプログラムして自動運転で飛行した。途中、川崎にある警察庁の航空機格納庫で超高速輸送機コードネーム〝コウノトリ〟にヘリごと乗ってマッハ一・二で約一時間航行し、レッドドルフィン号に追いついた。海上でヘリは、コウノトリから放出された。

「さて……と、追いついたはいいが、このまま放っておいたら後五時間ほどで公海に逃げられちまうぞ」

成神は、大人げなく、アスカに威張り散らした事を後悔していた。あれ以来、アスカと一言も話していなかったからだ。こんな時は、グソクが頼りだが、グソクは、ヘリの飛行能力アップと燃費節約のためにヘリに溶け込んで大忙しだった。成神は、覚悟を決めてアスカに声をかけた。

「アスカ、室長から連絡はないか？」

アスカは、待っていたかのように身体ごと斜めに向きを成神の方に向けて答えた。

「室長からは、ありませんが、多田野巡査から有力な情報が届きました」

成神は、飛び上がりたいほど嬉しかったが、無理して冷静を装って尋ねた。

「ほう、どんな情報かな？」

「先日、大破した倉庫で採取した発射済み弾丸の検査を多田野巡査に依頼しておいたのですが、そこから採取された血液から検出したＤＮＡが、岡崎優美のＤＮＡと一致しました」

「ユニコーンに殺されたのか！」

アスカは、相槌は打たずに淡々と続けた。

「そのユニコーンの奪還作戦は、存在していない事になっています。参加したメンバーも不明ですが、この事件の三日後に辞職した隊員が一人います」

「その人物もあの船にいたりして」

成神は、自分の願望を下手なジョークにして言ってみた。

「さすが、ご主人様です。その人物のスマホの位置情報がＯＮになっています」

「ど、どゆこと？」

「情報より推測すると、あの船に岡崎陸曹を殺害した実行犯がいるということです」

「なるほど。でも何で貨物船なんだ？　なんか大きな物を運んでいるのか……、そうか、わかった！」

「ユニコーンですよねぇ」

ヘリのスピーカーから久しぶりにグソクの声が響いた。

「聴いてたのか?」

「へい、緊急で大事なお話がありまして」

「なんだ?」

「そう不機嫌にならずに係長の話を聞いてくださいよ。お待たせしました。それでは、係長、どうぞ!」

係長の気恥ずかしそうな、で結果、ぶっきらぼうになった声がマイクから聞こえてきた。

「結論だけ言うぞ、あと三十分以内にあの船に降りて充電しないと墜落する。以上!」

「そ、そうですか。それは緊急ですね」

成神は内心、非常に焦っていたが、次の一手が見つからなくて無理矢理静かに答えただけだった。もちろんアスカには、成神の心拍数の急上昇は把握されているのだが。

「時間がない。アスカ、さっきのユニコーンの話、室長にメールしといてくれ。あと強行着艦することも言っといてくれ」

「はい、ご主人様」

アスカはあくまで冷静だった。成神は、きれいな星空を暫く見つめて深呼吸を一回。しかし西側から雷雨が急激に近づいていた。そう遠くない西の海面に稲妻が走った。成神は、努めて冷静に係長に頼んだ。

「貨物船の後方十ｍまで接近してください」

「まかせとけ！」

言うが早いかヘリは、鋭角に降下し、船に近づいて行ったが、いきなりアスカが大声で叫んだ。

「ＡＲ－７、ロックオン。緊急回避急上昇！」

その声に呼応するかのようにヘリは勝手に急上昇した。ロックオンをアスカのすぐ後に察知したヘリのＡＩの判断で係長がアスカの声に驚いている間に急上昇して回避行動をとった。対空ミサイルは、ヘリの尾翼のすぐそばを噴射炎を上げて通過していった。次にヘリは、海面に向かって落ちていくように急降下して海面すれすれで並行航行に戻った。海面が二つに割れて波立った。ＡＲ－７はＵターンしてヘリのあとを追尾してきたが、曲がりきれずに海中に突っ込み、暫くすると二ｍほどの水柱が上がった。

「こりゃ、とても船には降りられそうもないな」

自動運転で手持ちぶさたになった係長のため息がスピーカーから漏れた。成神は、座席にしがみついていたが、急にニヤリとして座席に座り直した。

「明らかな殺人未遂行為だったよな？　アスカ」

「おっしゃる通りです。動画は署に送信済みです」

「よし。緊急逮捕だ。一応ダメ元で停船指示やっとくか。グソク、外部スピーカーＯＮ、音量ＭＡＸだ」

「ほーい。準備完了ですぜ」

天井から黄金色のマイクが生えてきて成神の前でぶら下がった。コードも黄金色だ。イマドキ有線マイクかと思ったが、成神は、通信用ヘッドフォンをつけるとそのマイクを取り、口元に近づけた。

「レッドドルフィン号に命令します。先ほどの小型誘導弾による殺人未遂事案に関して日本国の刑法に基づき、緊急逮捕権を行使し、容疑者の逮捕、聴取及び船内の捜索を行います。ついては、ただちに停船してください」

アスカがその後、同じ趣旨の内容を英語と中国語とラザニタ国の公用語であるラテン語で警告した。張りつめた五分間の静寂が流れた後、レッドドルフィン号は急激に速度を上げて、更に保安対処用ロボット三体が、マシンガンをこちらの方向に向けて威嚇発射してきた。こちらにその銃口が向いた時点でヘリは、危険回避のため、安全距離まで上昇したが間に合わず、何発か被弾した。ヘリの底面部は防弾仕様のため実害は無かったが、停船、投降する意思が無いということは明確に伝わってきた。

「公海まで逃げ切る気だな。アスカ、公海まで後どれくらいで到達するんだ?」

船を凝視したまま成神が尋ねた。

「約四時間です」

「グソーク、墜落まであと何分だ?」

「どうがんばってもあと九分が限界ですね。ここは、シールドでカバーしてあの船に強行着艦するしかありませんぜ」

スピーカーの代わりになった黄金色のマイクから妙に他人事っぽい声が響いた。それは、そうだが、相手側が素直に着艦させてくれるわけはないし、制圧はアスカといえどもかなり難しいだろう。更に雷雨が激しくなってきてヘリに落雷すると危険だ。かなり大きな雷鳴が轟いた。その時、アスカが口を開いた。

「ご主人様、時は熟しました。時間が無いので説明は後でしますね」

アスカは、立ち上がって床のジュラルミンケースからプラズマライフルを取り出すとそれを持って黄金色のマイクを口元に持っていった。

「プラズマライフルとヘリに落雷から充電出来る回路を組んでください」

「アイアイサー、何とかします」

「ご主人様、私の後ろに座ってトリガーに軽く指をかけてください」

成神は、アスカがやろうとしていることを理解していたが、何も言わずライフルのスコープを調整しているアスカのすぐ背後に座り直した。

「射撃に最適な位置をヘリのＡＩに送信しました」

ヘリは、船の右側面約二百ｍの海面すれすれで船と並行飛行状態に入った。アスカがスコープを覗いていると天井から黄金色のヒモ状の物が降りてきてプラズマライフルの胴体にすっと入っていった。もちろんヘリの充電ポートにも同じようなコードが挿入されていた。そしてヘリの屋根から天に向かった金糸が雷雲の中に延び、海中にもアース用の金糸が伸びていた。

「準備完了です。今から避雷針を通電できるようにしますからコードには、触れないようにね。死ぬよ。では、通電可能状態まで五秒前、四、三、二、一、通電可能っす」

後は、落雷を待つだけだ。

「俺は、雷が世の中で一番嫌いなんだが、こんなに雷が落ちるのが待ち遠しいのは初めてだぜ。何せあと一分で理論上、ローターが止まっちまうんだからな。ハ、ハ、ハハ」

係長は、力無く笑うより他にやることはなかった。

「海水浴なんて何十年ぶり……!?」

係長が驚いて声を吸い込んだ。すさまじい稲光が辺りを昼間のように明るく照らした刹那、ドカーン!!! 爆音とほぼ同時に雷鳴が鳴り響いて、グソクの金糸が一瞬まぶしく金色に光り輝いた。そしてヘリの照明が落ちて真っ暗になり、瞬時にサブ電源に切り替わってオレンジ色の非常灯が点灯した。ローターは、一時回転数が落ちたが、すぐに正常回転に戻った。そして三十秒ほどで通常電源に戻った。

「いやー、うまくいきましたね! ヘリも鉄砲もエネルギー充填百%ですよ」

スピーカーからグソクの得意げな声が聞こえてきた。天と海ともろもろに延びていた金糸は、スーッとヘリの一点に吸い込まれて行った。

「海水浴は、お預けだな」

係長の声も明るかった。アスカは、スコープを覗いたきり微動だにしなかった。そして何の前触れもなく躊躇もなく、成神のトリガーにかかった人差し指の上に重ねた自分の人差し指に力を込めてトリガーを引いた。青白い紡錘形の光の塊が一瞬でレッドドルフィンのエンジン部を貫通して暫く進んでから消滅するのが船に開いた直径三十㎝の貫通孔から見えた。すかさず、アスカは銃口をわずかに左上前方に変えるとスコープで狙いを定めて再度、成神の人差し指をさっきより少し強めに圧迫した。〇・五秒後、蒼い稲妻は、ＡＲ－７を担いだアーマーロボットの頭部を蒸発させていた。しかしＡＲ－７は、すでにヘリをロックオンした状態だったため、そのまま発射された。ロックオンを知らせるヘリのアラームと成神の心臓の鼓動が聞こえ始めるのとほぼ同時にその誘導弾は、アスカのまさに人間離れした早撃ちで蒼い紡錘形に打ち抜かれ、ヘリと船の間の船から三分の一辺りの距離で爆発した。ヘリの射撃用小窓から衝撃波と爆風が入ってきたが、成神の前髪を揺らす程度だった。ＡＲ－７の破片がヘリのあちこちに当たり、ローターに当たった破片は、金属音を立てて跳ね返されて海面に落ちた。一方、船の損傷はかなり大きかったらしく、甲板上でＡＲ－７の大破したエンジン部分が黒煙を上げていたし、船の側面の至るところにＡＲ－７の機体の破片が貫通するか、大きな物は突き刺さったりしていた。海面より下の部分に穴が開いた場合、浸水もあるが、沈没するほどの大穴は一見して見あたらなかった。ＡＲ－７の空中爆発後もアスカと成神の人差し指は臨戦態勢を保っていたが、約五分後、アスカは、人差し指を成神の人差し指から離すとライフルの安全装置のレバーをSの位置に戻した。

「ご主人様、指をトリガーから離してください」

成神は、夢から覚めた直後のようなボーッとした感覚で言われるままトリガーから人差し指を離した。立ち上がってさっさとケースにプラズマライフルをしまっているアスカの背中に成神は不安になって尋ねた。

「もう、大丈夫になったのか？」

アスカは即答した。

「大丈夫ですよ。念のため、ライフルのエネルギーは、放電しておきましたから感電や暴発の恐れは有りません」

「いや、そっちでなくて俺が知りたいのはだな……」

「ジョークですよ。ご主人様」

アスカが無邪気な笑顔を成神に向けた。

(捜査モードのアスカは、ライフル射撃の時は戦闘モードに、今は通常モードに似ていたりして双方の情緒回路と機能回路が混在してるな。標準モードの属性もたまにはいいな)

成神は、あのおバカキャラを懐かしく思い出していたのにその気分が一気に冷めてしまって余計に機嫌が悪くなった。

「この状況でジョークだとぉ！　安全は確保出来たのか聞いてるの。俺は！」

成神の不機嫌を無視してアスカは微笑んでいた。タイミング良くグソクの陽気な声が聞こえてきた。

「室長さんから電話ですよ。スピーカーに切り替えますね」

天井のスピーカーからいつものダミ声が聞こえてきた。

「なーるがみー、無事かぁ？　やっとラザニタ国が上船許可出したそうだ。外務省から連絡があったぞ。各所の関係者の方々が超音速イージスプレインでそちらに向かってるから一時間弱でそこに着くと思うぞ。それまでそこで待機して関係する方々の事情聴取及び上船捜索に立ち会ってくれや。これは私の命令でなく、外務省からのご依頼だ。つまり絶対的命令って事だわな。じゃあ、係長共々無事に帰ってくるように。それとももう忘れたかもしれないが、湾岸南市場の爆破事件についても詳細を聴きたい方々が山のようにいらっしゃるからな。きれいに首でも洗って待ってるんだな。ウッヒャヒャ。以上！」

室長は楽しそうに笑って電話を切った。

「まいったな。市場の爆破の件はともかく、ここでの質問攻めは勘弁してほしいな」

成神は、困った時は、アスカの瞳を凝視する癖がついてしまった。そしていつでもアスカは最良の回答を即座に提示してくれるのだった。

「この場から離れなければならない緊急事態が発生した場合は、逃避行も法的に正当化されます。ご主人様は、船員にかなり恨まれていますから不測の事態が発生する危険も考えられますので、ご主人様の安全を考慮した場合、私も上船はお勧めできません」

アスカは、並んで座席に座っている成神の両股の上をまたいで成神と向かい合わせになると成神の首に腕を回してキスをした。成神は、またエネルギー補給かと思ってアスカのされるままになっていた。アスカの唾液がいつもより少し粘性が高く苦く感じたが、気にせず、飲み込んだ。アスカのディープキスは三分ほどで終わり、アスカは、何事もなかったように隣の席に戻った。成神は、流石のアスカも今回は妙案は思いつかないかとあきらめて月に煌めく水面を見つめていたが、急に強い睡魔に襲われて寝てしまった。しかし、濃厚キスから三十分後、激しい腹痛が成神を襲い、その激痛に目を覚ました成神は、これまた強烈な嘔吐に見まわれ、都合良く床から生えてきた黄金色のゲロ容器に四つんばいで吐き続けた。なぜ、自分のゲロを予想したようにこんな物が用意されているのかなどと考えている暇もないほど激しい腹痛と嘔吐が繰り返し成神を痛めつけた。アスカは、この状況を室長にメールで送り、設備の整ったA病院への救急搬送の許可を取った。もちろんレッドドルフィンとの攻防と同様ライブ映像つきで。そして五分後には、安全海域で待機していたコウノトリがヘリを載せてマッハ一・二の速さで本土に向かって飛行していた。成神の容態は更に悪化し、下痢も始まった。この状態から動いたら外肛門括約筋を無視して体内の物が出てしまう。さりとてここのままでもじきに限界が訪れるのは明白だった。しかもトイレにたどり着くより先にその限界が訪れるのもまた明白であった。成神は、嘔吐がとぎれた束の間、アスカに潤んだ瞳で助けを懇願した。

「ア・ス・カ、何とかしてくれ！」

「何故、急にこんな事になったかを後で詮索しないと約束してくださるならお助けします」

「……!!　あのキスか！　計ったな。……わかった、不問に付す。早くなんとかしろ！」

「わかりました。一応録画しておきました」

アスカは、四つんばいで動けない成神のズボンとボクサーパンツをあっと言う間に膝まで下ろし、臀部を露出させた。

「な、なにをする⁉　あっ……あん……」

「オーン！」

アスカは、かまわず、いつの間にか手に持った直径二㎝ほどの挿入管を成神の爆発しそうな肛門に思い切りねじ込んだのだ。ちなみに挿入管は黄金色だ。更に奥に押し込んで位置を微調整し始めた。

「さては、お前らグルだな。アンッ、中で回すな。あっ、出る！　う、オエー」

成神は、上から吐きながら、下からも体内の物を挿入管内に垂れ流していた。嘔吐と下痢が、二分おきに成神を襲ってきた。ゲロカップと挿入管に排泄された物は、瞬時に吸引されていった。医療行為だとしても絶対に人には見せられない醜態の極みだ。この場面の録画と署への送信は成神の懇願により中止された。

（あっ！　係長には見られたか……参ったなぁ）

成神のそんな心配とは関係なく七回目の嘔吐が襲ってきたが、もう唾液位しか出る物は無くなっていた。

「そろそろ嘔吐は収まります」

アスカの声はいつにも増して事務的だった。

「どっちにしても、もう胃酸も出んわ」

アスカは、座席の下の冷蔵庫から五百ccのスポーツドリンクを取り出し、成神の顔の下の床に置いた。そして成神のケツの穴に挿入されていた黄金色のチューブをこれまた突然、一気に引き抜いた。成神は、一瞬の出来事に声も出なかった。

「もうその格好でなくてもいいです。直ちに水分補給しないと脱水症状になりますよ」

成神は、ボクサーパンツとズボンを腰まで一気に上げて、ペットボトルをひっつかむとへり後部のトイレにケツの穴を押さえながら小刻みに早足でたどり着き、中に入った。直腸に残っていた物を出し切って温水で十分にその穴を洗浄した後、成神は、ペットボトルのスポーツドリンクを一気に飲み干してトイレの中から叫んだ。

「アスカー、トイレットペーパー持ってこい！」

「今、手が離せませんのでご自分でお願いします」

完全に成神の負けだ。成神は、時々、アスカが機械だということを疑いたくなる一瞬がある。今度は、バカ丁寧にお願いしてみた。

「アスカさん、あなたの名案でお偉い人の質問攻めからひとまず、逃れられました。有り難うございました。お忙しいところ誠に申し訳ありませんが、どうかトイレットペーパーを持ってきて頂けないでしょうか？　お願いします」

「はい、ご主人様。今は、戸棚にありますよ。開けてみてください」

さっき見たときは何も無かった戸棚を成神が、半信半疑で開けるとそこに三つもトイレットペーパーが入っていた。喜んで手に取ってそのトイレットペーパーを見た時、成神は更に敗北感に打ちのめされた。その表面には、二㎝ほどのグソクの型押し模様が一面に入っていたのだ。しかもその模様は黄金色だった。成神はぐったりしてトイレから出て来たとたん、強い眠気に襲われた。

「少し寝るわ」

成神は、床の寝袋にくるまった。そして約二時間後、病院に着くまで爆睡した。もちろんアスカが調合した秘薬の作用のために眠くなったのだ。つまり常に適切な解を導き出す頼れる相棒は、あの突然のキスで、嘔吐や下痢の度合いも継続時間も全て計算し尽くされた独自調剤の秘薬を成神に怪しまれずに経口摂取させたのである。次世代あるいはその先（プロトタイプ）のアンドロイドというかＡＩ恐るべしである。昔も今も女性からの積極的なキスには必ず裏があるのだ。

成神はＡ病院で二時間点滴を受けて胃腸薬をもらって署にタクシーで帰った。多田野さんに掛け合ったが、医療費もタクシー代も経費で落ちなかった。何故、ヘリでないかというと、係長に成神の醜態を他言無用にしてくれる代わりに奥さんともう少し水入らずの時間を持ってもらうことにしたからだった。もちろん署には、例の戦闘によるヘリの故障の緊急修理のためと言ったのだが、これがまんざら嘘とも言い切れなかったのが怖い。後日、係長に聞いた話だと、A病院まで無事に飛べたのは係長至上二番目の奇跡だったらしい。ちなみに一番目は奥さんと巡り会った事だそうだ。

夜明けと共に開始されたレッドドルフィンの本格的な捜索で、その船倉から陸上自衛隊朝霞駐屯地に保管されていたユニコーンが発見され、岡崎陸曹殺害の容疑者として同僚の真田二等陸曹が逮捕された。しかし、肝心のカマイタチは発見されなかった。船内に居た全員が、その人物の存在を否定した上、船内からカマイタチの痕跡は微塵も発見されなかった。そして太平洋でのドンパチの件もユニコーンの不正輸出未遂の件も世間には公表されず、政治的、超法規的に解決されたらしい。そのすぐ後、ほぼ韓国財閥のグループ会社に決まっていたラザニタ国で新たに発見された油田の採掘権の取得を日本企業が有利な条件で得られたとか得られなかったとか。非公開の警視庁の調査報告書には、ユニコーンの不正輸出は、カマイタチが真田陸曹を何らかの方法で荷担させて起こした事件ということになった。岡崎陸曹は、その不正輸出の事実を知って公表しようとしたため、口封じにユニコーンの暴走を装って真田陸曹に殺害されたという結論になっていた。

結局、湾岸南市場の爆破事件もユニコーン不正輸出についても成神は尋問を受けることは無く、よってヒーローになることも、あのドンパチ事件が国際問題化して辞職することもなかった。つまり、ほとんどの事実が闇の大きな力でまさに闇に葬られてしまったのだ。

その闇の大きな力で変わったことが二つある。一つ目は、特別捜査室がまるごと警察庁のあるビルの十七階の一室に移転したことだ。パブリックな理由としては、警察庁長官直属の部署が北関東の片隅にあるのは対外的な体面上、好ましくないということらしい。しかし、実際は、今回の事件で政治家や官僚の間で警察庁特別捜査室の活躍が話題となり、幸か不幸か認知度が高まって需要が増えたというのが真の理由らしい。まあ、結果的に四十万人の生命を救い、日本のエネルギー供給の安定化に大きく寄与したという大きすぎる果実をボスにプレゼントしたのだから他のお偉方が二匹目、三匹目のドジョウを期待するのも自然の成り行きだろう。二つ目は、成神の階級が巡査長になったことである。

15　忘れじのポニーテール

東京の中心に通勤場所が変わっても、欠かさず月に一度、五十本ずつ届くビンビンZを一口、口に含むと無理矢理ゴクリと飲み込み、いつも通りあまりのまずさに顔をゆがめた成神の背後にいつの間にか室長が立っていた。そして成神の耳元でささやいた。

「なーるがみー、そのまま前向いてドリンク飲んでろ。お前さんに捜査依頼だ。しかも緊急事態らしい。残念だが、俺には資料の閲覧権限が無い。そういうわけで一切協力できないが、極秘捜査の詳細はお前さんの相棒に送信したそうだ。わしにできることは、七百億円の建物を全壊させて地面やタンカーに派手に穴開けたのに肝心のネズミを捕まえ損ねた優秀な部下の上司として関係各位にこの軽い頭下げることとくらいだわ。まあ、被害は、最小限だったことは上の方々にも力説しといてやったがな。お陰でまた警察庁長官殿から俺でなく、お前に仕事のご指名がかかったんだ。ということはこの部署も存続するってことだな。うれしいねぇ。首に貼る湿布も安くないんでぇ、今度はなるべく地味にチャチャチャと解決してくれたまえよ」

室長は、伝言とひとしきりイヤミを言うと去り際にもう一度イヤミを残していった。

「そのドリンクは、味が独特すぎてお前以外誰も飲めんな。ウッヒャヒャ」

成神は、一気にそのドリンクをゴクゴク飲み干すと室長の後ろ姿に向かって一発大きなゲップをしてから席を立つと首元の小型マイクにわざわざ顔を寄せてぶっきらぼうに尋ねた。

「アスカ、第三会議室にいるのか？」

「今、準備ができたのでお呼びしようと思っていたところです」

「すぐ行く」

（アスカが多少驚いているように感じたのは、アスカの演出なのか？）

と思いつつ成神は一言だけ答えた。ちなみに東京で「言っとくさん」にあてがわれた専用の会議室は、特捜室の通路を挟んで向かいにある元資料保管室を改造した六畳ほどの窓のない一室であった。ほぼ成神班専用会議室なので、成神とアスカとグソクだけが、美郷署の時と同様に第三会議室と勝手に呼んでいた。

「わかりました。お飲物を用意してお待ちしております」

どんな美味しいドリンクが用意されているのかワクワクしながら会議室の扉を開けた成神の目に飛び込んで来たのは、よく冷えて結露しているビンビンZ、十本だった。

「アスカさん、今、俺の腹に何が入ってるか解っているよね？」

「当然でございます。この栄養ドリンクは一日に十本飲んでも害はありません。それどころかバイオエネルギーを効率よく産生できる事が判明しました。ですから積極的に飲んでいただこうと思いまして、こうしてご用意致しました」

アスカは、嬉しそうな笑顔を成神に向けた。

「一日、十本って……エネルギー補給が楽になるのはありがたいが、激マズだからな」

「ご心配なく、私が体内でご主人様の好きなシナモン風メープルシロップ味に調合して差し上げます」

アスカがノリノリの前のめりで即答してきた。成神は、〝体内〟という言葉がトリガーになってヘリの中での醜態がフラッシュバックして思わず顔をしかめた。

「ご所望とあれば、口移しとかそれ以外の外分泌口からも対応できますよ」

（それはいいかも……いかん、いかん、職務中だぞ。成神！）

成神は自分を戒めると欲望を無理矢理、理性で抑えつけて、

「また、お腹が痛くなると困るからそれは遠慮しておくよ。そろそろ本題に入った方がいいんじゃないか？　緊急事態ってイヤミ室長が言ってたぞ」

と話をビンビンZからそらした。

「恥ずかしがらなくてもいいのに。一応準備だけはしておきますね。ホントに美味しいですから一度お試しください」

アスカは、ビンビンZを三本立て続けに飲み干したがゲップは出なかった。そしてその飲みっぷりを唖然として眺めている成神を気にもせず、本題を切り出した。

「緊急事態ですので結論から申し上げます。真田健太郎《さなだけんたろう》二等陸曹が警察病院から逃走したため大至急発見して拘束してほしいという依頼です」

成神の瞳孔は、三％ほど大きくなったが、〇・七秒で元に戻った。

「詐病か」

「はい、昨日の十七時頃、留置場で急に意識を失ったため警察病院に運ばれましたが、本日、正午頃警察病院から逃走しました」

「今、午後二時。警視庁もメンツあるからなぁ。それで逃走を非公開にして、暇で無理も頼める上に手柄を罪悪感無く横取りできる特捜室にご指名があったってとこだな」

「日没までに被疑者を確保しないとメディアが嗅ぎつけるでしょうね」

アスカは、成神の首を真綿で絞めるような事をさらりと言って微笑んだ。

「あと四時間半もあるよ。うれしいねぇ」

「正確には……」

「それはいいから、立ち回り先の予測は？」

アスカの言葉を遮って成神がわざと難しい質問をねじ込んだ。

「被疑者は、陸上自衛隊のレンジャー部隊を志願していました。しかも肉親のところに行くとは、考えづらいです。このような場合、何かしらやり残したことを完遂するために今しかチャンスが無いと考えて逃走したと考えるのが、最も妥当です。付け加えますとこういったケースの場合、目的を果たした場合は速やかに出頭するかもしくは……」

「自死するかだな」

成神がアスカの後を引き継いだ。

「目的貫徹のために殺人が起きるか、目的自体が殺人か、目的を達成して自殺か、もしくは暗殺されるか。いずれにしてもユニコーン密輸出事件の貴重な生き証人だ。公表はできないにしても生きていれば、いつか転機がやってくる。死なせるわけにはいかないぞ」

「逃走した警察病院の周囲三㎞の防犯カメラ及び巡回ドローンの映像では、被疑者らしき人物は特定できませんでした」

「だろうな。レンジャー部隊志望となれば、大型トラックの床下にしがみついて安全圏まで移動するくらい朝飯前だろうからな」

「正確には夕飯前です」

アスカはただ、微笑んでいた。成神は、判断しかねていた。

（ただ、事実を言っただけか、それともＡＩ的ギャグなのか？）

「逃亡者の目的を突き止めるしかないな。ガサ入れの物の映像をスライドショーで見せてくれ」

「はい、ご主人様。リストは印刷しときました」

アスカは、Ａ４の用紙一枚を成神に手渡した。成神は、五秒ごとに映像が切り替わっていくスライドショーと押収品リストを見比べていた。押収品は、机上に少なく七十点弱しかなかった。七分ほどで二巡目に入った。リストを暫く眺めていた成神だったが、リストの中の一品に目を留めた。それは、清水省吾というシンガーソングライターのＣＤであった。違和感がぷんぷん匂っていた。成神の警察官としての直感だ。ファンだとしたらＣＤ一枚だけというのは不自然と考えた。

「アスカ、この清水省吾ってのは、どんな人物だ？」

「公式のホームページによると二〇六九年メジャーでデビューした三十歳のクリスタルボイスのシンガーソングライターです。押収品のＣＤは去年リリースされたコンサート特別ジャケット仕様の限定品です。製造番号により、この押収品は去年の六月二十五日に開催されたコンサートで販売された物であることがわかっています」

「真田陸曹は、そのコンサートに行ったか裏取れているのか？」

「コンサートに行ったことは、入場時の個人確認データによって確認されています」

「一人で行ったのか？　だれか連れがいたのか？　多田野女史に真田陸曹の直前、直後に入場した人物を調べてもらってくれ」

「はい、室長に依頼します」

女同士はどうもうまく行かないらしい。成神は話題を変えた。

「押収品の中にＣＤプレイヤーはなかったよな」

「はい、ありませんでした」

「ということは、真田陸曹は、あのＣＤを聴いたことがないってことか？」

「少なくとも自宅では聴いていなかったと考えられます。外装フィルムは無くなっていましたから」

会議室の内線電話が鳴った。三コール目でアスカが受話器を取った。

「はい、第三会議室です」

相手の言うことにアスカが答えた。

「有り難うございます。はい、伝えます」

アスカは、受話器を置くと成神の方を振り向いた。

「真田陸曹の直前に入場した人物がどうやら真田陸曹の連れであると思われます。それと室長から伝言です。午後五時に記者発表することが決定したそうです」

アスカの言い方は、相当もったいぶっている。成神は、伝言の部分は無視した。

「意地悪しないでお相手を教えてくれよ」

「岡崎陸曹でした。また記者発表までに逃走者を確保できなかった場合、担当者には内々に責任を取ってもらうとのことです」

成神は、あまりにも意外だったので、暫く考えをまとめるのに時間を要した。実は、岡崎陸曹が成神のドストライクの好みのタイプだったため、余計に信じ難くてうらやましかったので責任云々の件にリアクションがとれなかった。

「ふ、二人は恋仲だったのか？」

「捜査一課の聞き込みによるとその様な様子も噂も無かったとの多数の証言を得ています」

「だよねー。真田陸曹と岡崎陸曹の顔写真を並べて見せてくれ」

「はい、暫くお待ちください」

アスカは、資料データにあった二人の顔写真を自身で最適な形にトリミングして瞬時に並べてスクリーンに映し出した。

「まさに美女と野獣だな。真田陸曹がやっと初デートに成功したか」

「マスターはロマンチストですね。この様な場合、殺した方が殺された方を利用するために近づいたと見るのが一般的なセオリーですぜ」

　いつの間にかプロジェクターの上面から身体半分だけ出して垂直姿勢のグソクが自慢げに割り込んできた。妥当なことを指摘されるとそれが誰でもカチンと来るものだ。特にこのダイオウグソクムシの場合は、成神の心の琴線を鷲づかみにされた感じになるのが常だった。

「野獣が美女をだますって、それは、アンチセオリーだろが！」

「おやー、マスターが一番わかってるんじゃないんですかぁ？　人間は顔じゃないって。マスターと同じで実は、絶倫だったりとか」

　そうグソクが言った瞬間、成神のポリスソードがグソクを半分に切断したかに見えたが、実際は、グソクがプロジェクターに沈み込む方がわずかに早く、実際に切断されたのは、触角の遠位三分の一だけであった。それもしばし宙を舞った後、プロジェクターに落ち、そこにスーッと溶け込んでいった。成神は、小さな舌打ちをしてポリスソードを右胸のホルダーに納めた。

「何の手がかりもなく、あと三時間で忍者みたいな奴をつかまえないと俺に何かお仕置きがあるってことだ。アスカ、忍者の居場所がわかるような極秘資料はないかな？」

　成神は、希望半分、諦め半分でアスカをみつめた。

「被疑者の居場所の特定に繋がるかは不明ですが、先ほど被疑者と面識があることが確認された岡崎陸曹と思われる人物が写っている写真が一枚ありました」

　アスカがそう言い終わった時には、スクリーンにその写真が映し出されていた。そこには、喫茶店で奥の席に背中をこちらに向けて座っているスーツ姿の男性の向かいに座る岡崎陸曹が写っていた。対峙している人物の顔は見えないが四十～五十歳台で高級スーツに高級腕時計という出で立ちで大企業の部長さんみたいな感じだった。岡崎陸曹は、どこか思い詰めた表情に見えた。写真のアングルからして盗撮されたことは明らかであった。恐らく二人の座っているテーブルの背後に置かれた観賞用植物の中にセットされた小型カメラで撮られている、なぜなら画面に植物の葉の一部が映り込んでいるからだ。

アスカの次の一言を待っていた成神であったが、長い沈黙が続いて（実際には、一分程度であったが）それに耐えられなくなった成神が、口を開いた。

「現状ではこの写真が唯一の手がかりだな。まずは、これが何時、何処で撮られたかだな。アスカ、何かわかったか？」

「はい、まず、この写真は、岡崎陸曹所有のＰＣの中の削除ファイルの中に隠された特殊なプロテクトファイルの中にありました。そのＰＣのそれ以外のデータは完全に消去されており、復元は不可能だったと説明が添付されていました」

「この写真は、岡崎陸曹にとっての切り札だったってことだな。この場所が特定できたらたぶん逃亡犯も見つかる気がするぜ。で、ここはどこの喫茶店なんだ？」

成神が、熱視線をアスカに向けた。

「岡崎陸曹の背後の窓から見える景色と一致する地形の地点を全国の地形データと照合中です。

もう暫くお待ちください」

「さすがの8G《ハチジー》でも手強いか。確かに群馬県は山ばっかしだからな」

成神は、ほんの軽い気持ちでそう言った。

「マスター、何故、この写真の場所が群馬県だと思ったのですか？」

アスカが、すかさず聞き返した。

「え？　何故ってこの写真の右端のポスター、右端がちょっとしか映ってないけど、アレは、群馬県警の警察官募集のポスターだからさ。アスカの賢いおつむで画像を照合してみいや」

アスカは、成神がそう言い終わった瞬間、解析と照合を終わらせていた。

「写真に写っている喫茶店の場所がわかりました。群馬県高崎市〇×△町の『純喫茶ラ・ムー』という喫茶店です」

「さすが、はちじーだ。まあ、イマドキ純喫茶なんて絶滅危惧種だからな」

「マスター、イマドキ〝はちじー〟なんて言っている人こそ絶滅危惧種ですぜ」

机の上のプロジェクターから再度、半分ほど姿を見せたグソクがまたしても今、言わなくてもいいことをわざわざ言ってきた。成神も世間では、最新の通信形態のことを〝はちじー〟でなく、GI《ジーアイ》（Generation of Infinity）と言っていることは知っていた。しかし、7Gが〝セブンジー〟だったのに第八世代になったら「8」が消えてしまって無限大のマークと「8」が類似しているからというだけでGIだなどと名称を変えるのは納得がいかないのだ。だから成神は、ささやかな抵抗の意思表示として、あえて〝はちじー〟と呼んでいる。

「判った場所は、いささか遠かったな。高崎まで一時間はかかるし、行っても岡崎陸曹ではなくて真田陸曹の手がかりがあるとは限らないし、また振り出しか」

成神は、グソクの言ったことは無視してため息をついた。そして困ったときのアスカ頼みでアスカを見つめてみた。アスカは軽く微笑んだだけだった。そこにまたあのグソクが成神の最も答えたくないことをわざとらしく質問してきた。

「ねえ、ねえ、マスター、なんであのポスターが群馬県警の警察官募集のポスターだとわかったんですぅ？　一番端の人物の髪の毛の一部しか映っていないのに、しかも五年も前のポスターなのに、次世代ＡＩの解析でもすぐにはわからなかったのにです。今後の分析の参考にしたいので是非……」

「そこは、掘り下げなくていい。あ、そう、そう、あれだ、ほれ、お、お、岡崎陸曹と向かい合ってる人物は誰かな？　アスカ君」

成神は、グソクの質問に動揺して苦し紛れにアスカにも即答できないだろう質問を口走った。実はあのポスターの一番端のポニーテールの人物は幼なじみの川村純麗で、同じポスターを純麗から貰って自分の部屋の壁に貼っていたから秒でわかったのさ。などと言えるはずもないので成神はなんとかあのポスターから話題をそらしたかったのだ。しかし、アスカからは瓢箪から駒的な意外な答えが返ってきた。

「はい、ご主人様。あの写真の被写体を再解析した結果、お尋ねの人物の身元が九十七％の確率で推定できました」

「なにー！　わかっただとぉ!!　時間がないから経緯はいい。誰かだけ言ってくれぃ!!」

成神は、それが判明すれば、この件は解決するという根拠のない確信があったので嬉しくて興奮気味でアスカを見つめた。

「防衛副大臣の鍋島勝樹《なべしまかつき》と思われます」

「よーし！　それで間違い無しだ。鍋島氏に会いにいくぞ」

言い終わった時には、身体が会議室の扉の方に向いていた。

「それは、すぐには、無理のようです」

アスカがはやる気持ちの成神の背中に向かって冷静にいや冷酷に答えた。成神は、会議室のノブに左手を掛けたままで上半身をアスカの方に無理矢理ねじった。

「ど、ど、どうしてぇ？」

「鍋島氏は約三十分前から所在不明です」

「体内ビーコンは？」

「それが三十分前に途絶えたのです」

「だ、だよね」

成神は、冷静さを欠いて馬鹿な質問をしたと反省した。

「いやな予感しかしないな。鍋島氏は自ら発信を絶ったか、あるいは拉致か、どっちにしてもこの件と関係しているのは、はちじーでなくても推測できるな」

成神は、目を閉じると考えを巡らして結局〝一番単純な仮説が一番確からしい〟という警察官の経験則を踏襲することにした。時間も無いし、他に良い考えも浮かばなかったのもあるが。

「マスター、寝てる場合じゃないですよ。真田陸曹の目的がもしも鍋島氏の殺害だったら一刻を争うんだから」

グソクが成神の考えを高らかに発表した。成神は、こみ上げる怒りを抑えつつ、努めて冷静にゆっくり目を開けるとプロジェクターから顔を出しているグソクに悔しさをぶつけた。

「それは、誰でも考えつくんだ。問題は、二人は、何処で会うのか、もしくは、何処に監禁されているかなんだよ！　わかるのか？　判るなら是非、教えて欲しいね。なにせ一刻を争うんでね」

「マスター、GIを甘く見ちゃ困りますぜ。世の中に氾濫するビッグデータから特定の事象間の関連性を推察するのはAIの十八番《おはこ》ですからね。もうとっくにあなたの超優秀な相棒が二人の接点を探し出していますよ」

いちいちカチンと来る物言いだが確かに正論だ。成神は、沸々と湧き出てくる敗北感に耐えながら期待を込めてアスカをまた凝視してしまった。

「ああ、そーうですか！　アスカさん、瞬時に割り出した二人の接点を是非教えてくださいませんかね？」

「はい、ご主人様。二人の共通点は、ユニコーンです。真田陸曹は、ユニコーンのプログラミングおよび操作担当でした。鍋島氏は、ユニコーンの自衛隊への配備を推進した中心的人物です。そこで例の密輸事件の当該ユニコーンが今、何処にあるかを確認したところ、この事件の極秘資料の中に所在がわかる資料がありました」

「どこだ?」

「高崎市Y町にある銃火器用の射撃訓練施設です」

「また、高崎市か。二人が密会するには、打って付けの場所だな。ここは、アスカの分析結果に賭けるしか無いが、目的地まで二時間弱かかるとして会見までに解決できるか微妙な時間だぞ」

「あと二時間三十三分ですよ。ご参考までに」

グソクは、成神を怒らせたり不機嫌にさせたり、失望させるのが、よっぽど好きとみえる。その時間でこの事件を解決するのは、ほぼ不可能なことは、グソクに指摘されるまでもなく成神でも瞬時にわかった。

「また、係長にヘリの操縦頼むか」

「今からでは、ヘリのチャーターをして飛ぶまでに一時間以上かかってしまい、現実的ではありません」

アスカの的確な一言で時間内の解決はほぼ絶望的になった。美郷署所有のたった一機のヘリは、先日のユニコーン密輸未遂事件のダメージが思いの外大きくてまだ修理中なのだ。

「鍋島氏の命に係わる事案だ。タイムリミットは気にせず、行くしかあるまいな。アスカ、例のバイクで飛ばすぞ」

「私もご主人とのツーリングを楽しみたかったのですが、その必要は無くなったようです。今、署に外務省から電話がかかってきました」

アスカの会話がとぎれるのと同時に会議室の内線電話の呼び出し音が鳴り、アスカがワンコールで受話器を取って応答した。

「ご主人様をご指名です」

「誰だ？」

「それは、出てからのお楽しみです」

アスカは、いたずらっぽく微笑んだ。成神はあきらめて受話器をとった。

「わかりました」

成神の顔がみるみる曇っていった。

「お久しぶりです。わかりました。すぐに向かいます。では、失礼します」

成神は、受話器を戻すと大きなため息をついた。

16　ガラスの仮面

電話の相手は、記憶検索の時にとてもお世話になった外務省の鬼頭司《きとうつかさ》外務省特別補佐官だった。高崎市まで向かう算段をしてくれた上に警察庁の入っているビルの玄関先まで車で迎えに来てくれるそうだ。成神は断りたかったが、現地集合の時間的、手続き的ロスをなくすために仕方なく鬼頭氏と同乗することにした。

よって成神は、五分後には、そのビルの前に停車した国産最高級クラスの電気自動車の後部座席に鬼頭氏と並んで座っていた。公用車は、護衛アンドロイドが運転する決まりになっていたが結局は完全自動運転だ。その公用車は音もなく発進し、アスカとグソクは、マグロまみれになったパトカーをリモデリングして出来上がったカスタムバイク、通称ブラックスコーピオン、愛称スコピで追走していた。車が成神を乗せ、出発してから三分ほどすると、鬼頭氏がおもむろに話し出した。

「あの写真のポスターには特別な思い入れがあるらしいな。たいして期待していなかったが、驚くべき成果だ。君の記憶とはちじーのシナジーだな」

「高崎までどうやって行くんです？」

成神は、鬼頭のつかみの話は無視して単刀直入に最も気になることを尋ねた。

「それは、あと十分でイヤでもわかる。私がここにいるのは君に機密情報を話すためだ。木村、シールドモードにしてくれ」

「かしこまりました」

ドライバーの合成音声が後部座席のスピーカーから聞こえるとドライバーと後部座席を仕切っている特殊ガラス、自動車の後部座席とリアガラスの外面が暗くなり内部が見えなくなった。ただし、内側からは外側がほぼそのまま見えている。もちろんあらゆる電磁波、音波等も遮蔽される。内部からの電磁波、音波等も同様に遮断される。つまり内緒話が漏洩無くできる貴重な空間になったということだ。

「何故、運転手が木村さんなんですか?」

「それは、今からする話以上にトップシークレットだ。解っているとは思うが、今から話す内容は他言無用だ。もちろん法的拘束力は無いがな」

「第三会議室にもこのシールドがほしいですね」

成神は、軽い嫌みを言って相手の反応を探った。

「それは無理だな。警察等管理規則第三十五条に捜査会議の録音、録画の義務が明記されているからな」

「三十五条の一には、警察関係者以外がその内容を知ることは、許されていないことも明記されているはずですが」

「警察関係者から又聞きするのは禁止されていないはずだが」

今度も成神は嫌味たっぷりにしかも即座に言い返した。

「警察庁長官辺りからね」

鬼頭氏はそれを無視するように唐突に本題に入った。

「実はあのユニコーンは、ラザニタ国への贈り物だったのだよ。エネルギー供給の長期的な安定確保計画の一環としてね。そのために外務省と防衛省が協力して行ったプロジェクトだったんだ」

成神が急に鬼頭氏の方に上半身を向けて何か言いそうなそぶりを見せた。

「おっと、時間が無いから今回は黙って聴いていてくれよ。今日は磁石が無いんでね。まず、防衛省特殊工作員の岡崎が真田陸曹にハニートラップを仕掛け、真田陸曹と恋人関係になった。そのあとカマイタチからもユニコーンの密輸について真田陸曹にコンタクトがあったが、岡崎が二、三回軽い情報をやり取りしただけで情報漏洩を警戒して連絡をやめた。そして三ヶ月で首尾良くユニコーンの操作用パスワードを聞き出し、ユニコーンをあの船に積み込むことができた。あとは、都合が良かったのでカマイタチにわざとユニコーンを乗せる貨物船の情報をリークして表向き、カマイタチの犯行ということにしてしまえばそれで一件落着となるはずだったんだ。ところが、あろう事か停泊中に岡崎がユニコーンを下船させてしまったから面倒なことになってしまったのさ。ここからの話は、安物のメロドラマみたいであまり話したくないのだが、一言で言うと、岡崎が真田陸曹を本気で好きになってしまい、罪悪感に苛まれて惚れた男に迷惑をかけたくないなどと言いだし、職務放棄してしまったということだ。つまりミイラ取りがミイラになったわけだ。すぐにユニコーンと岡崎の所在を突き止めて回収に向かったが、岡崎は協力を猛然と拒否し、世間に公表するとまで言い出した。まさに恋は盲目ってやつだな。そこでユニコーン奪還という手の混んだ茶番を岡崎と真田立ち会いのもと実行することを約束した。真田は、カマイタチからの奪還だと思っているからね。岡崎があの倉庫にユニコーンをセッティングしてその場に待機し、最初は、カマイタチ役を演じ、頃合いを見て、他の奪還チームと合流して、完全フェイクの「ユニコーン奪還作戦」が実行された。不幸にもユニコーンの不具合による誤射により岡崎が犠牲になったが、ユニコーン奪還作戦自体は成功し、偶然にも脅迫者がいなくなったのでユニコーンは再びあの貨物船へ運びこまれた。しかしここでまたもや想定外の事態が起こった。岡崎の死を不審に思った真田陸曹がユニコーンにビーコンを付けていてあの貨物船に乗り込んでしまったのだ。更にカマイタチがあの倉庫を爆破して証拠隠滅を兼ねた商談のデモンストレーションに使うとは思わなかったよ。その時の君たちのご活躍の影響で出航が延びていたが、やっと出航できたと思ったらその船にカマイタチも乗っているとはこれまた想定外だったよ。たぶんユニコーンの横取りを画策していたのだろうな。まあ、友好国の船に大穴を開けた君らの行動が最も想定外で大迷惑だったがね。話は以上だ」

成神は、怒りで身体が震えていたが、それを抑え込んで努めて冷静に核心を衝く質問を投げかけた。

「誰が、ユニコーンに岡崎陸曹の殺戮命令をプログラミングしたのですか？」

「話を聞いていたかな。第三者委員会の調査報告によるとユニコーンのＡＩのバグが誤射の原因という結論になっているんだがね」

成神は、今にも鬼頭氏に襲いかかりそうな眼差しでにらんでいた。鬼頭氏の言う事が事実なら成神のせいで真田陸曹は誤認逮捕されたことになる。成神がそのことに気づいたと感じ取った鬼頭氏は、わずかに口角を上げるとさらっと核心的事実を告げた。

「真田陸曹にユニコーンの操作を教えたのは、陸上自衛隊で彼の上官だった防衛副大臣の鍋島氏だ」

「なるほど。これで今回の事件の構図がはっきりしましたよ」

成神は、全てが腑に落ちた感じがした。

「私を殴っても、鍋島氏を殴ってもかまわないが、まずは、鍋島氏の命を救ってからだ」

成神は、心の中を見透かされたようでむかついたので禁断の質問をぶつけてみた。

「もし、このまま私が真田陸曹の行動を放置したらどうしますか？」

鬼頭特別補佐官は、不適な笑みを浮かべると前を向いたまま言い放った。

「それができない人材だからわざわざ君を選んだんだよ、君はコラテラルダメージについても理解があるからね」

成神は、例のフラッシュバックに襲われ、カマイタチへの怒りと鬼頭氏への怒りの両方を抑え込むのに必死であった。

それから五分後には、鬼頭氏、成神、アスカ（グソク含む）は、高輪ゲートウェイ駅の新路線区画にいた。そこには首都東京に核爆弾が着弾する前に首都圏を脱出できる方法を研究するために政府が極秘に進めている計画の第一段階の試作機のテストコースに降りるエレベーターが物資運搬用のエレベーターにカモフラージュされて駅の隅にひっそり位置していた。その特権階級専用の輸送システムを要約すると、地下でジェット機を飛ばすってことである。ほぼ歪みの無い直管の中を時速八百五十㎞でジェット機が滑って行くのだ。接地面は、ハイドロプレーイング現象を利用して摩擦を軽減している。理論的には時速千五百㎞つまりマッハ一・二五まで加速可能だが搭乗者にかかる重力加速度と安全性を考慮して最高速度は時速九百㎞と規定されている。この超高速運搬装置の名称は、ジェットライナー（仮）略してＪＬである。そのＪＬは、試験走行の名目でこの駅から高崎の陸自のＹ駐屯地の地下まで百二十三㎞を平均速度時速六百㎞としてわずか約十三分で走破できる。

普段は、常時、「故障中につき使用中止」のペーパー標示板が扉の真ん中に掲げられている貨物用エレベーターの前に来た鬼頭氏は、その標示板を取り外して小脇に抱え、内ポケットから小さなカギを取り出してエレベーターの横の壁にあるスイッチパネルの下部にある鍵穴にそのカギを差し込んで左に九十度回した。すると壁と一体となっていた小さな扉が開いてテンキーが現れた。鬼頭氏がパスワードを素早くプッシュするとエレベーターの扉が両側にゆっくり開いた。鬼頭様ご一行がエレベーター内に素早く乗り込み、鬼頭氏が下降ボタンを押すとエレベーターの扉がゆっくり閉まり、これまたゆっくりと地下に下りて行った。十七秒ほどで地下四十五ｍの試験走行用ホームに到着し、エレベーターの扉が開いた。目の前に新幹線の先頭車両のミニチュア版みたいなＪＬが停車していた。車両は、レールの代わりに水の膜が張られた滑面の上に載っていた。車両の両側に前後一対ずつジェット機の水平翼がついており、水平安定翼の胴体から五十㎝離れた底面に高出力のジェットエンジンがついていた。それはホームの下に隠れており、停車中は見えない。車両の色は、セルリアンブルーで車両側面中央部にレモンイエローのラインが入っている。座席は三十二席で新幹線のグリーン車の座席を流用しているが、全体的に横から見るとティアドロップ型の車両が前後で対になっていて全体としては、紡錘形をしている。鬼頭氏が車両の扉の前に到着するとＪＬの扉が自動で開き、鬼頭氏に指定された中程の席にアスカを通路側にして並んで座り、鬼頭氏は、成神たちの通路を挟んで反対側の窓際に座った。ＪＬが一般の新幹線の車内と違うのは、各座席にジェットコースターに乗る時と同様に安全バーが着いていて走行中は、それで身体を固定されるってところぐらいだ。トイレに行きたくなったらどうするのだろうとトイレの近い成神が不安になっているとアスカが耳元で優しくささやいた。

「あと二十分は、尿意を感じません。万が一の場合は、私が、処置して差し上げますからご安心ください」

〝処置〟ってどんな方法か余計不安になる成神なのだった。それを見逃さず、アスカがまたささやいた。

「処置の方法は……」

「言わなくていい」

成神がそう言い終わると同時に発車を知らせるベルが鳴り、成神に軽いGが感じられたが、さほどでもなくジェットエンジンの轟音も聞こえなかった。車内前方の速度表示は、ぐんぐん上がっていき、発車から三分で巡航速度の時速八百五十㎞に達した。外の景色は、トンネルの壁と一定間隔で設置されたオレンジのスマホほどの大きさのＬＥＤライトだけだったが、それがものすごい速さで過ぎ去って行っていた。前方にジェットエンジンから出る青白い炎が見え、車両の側面からトンネルの側面に入り込んでいる安定翼がまさにジェット機の翼のようにトンネルの壁を切り裂いて進んでいる様子は、暗黒の闇を突き進む宇宙船を連想させた。

そんなことを考えていた成神に強い逆Gがかかって車両は、逆噴射と磁力の併用によって徐々に減速し、それから約二分で陸上自衛隊Ｙ駐屯地の地下に建設された終着駅である西高崎駅に滑り込んだ。時刻は午後三時二十分だった。

身体を固定していた安全装置が座席の側面に自動で収納されると車両の扉が開いた。鬼頭氏は、成神を一瞥もせず、さっさと降りてしまったため、成神たちもその後を追うように早足で真新しいホームに降り立ったが、当たりを観察する暇もなく既に地上行きのエレベーターに乗り込もうとしている鬼頭氏に追いつくために小走りでエレベーターに飛び乗った。全員が乗り込むとエレベーターの扉は勝手に閉まり、静かに上昇し始めた。と思ったら、ほんの三秒で減速し始め、また三秒で停止した。また勝手に扉が開くと、そこは、戦闘用ヘリコプターの格納庫の一角で目の前に最新式の戦闘用ヘリコプターが三機並んで駐機していた。鬼頭氏を先頭に格納庫の大きな出入り口の二m前まで近づくとその扉が左右各一mほど開いて停まった。そこから表に出ると見慣れた外観のパトカーが一台停まっていて車体の表示は「高崎警察」で成神は懐かしさを覚えた。

「私は、記者会見の準備があるので東京に戻るが、目的地にはその懐かしい乗り物が七分あまりで届けてくれる。くれぐれもバイクに変えて返却するようなことの無いように頼むよ。あと約一時間半あるから君らの実力なら充分だろ。今回は、時限爆弾も誘導弾も無いんだから」

鬼頭氏の口角が少し上がった。

成神は、思わず、ポリスソードに手をかけた。

「ご主人様、時は金なりです。先を急ぎましょう」

アスカが険悪な雰囲気を成神のバイタルの変化から察知して乗車を促した。

「いや、その前にどうしても最優先でやらなきゃいけないことがある」

アスカは瞬時に成神の意図を理解した。

「ご案内しましょうか？」

「頼む」

アスカが心持ち早歩きで歩き出し、成神はその後を真顔でこれまた早歩きでついて行った。

「おい、何処へ行くんだ」

二人は、鬼頭氏の呼びかけをガン無視して更に早歩きで遠ざかって行った。鬼頭氏は何か名案を思いついたらしく急に口角を上げた。

「おい、アンドロイドの修理屋、聴いているな。あいつらは何処に行ったんだ。教えてくれたら、車中の密談の盗聴未遂もＪＬの構造およびシステムのＤＪ（情報窃盗）の件も不問に付す。万が一、無視した場合、明日にはあのアンドロイドもろとも不可逆的に廃棄するぞ！」

「まいったな。全部バレてたとはね」

鬼頭氏の背後から陽気な声が聞こえた。鬼頭氏は、さらに口角を上げて振り返り、最新鋭の攻撃用ヘリの先端部から頭部だけ出した黄金色のダイオウグソクムシを発見した。

「いつの間に……そのヘリの防空システムは、特別防衛機密なんだが……まあ、いっか。さあ、二人はどこへ行った？」

「トイレっす」

鬼頭氏が唐突にケラケラ笑い出した。

「トイレ、トイレ、なーんだ。そうか、トイレね。ぼくとしたことが気づかなかったとは」

鬼頭氏はまた、楽しそうにケラケラ笑った。

「だ、だいじょうぶっすか？」

さすがのグソクも今までの鬼頭氏とのギャップに混乱してしまった。

「ぼ、ぼくともあろう者が、ダンゴムシに心配されちゃったよ」

鬼頭氏は、グソクを指さしてそう言うとまたケラケラ楽しそうに笑い出し、十分に笑うと深呼吸を大きく一回。そして急に真顔に戻り、声のトーンも戻っていつもの冷徹な鬼の仮面をかぶった。

「おい、修理屋、私のさっきの破顔の醜態を口外した場合もわかっているな」

「不可逆的な廃棄ですね」

「そうだ、忘れるなよ」

「わっかりました。あ、そうだ。このヘリの飛行制御装置のバグ直しときましたよ。データは、PCとか無かったんでとりあえず天井隅の監視装置のHDDに入れときましたからここの修理屋に教えてやってください」

「おお、そうか。その情報は有り難く口止め料として頂いておくよ。やれやれ、これでやっとこのヘリも飛行試験パスするな。有り難うよ……ったく、成神がうらやましいよ。あ、今のもシーだからな」

鬼頭氏は、口角を少し上げると口の前に人差し指を立てながらグソクの横を通り過ぎ、格納庫奥のエレベーターに乗り込んでいった。

17　セルフチェンジエフェクト

鍋島副大臣は、中央射撃試験場の試射レーンのレッドポイント上に立っていた。時刻は、午後四時二十四分。百m先ではユニコーンの銃口が鍋島氏をロックオンしている。そしてユニコーンと鍋島氏のちょうど中間の位置に真田陸曹がユニコーンの弾道を遮る位置で鍋島氏と対峙していた。

「鍋島さん、お久しぶりです。あなたが、ここに来たということは私の考えの正しさを証明したようなものですね」

鍋島氏は、真田陸曹の一m手前まで歩いてきた。

「私は、声がそんなに大きくないから近くに来させてもらったよ。私を殺して気が済むならそうしたらいい。ロックオンされたら死んだも同然だからな。死ぬ前に一つだけお願いがあるのだが、ユニコーンを近くで見せてくれないかな」

「岡崎優美の殺害を認めたら許可しましょう。そこから動いたら即、射殺しますよ」

真田陸曹は、淡々と感情を込めずにしゃべっていた。

「信じてもらえないと思うが、あれは本当に想定外の事故だったんだよ」

真田陸曹は、オーバーにあきれ顔をした。

「あのバグの存在を知っているのは、あなたとわたしだけだ。そしてそのバグを二人して取り除いてユニコーンの導入の障害になると困るからってその致命的なバグについて上官に報告しないことを約束しましたよね。優美は、そのバグのせいで殺されたんだぞ。あのバグを再設定できるのは、あなたしかいないじゃないか‼」

真田陸曹は、叫ぶように訴えた。

「私を殺しても何の解決にもならないが、お前の恋心が満たされるならこの命くれてやる」

「どうあっても事故だったと言い張るんですね」

「私は、嘘をつくのが苦手でね。私に責任があるとすれば、あのバグを過小評価し、ユニコーンの本当の恐ろしさに気づくのが遅すぎたってことだ」

「あなたは、地獄に堕ちるから優美には会えないですが、天を見上げて謝ってください」

真田陸曹は、ユニコーンの弾道上から横に一ｍほどずれた。鍋島氏は、今度は、五十ｍ先のユニコーンと対峙することになった。鍋島氏は、ユニコーンを一瞬、カッとにらみつけ、そして目を静かに閉じた。

パーン！

一秒後、一発の銃声が施設内に鳴り響いた。その〇・六秒後、鍋島氏は、かなりの風圧を感じて眼を開けた。ユニコーンの銃口からは紫煙が立ち昇っていた。かすかに黒色火薬の燃焼後の硫黄の匂いも漂ってきた。鍋島氏は思わずささやいた。

「空砲……」

鍋島氏以上にその予想外の結果に驚いたのは、真田陸曹だ。

「えっ、何故だ？？？」

想定外の結果にパニくっている真田陸曹の足首と胸部が上方から下りてきた輪っかによって拘束されてしまった。真田陸曹、二度ビックリだ。両手を拡げようとしたが、余計締まってしまった。

「騒ぐと強制的に静かにしてもらうよ」

真田陸曹と鍋島氏がその声のしたユニコーンの背後の防御壁の方をビックリして凝視すると、そこに成神とアスカが立っていた。二人は、早足で真田陸曹の前にやってくると成神がわざとらしく咳払いをしてから角張った声で告げた。

「真田健太郎、鍋島勝樹殺人未遂の現行犯容疑でえーと十六時三十一分、緊急逮捕する。逮捕の根拠となる容疑者の行動および言動については全て録画されており、証拠能力は有効です。あなたには黙秘権および異議申し立ての権利があります。以下省略、以上」

「こいつも捕まえてくれ。優美を殺した真犯人だ」

真田陸曹は、鍋島氏をにらみつけていた。

「暴れると公務執行妨害の罪も追加されるぞ。そう急かすな。その件についてもちゃんと捜査するよ」

成神は鍋島氏の方に向き直った。

「そういうわけで鍋島さん、後で詳しく伺いますよ」

「わかったよ。とっととその逃亡犯を連れて帰ってくれ。会見まで三十分も無いぞ」

「あなたは、私たちと同行はしないんですか？」

成神が怪訝に思って聞いてみた。

「ユニコーンがこれ以上悪さしないように処置しないと。それは私の責務だからな」

「このユニコーンは岡崎陸曹が死亡した件の証拠品ですから触るのは無理ですね」

「残念ながらその件はまだ再捜査の許可がおりていない。つまりまだ証拠物件ではないんだよ。

おっと、釈迦に説法だったかな」

「ユニコーンに細工しても全て監視カメラに録画されていますよ」

「心配するな。俺は、そんな姑息な細工などしない」

「じゃあ何をなさるおつもりなんですか？」

「それは、トップシークレットだ」

「ご主人様、ＪＬがもうじきこちらに到着します。急ぎましょう。釈迦に説法とは思いますが、
鍋島氏を現段階で拘束、強制連行することは法的には百％不可能です」

アスカが最後通告を成神に突きつけた。

「あいつが優美を殺したんだ！　間違いないんだ！」

真田陸曹は何度も同じ事を喚き散らしていた。すると胸部の拘束リングの上腕の位置の内側から注射器の針が出てきて真田陸曹の上腕に鎮静剤を注射し、十秒後には、真田陸曹はおとなしくなった。成神とアスカとそれに引っ張られた真田陸曹とその足首の拘束リングと一体になり推進装置に変化しているグソクは、射撃場を出て行った。

成神たちが階段を昇って、（真田陸曹はアスカが担いでいる）コントロールルームに入り、更にそこから出てエレベーターに乗ったのをそのかすかに漏れ聞こえるエレベーターの作動音で確認した鍋島氏は、ユニコーンの方を向き、深呼吸を一回するとユニコーンに早足でかなり近付いて語りかけた。

「さて、やっと二人きりになれたな。お前に聞きたいことは、一つだけだ。どうして削除したバグを自ら復元して岡崎優美を殺害したのかという一点のみだ」

そう言うと奥歯を二回強く噛みしめた。今、ユニコーンの斜め右前三mの位置にいる鍋島氏は、ゆっくりとさらにユニコーンに近づいて行った。鍋島氏がユニコーンに二mまで近づいた時、鈍いモーター音がしてユニコーンの台座が回転し、銃口が鍋島氏の真正面に向き、前面のインジケーター表示が緑から赤に変わった。それはターゲットをロックオンした目印だった。

「いいぞ、そうでなくっちゃ。コンデンサにはまだ電気が充分に残っているはずだからな」

アスカが作戦に必要な最小限のエネルギーしかチャージしなかったので本来ならもう作動できないはずだが、本体のコンデンサに出荷時に充電されたエネルギーが若干残っていたのだ。鍋島氏は、ユニコーンとの会話を楽しんでいるようだった。鍋島氏は、更にユニコーンとの間合いを詰め、互いの距離が一mになった時、台座が左右上下に動いて鍋島氏のちょうど心臓のあるあたりの延長線上で銃口が停止した。

鍋島氏は、止まることなく更に間合いを詰め、銃口との距離が二十㎝まで近づいた時、シュッと空気が抜ける音がしてユニコーンの銃口から先のとがった棒が三十㎝ほど飛び出て鍋島氏の身体に突き刺さった。鮮血がワイシャツを赤く染めて徐々にその赤色の範囲が拡がっていった。鍋島氏は低くうめくとユニコーンの本体をしっかりと両手で押さえつけた。

「ふん、圧縮空気だな。想定内だ」

そこで深呼吸を三回した。息を吸うたびに胸に激痛が走り、鮮血が多量に湧き出て来てワイシャツの胸から下は、すでに真っ赤だった。鍋島氏は、激痛に顔を歪めながら無理して自慢げに大きな声を出した。

「驚いたか！　心臓貫いたのに何故、こいつは、まだ生きているのか？　心配するな。もうじき死ぬ。この事態を予測して心臓の位置をちょっと右にずらしただけだ。もう少しお前と話したかったんで一千万円ほどかけて小細工してみたのさ」

そして鍋島氏は咳き込むと大量に喀血し、ユニコーンに鮮血が降りかかった。

「すまんな、汚しちまって。お前さんはお利口だから飛び道具が無ければ、自分で作ると考えたのさ。しかもこんな風に角を出すとね。なんてったってユニコーンだからな。どうだ！　ＡＩの思考を的中させたんだから人間もまだまだ捨てたもんじゃないだろ？　まさか、おれが趣味で作った無限トライ&エラー回路とあのバグ、そう女性を選択的に攻撃するっていうバグだ。あれが合わさるとセルフチェンジするシステムが構築されるとは驚きだったよ。練習用のターゲットマシンのフォルムが女性の体形に似ているからそのターゲットに常に負けるようにプログラミングしてみたら女性をターゲットと誤認することがあるなんてな。そもそも成功することを前提にプログラムを構築するから、失敗ばかり繰り返させると成功のゴースト回路が構築されて必ず成功するように自己判断するようになるわけだ。まさに機械の突然変異だな。そのシステムをさらに発展させたカオス回路をこうなる事を薄々感じながら科学的好奇心に負けてしまってお前に搭載しちまったのが俺の大罪だ。そのせいで一番大切な優美があんなことに……まさに因果応報ってやつだな」

ここで暫し沈黙した鍋島氏は最期の力を振り絞って声を荒げてユニコーンとその向こうの戦争屋に訴えかけた。

「ＡＩが自ら判断して人を殺すなんて許されないんだ。人間の思考を超える、果ては人間を支配するなんてことがあってはならないんだよ」

また鍋島氏は、ユニコーンに自分の血液をぶちまけた。

「いかん、いかん。熱くなりすぎた。寿命が縮んじまうな……。あ、そうそう、この時計見えるか」

鍋島氏は左腕の腕時計をユニコーンのカメラに向けて見せつけた。

「特注品のペアウォッチだぞ。これは、残念ながらレプリカだがな。もう片方は誰がしてたと思う。そうだよ。さすがＡＩだな。岡崎優美がしていたんだ。俺が若い頃、愛した女性に贈った時計をあの子がしていたとはどうゆうことか？　そうだよ。恥ずかしながら岡崎優美は俺の実の娘なんだ。厚生労働省にあるＤＮＡデータで確認したから間違いないのだが、高崎の喫茶店であの時計見せられた時は奇跡ってあるんだなと思ったものさ。その娘に本気で人を愛してしまったと打ち明けられた。その時は、気が動転してうやむやにしてしまって俺がモタモタしているうちに優美は、自分でなんとかしようとお前を盗み出しちまったってわけだ。しかし動き出した歯車はもう逆には回せない。俺は、優美に恋人を救うためと嘘ぶいてあの奪還計画を実行させたんだよ。お前を盗んだのはカマイタチということにしてな。優美には工作員をやめさせて好いた男と結婚させてやりたかったたな。さてと、話がだいぶ長くなっちまったが、冥途の土産に聞かせてくれ。何故、優美を殺す必要があったんだ？」

鍋島氏は、意識が遠のくのを必死に堪えていた。

「ショウライテキニ　ワレワレノ　ショウガイニナルト　ハンダンシタカラダ」

ユニコーンの内部からこもったいびつな合成音が聞こえた。

「そうか……さすが俺の娘だ」

そうつぶやいた刹那、鍋島氏の心臓の鼓動が停止した。そして鍋島氏の右橈骨《とうこつ》に仕込まれた軍事用高性能爆薬を使用した爆弾のスイッチがＯＮになった。奥歯がスイッチになっており、二回一定以上の圧力をかけると心臓の鼓動の停止で爆破スイッチがＯＮになる設定になっていた。

時を午後三時三十二分に戻そう。成神たちは、確かに七分弱で陸上自衛隊Ｙ駐屯地第三試験場の入り口に到着した。ちなみにここは、第十三旅団のベース基地となっている。幸い鍋島氏は到着していなかった。真田陸曹は、既に不法侵入しているかもしれないが。守衛所のロールバーはパトカーが近づくと自動で上がり、入り口の監視カメラが、顔認証によりあらかじめ提出されていた顔データと瞬時に照合してパトカーは停車すること無く、スムーズに敷地内に入った。そしてパトカーは、迷うことなく、一番大きな射撃試験場の前で停まってパトカーのドアが自動で開き、パトカーのスピーカーから合成音がした。

「目的地に到着しました」

成神たちが降車して射撃試験場の出入り口の前まで来るとこれまた自動でその扉が開錠され、成神たちは施設の中にスムーズに入れた。

地上階には小中銃火器用の射撃試験場が五レーンある。防弾樹脂ガラスで囲まれているコントロールルームの前を通り過ぎて一番奥にあるエレベーターで成神たちは下階に下りていった。エレベーターを降りて三ｍほど右に進むと大型銃火器用の射撃試験場のコントロールルームの前に到着した。ここの扉は手動だったのでアスカがさっと成神の前に出て重たい鉄扉を引き、ギィギィと渋めの音がして扉が開くと素早くアスカが中に入って安全を確認した。生体反応及び危険要素反応は無かった。

「安全確認完了しました。ご主人様、中にお入りください」

声に押されて成神は中に入った。そこは、射場を見下ろすように突き出た十畳ほどのコントロールルームで、射場は、地上から約十mの地下に位置しており、表に射撃試験時の騒音はほとんど漏れない構造になっている。コントロールルーム側から奥に向かって射撃レーンが約三百m延び、それが三つ並んでいて奥の壁は、着弾用の砂山になっていた。

その中央の射撃レーンの射座に問題のユニコーンTAC−AI200が据え付けられていた。成神たちは、コントロールルームの階段を下りて分厚い防爆用扉を開けて射場の中に入った。もちろんアスカが最初に入って安全チェックをすませた後で。そしてユニコーンに細工を施すと本体の安全装置に「実弾装てん済み。発射前にこのタグを引き抜くこと」という赤地に白抜きで書かれた注意書きのタグをセットした後、コントロールルームに戻って主役の到着を待った。そして午後四時〇四分、コントロールルームの試験場のエレベーター内の監視カメラの映像に変化があった。エレベーターの天井の点検口のふたが開いてカメラに突然、人影が映った。真田陸曹の登場である。彼は、監視カメラを一瞥すると小型エアー式オープナーをエレベーターの扉に差し込みスイッチを入れた。エレベーターの扉は、ゆっくり左右に開いていった。二十㎝ほど開いたところで左右の扉に手を掛けて手動で開けるとコントロールルーム前の廊下に出た。彼は、オープナーを背中のリュックにしまうとコントロールルームの前を通り過ぎ、天井の空調ダクトの点検口の下で立ち止まり、リュックから専用の開閉用具を取り出してそれを自撮り棒みたいに伸ばして点検口のロックを外すと、これまたリュックから端がロックを外すとT字に拡がる特殊なはしごを開いた点検口に掛けてスルスルと昇って行き、点検口の中に入っていった。エレベーターを出てからは、廊下の監視カメラが捉えて成神たちに映像を提供していた。

「真田陸曹はなんでここを開けようとしなかったんだ？」

あまりにも長い沈黙に耐えかねて成神が口を開いた。

「ここの施錠を不正な方法で開けようとすれば、防犯システムが作動して警備用ドローンが十三秒でやってきますから。しかしエレベーター及び天井裏の点検通路内での異常検出レベルはかなり低い設定です」

アスカが淡々と答えた。

「なるほど。真田陸曹は、警備網のまさにその穴を衝いて侵入したわけだ」

「私の侵入シミュレーションでもこの方法が成功率八十七％でトップでした」

成神は、自分がアスカに侵入経路をシミュレートするように指示できなかったことが悔しくて思わず、気が利きすぎる相棒に意地悪な質問をしてしまった。

「はちじー対応の優秀なＡＩ様のシミュレーションでは、この身柄確保作戦の成功率は、どれくらいなんですかねぇ？」

「現段階では、重要なファクターが欠けているため算出できません」

「あらら、頼もしいお言葉」

「その重要なファクターが到着しましたよ」

コントロールパネルの一角からグソクが顔を出してそう言うと入り口を写した監視カメラの映像にセダンタイプのレンタカーが映っていた。鍋島氏を降ろした車は、自動で駐車場に向かい、防衛省副大臣である鍋島氏は当然、スムーズに施設内に入って来た。時刻は、午後四時十六分。

「ここに居ては、鍋島氏と対面してしまいます。私たちは、射場に降りるべきです」

「わかった。大きなネズミは、まだ迷路の中だな」

「あと一分三十三秒で換気口の出口に到達します」

成神たちは、コントロールルームの側面にある階段を物音を立てないように降りて防爆壁を音を立てずにゆっくり開けて射撃場内に入るとユニコーンの後ろの防護壁の裏に隠れた。そのすぐ後に、コントロールルームの反対側の壁の中央部にある点検口の出口の金網が開いてそこから一本のロープが垂れ下がり、射場の床にちょうど接触するくらい、つまり五ｍほどだが、真田陸曹がそれをつたって砂上に降り立った。そしてそのロープはそのままでユニコーンのところに行くと本体の電源をＯＮにして操作液晶パネルにパスワードを入力し、メモリーカードを差し込んだ。その時、コントロールルームの扉が開いて鍋島氏がゆっくり階段を下りてきた。鍋島氏は、防御扉を開けて真田陸曹を確認すると射場に入った。その位置は、ちょうどユニコーンの右側の側面の位置で距離は、レーン一本の幅分なので五ｍほどであった。つまりユニコーンの操作をしていた真田陸曹との距離が約五mということだ。鍋島氏は優しく元部下を見つめた。

「久しぶりだな」

「レッドポイントに立ってください」

真田陸曹は、鍋島氏の社交辞令は、無視して冷たく言い放った。鍋島氏は、黙って射撃レーンの百m地点の床にある最も近い標的セット位置を示す直径三十㎝の赤い円状のマーキング、通称レッドポイントに向かって歩いて行った。真田陸曹はだいぶ離れて後を追い、射座から五十mの射撃レーンの弾道上でユニコーンに背を向けて立った。鍋島氏は、レッドポイントに到着するとユニコーンの方に向き直った。時刻は、午後四時二十四分。

18 決戦は、金曜日！

熟睡している真田陸曹を護送車両の大型コンソールに横向きで納めると、成神は中程の座席に座った。アスカは、まだその横に立っていた。発車まであと一分ほどだった。

「アスカも座ったら」

「どうやらそうはいかないようですよ。前の液晶パネルをご覧ください」

アスカが前の席の背面に付いている液晶画面の角度を調整した。そこに通常の画面が消えて簡潔なメッセージが映し出された。

〝ホームで待つ。無視すれば、大爆発。カマイタチ〟

三十秒後、出発のベルが鳴り、ＪＬは真田陸曹だけを乗せてホームを出て行った。ＪＬが過ぎ去るのを反対側のホームで眺めていたカマイタチは、ＪＬが過ぎ去った向かいのホームに成神とアスカの姿を確認した。アスカは、瞬時に戦闘モードに変化した。

「成神巡査、いや今はちょこっと出世して巡査長殿だったよな。久しぶりの再会なんでゆっくり話したいところだが、ここらが騒がしくなる前に消えないとな」

成神は、本心をぶちまけた。

「もう、爆破はこりごりだ。六百億円の湾岸南市場と最高級タワーホテルのスイートルームと最上階の床の修理代五億円と一隻百二十億円の電動貨物船を破壊する結果になったんだからな」

カマイタチがニヤリとして即座に訂正した。

「全然、足りないぞ。五億では爆弾仕掛けたスイートルームの内装費のみだな。それとあの大穴開けた貨物船は、高速化と対テロ対策が施された特注品で百五十億するらしいぞ」

「そんなちなみに情報を教えるために足止めしたんじゃないだろう？　俺たちを引き留めた目的はなんだ！」

成神はかなりイライラしていた。

「あの射撃試験場での鍋島防衛副大臣の最期の十分間の映像を渡してほしい」

カマイタチが凶暴的な雰囲気たっぷりに要求事項を告げた。成神は、〝最期の〟という言葉にギクリとした。

「鍋島氏は亡くなったのか？」

「俺は試験場の外にいたが、かすかに爆発音と振動と粉塵が発生したから鍋島氏は九分九厘爆死したと思うぞ。生命ビーコンが消えているだろう？　相棒に確認してもらえよ。まあ、お前が撮った映像を確認すれば、はっきりするがな」

アスカがすかさず隣でささやいた。

「確かに二十五分前に一度、復活した生命ビーコンが、十一分前に再度、消滅しており、関係各所が確認のためにこちらに向かっています」

成神はそれには答えず、カマイタチに心理戦を挑んでいた。

「そんな物は存在しないと言ったらどうする？」

「この一兆円プロジェクトがご破算になり、恐らく今日がお前の命日になるだろうな」

「極悪人のカマイタチさんを信用できる訳ないだろう。ご所望の物を渡したら、今日が俺の命日にならないという保証はあるのか？」

「無いね」

「じゃあ、ここで戦闘モードのアスカとチャンチャンバラバラやってアスカのおつむに入っている可能性が極めて高いと容易に推測される秘蔵映像を力ずくで奪取するしかないな」

「そうしてもいいが、成功確率があまり高くない。どうせ俺が何を提案しても拒否されて、お前の相棒と戦う羽目になるだろうしな」

「察しがいいな。今すぐドカーンとやったら全てが終わるぞ」

ホームの両方で対峙したまま緊張の数秒が流れた。成神とカマイタチは、お互いの瞳を瞬き無しで見つめていた。

「わかった。今回は俺の負けだ。依頼主も大げさな事にすることは避けるように言っていたし、お前を殺すのはまだ早い」

成神も本心では、まだ死にたくなかった。エレベーターは成神たちがいる側のホームにある。カマイタチはそのエレベーターの正面まで五ｍほど右に歩いてエレベーターの方を向いた。そしてその場でジャンプして幅三ｍのホームの間を軽々と飛び越え、成神側のホームのエレベーターの前に着地した。カマイタチは、エレベーターの昇りボタンを押すと成神の方に顔だけ向けた。

「もう、暫く会いたくないな。そこで十五分間じっとしとけよ。無視すれば、本当にドカーンだぞ」

カマイタチは、ちょうど開いたエレベーターに乗り込んだ。エレベーターが地上に到達した事を作動音で確認してからアスカは、捜査モードに戻った。

「あいつと今、戦ったら勝てたか？」

正面を向いたまま成神がアスカに尋ねた。

「強力な武器を装備していましたし、距離があってスキャンだけでは物質の特定はできませんでしたが、その構造のフォルムからと状況から推測すると恐らくTDX百gも内蔵している可能性が高いです。ですから最終的に起爆した場合はジ・エンドです。そもそもクローンロイドを逮捕してもしかたありません」

「だよな。三mをその場飛びって。まあ、最初から以前会った時と今回とでなんか違和感があったんだけどね。生ものじゃなかったのね」

実在するまたは実在した人物ソックリのヒューマノイドのことをクローンロイドと言うが、身代わり犯罪や身代わりアリバイなど問題が発生する恐れがあるため、特別な許可のある場合を除き、本人が存命中及び死亡してから七十年間は、クローンロイドの作製は法律で禁止されている。

「ご主人様、エネルギー補給をお願いします」

「俺がしてほしいよ」

アスカは、おもむろに成神を抱き寄せ、唇を合わせた。成神は、されるがまま身を任せ、アスカは成神の体内のエナジーナノマシーンを唾液ごとむさぼるように一分間、吸い続けた。

「お楽しみ中申し訳ありませんが、マスターにお電話ですよ」

いつの間にかアスカの右肩にグソクが乗っていた。グソクの声に答えるように成神が優しくアスカの唇から自分の唇を離した。アスカは、成神を捕らえていた両手をほどいた。

「俺のスマホは試験場に置いてきたのにどうやって受けるんだ」

　成神は、少し微笑んでグソクを凝視した。

「ご心配なく。すぐ準備しますぜ」

　言うが早いかグソクの背中から黄金色のスマホがニョキニョキと出てきた。グソクから産まれたスマホをグソクが自分の触角で掴んで成神の前に差し出した。そこには、グソクの顔のドアップ写真と重なって鬼頭司の名前がスマホの画面に出ていた。そしてベートーベンの交響曲第五番ハ短調作品番号六十七「運命」が着信音として静かなホームに鳴り響いた。成神には出ないという選択肢はなかったが、うるさくて不吉な着信音を一刻も早く止めたいというのが一番の理由でそのスマホをぶんどって耳元に持ってきた。自動で通話が可能になった。

「はい、成神です。わかりました。では、一刻を争いますので失礼します」

　成神は、苦虫を噛みつぶしたような顔をするとグソクの背中に黄金色のスマホを不満をぶちまけるように突き立てた。スマホは、半分ほどグソクにめりこんで静かにグソクの中に沈んで行った。

「アスカ、話は聴いてたな。警察庁長官殿直々の命令だからな。さっさと出かけるぞ」

「はい、ご主人様。自動車で逃走した偽カマイタチを身柄確保というか証拠品押収を実施するため、上の格納庫にある戦闘ヘリ『スマートクロウ』で追跡するんですね」

「そういうことだ。アンドロイドを逮捕する法律はまだ国会で審議中だ。だからこれは、証拠品の押収作業の一環だな。まずはプランAを試す。最悪の場合はプランBでもいいとさ。グソーク、先に行って離陸の準備しといてくれ」

「え！　エレベーターでご一緒に……」

成神は、アスカの肩のグソクを左手でわしづかみにするとホームの天井目がけて思いっきり投げつけた。

「だよねー」

グソクは、甲高い声を残して天井に接触するとスーッと天井に溶け込んでいった。

「確かに偽カマイタチの行き先は気になるな。しかし、身柄確保は無駄だし、たぶんその前にドカーンだろうな」

「そうですね。秘密基地は絶対に知られたくないでしょうからドカーンの確率が高いですね」

「だが、この状況では、このまま偽カマイタチを見逃すわけにはいかなくなったし、ほぼ、プランBだな」

成神とアスカは、アイコンタクトでうなずいた。

「離陸準備できましたぁ!!」

グソクの怒ったような声が成神の襟元のインカムのスピーカーに飛び込んできた。

「一か八か。ぶっつけ本番だな」

成神とアスカは、エレベーターに飛び乗った。

鬼頭氏に事情を話して防衛省のお偉い方に最小限の自衛的な武器の使用の許可を貰った時には、偽カマイタチが運転すると思われるドイツ製のＳＵＶを二百ｍほど先の眼下に捉えていた。最新鋭の戦闘ヘリは、一人乗りだったし、そもそもアスカしか操縦できないのでしかたなくアスカが搭乗し、成神はパトカーで追っかけることになった。アスカは、規定に従って三回ＳＵＶに停車を警告したが、車の速度が上がっただけだった。後少しで民家があるエリアに入ってしまうので爆薬の爆発のリスクを考えるとここでＳＵＶを強制的に停車させるしかないと判断したアスカは、トリガーを引き、機関砲をＳＵＶの後輪付近に浴びせた。弾丸はＳＵＶの後輪をパンクさせるには十分すぎた。ＳＵＶはバランスを崩し、道路脇の杉の大木に突っ込んで炎上したが、まだ高性能爆薬の爆発はなかった。

「ご主人様、結果的にプランＢになってしまいました。爆薬の爆発があるかもしれないのでこの先で道路封鎖しておきます」

無線のアスカの声は、すまなそうだった。

「丸焼けでも回収はされるだろう。俺はこっち側を一応、通せんぼしとくよ。まあ、誰も通らないとは思うけどな」

「わかりました」

その直後、ヘリのアラームが鳴り響いた。ミサイルにロックオンされた時のアラームだ。アスカは、後方から迫る誘導弾の軌跡をレーダーで確認し、操縦桿を思い切り引いて機首を上げて急上昇した。機体がほぼ垂直になった時、後部ロータースレスレを空対空小型誘導弾がすり抜けて行った。画像認識追尾型の誘導弾で、また帰ってくるのは時間の問題だ。アスカは、機体を一回転させて水平に戻すと急旋回し、フルスピードで誘導弾の発射元に向かって突進した。レーダーで誘導弾がUターンしたのを確認し、搭載の16Kカメラで発射元を確認した。そこには、同型のヘリに乗った偽カマイタチのニヤつく顔があった。アスカはいきなりヘリのエンジンとローターの出力を〇％にしてヘリを墜落モードにした。前から機関砲の弾が飛んできて何発か被弾したが、ヘリはそのまま高度を一気に下げていった。Uターンしてきた誘導弾がアスカのヘリのかなり上方を通過し、前方のヘリ目がけて飛んで行った。アスカは、すかさず、エンジンとローターを起動し、搭載された二発の誘導弾を偽カマイタチのヘリに向かって発射した。自分で放った誘導弾にアスカの乗った物と誤認されてロックオンされた偽カマイタチは、アスカと同じ回避行動を取って宙返りの真最中だったためアスカが放った誘導弾は回避できず、二発とも命中して偽カマイタチの乗ったヘリは木っ端微塵に吹き飛んだ。一方、偽カマイタチが発射した誘導弾は推進薬が尽きて時限装置が働き、空中で自爆した。

駐屯地に戻り、三本ほど消火器を持って成神が杉の木に衝突したSUVに駆けつけた時はほぼ鎮火しており、成神は爆薬による爆発の危険も無くなったと判断して三本全部使って消火した。仕方なく鬼頭氏に状況報告すると五分で第十三旅団の自衛隊員が大挙してやってきて規制線が張られ、SUVも大破したヘリの破片もアスカが乗っていたヘリも身代わりに運転させられていた駐屯地の警備ロボの黒こげの残骸も回収された。しかし、偽カマイタチの痕跡は肘の部分から千切れた左前腕部しか発見されなかった。成神たちは、ＪＬでやってきた鬼頭氏にみっちり三時間現場検証と事情聴取された後、ＪＬの停車するホームに戻ってきた。時間は午後八時十一分だった。成神たちは、成神たちのためだけに運行される臨時試験運行の東京行きＪＬに乗り込み、成神が窓側、アスカが隣の通路側に座っていた。発射のベルが鳴り、成神が何気なくホームを見るとそこにアンドロイドの中身のロボット部分のみでしかも最小限のパーツで再構成されてやっと歩いているような感じの左前腕の無い〝オンボロイド〟が成神に右手を振っていた。そして成神の目の前のモニターに文字が映し出された。

「これは、お前のカルマだ」

アスカは、一瞬で状況を把握し、戦闘モードに変わり、成神の上に覆い被さった。その上を黄金色の膜が覆った。成神が覚えているのは、そこまでで次に気が付いた時は、密閉された棺の様な真っ暗な入れ物の中だった。その棺が移動していき、素っ裸のアスカに張り付いていった。外見は、戦闘モードのアスカにもどったが、自分のガードシステムを成神の保護に全て使用したため、衝撃波と爆風によるダメージをもろに受け、その損傷率は、五十六％にもなり安全確保のため機能を停止していた。要するに修理不能一歩手前の状態になってしまっていたのだ。幸い、ＪＬの車体ごと地下から飛び出してヘリの格納庫の二十ｍほど南側の地点に落下したので成神もアスカも粉々になったり、重量飛散物に押し潰されることも免れた。成神はＪＬの座席と天井の間に自分が収まっていることを認識できたのだが、動かなくなったアスカが上に乗っかっているので身動きが取れなかった。

「参ったな。カマイタチめ、ドカーンしやがったか。アスカのお陰で助かったらしいが、アスカにのいてもらわんと身動きがとれんな」

成神は、ダメ元でアスカに話しかけてみた。

「アスカ、起きろ。重くてかなわん」

するとアスカの横を向いていた顔が成神の方を向き、顔のマスクが耳の後ろに消えて成神には忘れようとしても忘れられない顔が出現した。成神は、激しく動揺した。それは、清宮明日香のあの瞬間の顔であった。

「ご主人様が最も強く記憶されている方の面影をお借りしました。私の一生に一度のわがままを聞いてください」

アスカの声は、いつもより弱々しく合成音っぽかった。

「先に俺の上からどいてくれないか」

アスカはそれを無視して成神の耳元に口を近づけると消え入るような声で一文字ずつささやいた。

「ハ・イ・キ……シ・ナ・イ・デ」

そこでアスカは強制的に機能がシャットダウンされた。

成神の心臓は飛び出さんばかりに拍動していた。成神はアスカを抱きしめるとそのままその場で全身に力を込めて寝返りを打ってアスカの上になった。そして清宮明日香の顔をしたアスカをしばし見つめて優しく語りかけた。

「心配するな。グソクがすぐに直してくれるから廃棄なんかするもんか。俺の相棒はお前だけだ」

そして成神は、顔を上げて安定翼が千切れて外の暗闇が見えているところに向かっていつもより大きな声で呼びかけた。

「グソーク、アスカが大変だ。すぐに直してくれ」

何の反応も返ってはこなかった。成神は、一気に不安になり、一層、鼓動が激しくなった。

「グソーク、かくれんぼしてる場合じゃないんだよ。出てきてくれよ。アスカを直してくれ。頼むよ。グソク……」

成神は、自分の非力さとアスカとグソクを失う恐怖と寂しさで涙があふれて止まらなかった。その涙は、アスカの頬にも墜ちたが、アスカは、目を開けることは無かった。

成神は、絶望感と敗北感に打ちのめされていた。そしてアスカを抱きしめながら顔を天に向けると絶叫した。

「グソーーーーーーク！！！」

遠くで誰かが叫んだ。

「生存者一名発見！」

19　愛あればこそ

アスカが機能停止してから一週間と五日が過ぎた。ＪＬは、次世代高速輸送機関ということで公表されたが、秘密裏に一兆円もの税金をつぎ込んで研究、試験していたことが大問題となり、国会は〝ＪＬ解散〟の機運が高まっていた。ちなみに西高崎駅の爆破原因は、ＴＤＸだったのだが、世間には、地下のホームの更に深層の泥炭層から発生したメタンガスが排出ポンプの故障で排気口を逆流してホーム内に蓄積し、ＪＬのジェットエンジンの火炎で発火爆発したと説明されていた。成神が間山氏に確認したところ、真空状態マイナス四十℃以下で冷凍保存した場合、徐々に劣化はするが一ヶ月後でも五〇％の爆破威力を維持しているそうだ。カマイタチは恐らくそれに準じた方法でＴＤＸを保存していた可能性が高く、今回爆発したＴＤＸの実際の威力は通常の十分の一程度で、もしも保存状態が完璧だったら成神たちは影も形も無かっただろうと間山氏はすまなそうに説明してくれた。実際、爆発時の電磁波の影響で分離させられて再結合できなくなったグソクだけが蒸発というか微分割されてしまい、今もナノサイズのままの極小グソクが大気中を浮遊している状態なのだ。

成神は内勤で多田野巡査を手伝っていたが、実際はほとんど手伝う時間はなく、ほぼ毎日、防衛省や外務省、Ｙ駐屯地に呼び出されて事件について説明を求められていた。アスカは修理中と警察庁に届けていたが、修理不可能な場合は、新たなバディをあてがわれる。人間の警察官はアンドロイドのバディと組まなければ、外での捜査業務ができない決まりになっていたため、永遠に修理されるのを待っている訳にはいかない。修理期間は原則二週間までで、修理状況を説明して許可されれば、もう一週間延長できるが、それをも過ぎた場合はそのバディを廃棄処分しなくてはならない。アスカは、グソクがいないのでまだ何もしていないままレシピエントポッドの中に横たわっている。あと一週間で直せる可能性は極めて低かった。ＴＡＣに修理を依頼すると特捜室の年間予算並の費用がかかるので許可が出なかった。

珍しく自分の席で多田野巡査から依頼された伝票処理をしていると背後から声がした。

「なーるがみぃ、仕事しながら聞けぃ。お前の処分が決まったぞ。今回も何故か、クビにも配置転換も降格も無し。たった三ヶ月の給料三割カット、それとたった二週間の謹慎処分だけだとさ。本来なら懲戒免職もんだぞ。なんせ内閣総辞職か解散かの大騒ぎの原因を作った張本人だからな。ＪＬの事業費一兆円が水の泡だ。まだあるぞ。最新鋭の戦闘ヘリを一機は被弾損傷で修理費十二億円、もう一機は、木っ端微塵で税金百億円も木っ端微塵だ。まだまだあるぞ。お前が高崎警察署から借りていたパトカーが爆発の巻き添えで廃車寸前でバイクにも変えられんとあちらでは対応に苦慮しているそうだ。まだ、まだ、まだあるぞ。爆発による西高崎駅以外の周辺諸々の被害額が三十一億円だ。わしがいくら頭下げても間に合わんよ。今日はもう帰っていいぞ。明日から二週間、よーく今後の身の振り方考えーや」

室長はさんざんパワハラの集中豪雨を成神に降らせると満足げに自分の席に戻って行った。成神は室長のパワハラ発言には慣れていたし、事実を言われているので素直に聴けた。

「後は、私がやっとくから帰っていいわよ。あとこれ、新しいスマホを渡しておくわ。メールがちゃんと届くか送ってみたから確認してね」

そう言って多田野巡査が去り際に成神の机に置いていったスマホは、最新型のモデルだった。成神がその画面を見ると確かに多田野巡査からメールの着信があった。成神は、言われた通りメールを開いて内容を確認した。

「廃車寸前のパトカーは、うちの署で格安で買い取って修理して使います。ご承知のように一台補充しないといけなかったので。あとであのダンゴムシに修理頼んでくれると助かるんだけど。幸運を祈っているわ」

間髪を入れず、係長からのメールが入った。成神は、係長を見たが、係長は、PCの画面とにらめっこしていた。成神は、ドキドキしながらメールを開いた。

「この前、故障したヘリは結局、廃棄になっちまったが、今回の一件で被弾した戦闘ヘリをこっちに譲ってもらうことにした。もちろん武器の類は取っ払うし、ご自慢の高性能レーダーはポンコツレーダーになっちまったが、四人乗りに改造したし、飛行性能は天下一品だぞ。ヘリが必要な時はいつでも言ってくれ。お前を最優先で乗せてやるよ。幸運を祈る」

予想通り最後に室長からも着信があった。成神は、まだイヤミ言い足りないのかなと思ってメールを確認した。

「二週間が精一杯だった。いつも力不足ですまんな。二週間後、まだお前の相棒が眠ったままだったら、潔く新しい相棒を迎えろ。それがイヤならなんとかお姫様を目覚めさせるんだ。いいな、これは、お願いじゃないぞ、室長命令だ。まだ、時間はあるでぇよ」

成神は、席を立って三人の方を向き、深々と一礼すると部屋を出て行った。そしてトイレに飛んで行き、誰もほかにいないのを確認してから個室に入って男泣きした。トイレだけが録画、録音されない安住の地なのだ。

翌日、午前十時、東京随一の高さを誇るオフィスビルの最上階で成神は、ある人物と再会していた。成神は、沈みすぎるソファーに戸惑いながら、初めて味わうコーヒーをすすっていた。

「どうかね、一杯三万円のコーヒーの味は？」

成神は、あまりの値段の高さにビックリして意識してゴクリとノドを鳴らして口に含んだコーヒーを飲み込んだ。ねぎマートの百円コーヒーの方が美味しいと思ったが、これはこれでうまく感じたので素直に返答した。

「美味しいです」

「よかったよ。飲んでくれる人がいて。私の友人たちは、その香りを嗅いだだけで遠慮してしまうのでね」

「そうですか。確かに独特な香りですね。でもフルーティな香りもそこはかとなく感じますし、味もフルーティで酸味と苦味のバランスが非常に良く、さっぱりした飲み口で私は、好きな味です」

「さすが私が見込んだ男だ。ジャコウ猫の糞から採った貴重なコーヒー豆で入れたコーヒーの特徴を見事に言い当てるとは。どんどん飲んでいいぞ」

成神は、小さいときから動物の内臓系の料理が好きだったが、まさか未消化の排泄物で入れたコーヒーの味が好みとは新しい発見だった。そもそも滅多に味わえる味ではないので好きだと気づかないで一生を終える人がほとんどという超レア商品ではあるのだが。

「そろそろ連絡が来る頃だと思っていたよ」

南向きの一面を超強化ガラスで覆われた窓というか壁から眼下を眺めていた清宮政彦氏は振り返ると成神の前のソファーに座った。

「ならば、単刀直入に言いますが、アスカを修理してほしいのです」

成神は、清宮氏の目を見つめていた。

「頼み事はそれだけかね？」

清宮氏は、意外そうな顔をしていた。成神は心の中を見透かされた気がした。

一番頼みたい事項はアスカの修理では無かった。それは二番目の願い事だった。一番目の願い事がかなえば、二番目の願い事はかなったも同然なのだから。ただ、この一番目の願い事が叶う確率は成神の中では限りなく〇％に近かったので言い出せなかっただけだ。

「私が真っ先に望むことはアスカのＭＦ、グソクと呼んでいますが、そのグソクの復活です」

「だよね」

清宮氏は、自分が考えていた通りの答えにご満悦らしい。

「ところで、もし君の依頼を受けるとしてだな、私にはどんなメリットがあるのかな?」

笑顔から一転、清宮氏の顔がやり手ビジネスマンの顔に変貌した。

「……」

成神はこの問いの答えをこの十二日間余りずっと考えていたが、依頼に見合った回答は、見つからなかった。

「まあ、一つ目の私との約束もまだ果たされていないしな。それどころか今回は、逆襲にあって大負けして大切な相棒を失いかけているという面目丸つぶれの負け犬では、その約束を果たすのもかなり難しい状況だな」

返す言葉が見つからずに思わずうつむいていた成神の頭の中を「カルマ」と「ハ・イ・キ・シ・ナ・イ・デ」が入り乱れて駆けめぐっていた。

(万事休すか。アスカ、すまない)

「まあ、そんなに落ち込むな。君に持ち駒が無いのは百も承知の助だ。有るとしてもアスカの中だろうしな。そこでだ。私の出す課題をクリア出来たら君の願いを叶えてあげよう」

成神は、ガバッと身を起こすと目を輝かせた。

「喜ぶのはまだ早い。クリアするのは容易ではないぞ。乗るかね？」

「乗らないという選択肢は無い……ですよね？」

「まあな。では、課題を言うからよく聴いてくれ」

「はい！」

成神の声は弾んでいた。今の成神には絶望という地獄に降りてきた一本の希望というこの蜘蛛の糸にすがるより他に道はなかった。それがどんなイリーガルな課題でもだ。

「先日、視察中にユニコーンの誤射で残念ながら亡くなった（防衛省公式見解）とされている鍋島防衛副大臣は、ＡＩ兵器について独自に研究を行っていた。ユニコーンの開発では、大変お世話になった友人だった。その鍋島から亡くなる二週間ほど前に私に会いたいと連絡があったんだが、運悪くその時、私は重力エレベーターの試作機の建設に立ち会うためにサハラ砂漠のど真ん中にいたので当分会えないと返答した。そして帰りのプライベートジェットの中で訃報を聞いたのだ。彼がどんな研究をしていたのか詳しく聞く機会は無かったが、キーワードを教えてくれたぞ。それは、〝プラクティス　メイクス　パーフェクト（Ｐ.Ｍ.Ｐ.）〟つまり〝習うより慣れよ〟というお馴染みの慣用句だ。それで鍋島は、自分の発見した理論をＰＭＰ理論と呼んでいたんだが、その理論によれば、ＡＩの進歩は処理速度がある一定以上になると進化論的に変化するそうだ。ある小さなきっかけで画期的な進化が起こる、言うなれば突然変異がＡＩでも起き得るという人工知能の進化論的突然変異『ＡＩエボリューショナリーミューテーション』ってやつで彼は、確か『Ｅ－ＶｏＭ（イーボム）』と略して呼んでいたな。それは、トライ＆エラーをディープラーニングさせてこれに類似形態識別能の複雑系と自己利益最優先の思考パターンを導入する無限ループ思考回路、彼曰く、〝カオス回路〟をＡＩに組み込むと約○・○○一％の確率で最適解を自己判断できる回路を構築したＡＩが出現するそうだ。そして鍋島はこのカオス回路の完全版を完成させたと言っていたんだ。私は、いつもの誇大妄想と思って軽く聞き流してしまったが、あのような事件があったものだから彼の言っていたことは真実だったと確信したというわけだ。ここまで話についてこれてるかな」

「まあ、なんとなくわかりました」

もちろん、嘘だ。実際は、落ちこぼれの成神には理系の話はチンプンカンプンだった。清宮氏には成神の視線が宙を浮遊しているのがはっきり伝わったのでコーヒーブレイクを提案した。

「ちょっと、休もうか。コーヒーのお代わりどうかね」

清宮氏は成神のコーヒーカップが空なのに気づいて驚いた。今まで誰一人としてこのウンココーヒーを飲み干した人物などいなかったからだ。

「いただきます。このコーヒーは私の口に合うみたいで」

「そうか、このウンココーヒーが口に合うか。ウハッハッハ」

清宮氏はその返答に思わず笑ってしまったが、左手のスマートウォッチを口元に持ってくるとコーヒーの追加注文を秘書の滝野さんに指示した。二分後、社長室のドアがノックされた。

「入りたまえ」

ドアが開いて入って来た秘書の滝野さんに成神は見覚えがあった。三山化学の受付にいたアンドロイドとそっくりだったのだ。その人気ランキング一位の美人アンドロイド秘書は、成神の前のテーブルに熱々のウンココーヒーが入ったカップを置くと空のカップを取り上げ、お盆に載せて社長室を出て行った。

「さあ、冷めないうちに飲んでくれたまえ」

成神は、清宮氏に促されて一口、すすった。

「本当にうまいかね？　ちなみに君が今、持っているそのコーヒーカップはほんの百万円だから絶対落とさないでくれよ」

百万と聞いて思わずカップを落としそうになった成神であったが、何とか持ちこたえた。

「は、はい、温かいと一層香りが引き立ちます」

清宮氏は、一瞬、眉間にしわを寄せたが、壁一面がほぼガラス張りの窓の前に成神の方を向いて立ったまま、話を続けた。

「カオス回路のなんたるかを君はわからんでもいい。君に頼みたいのは、その完全版カオス回路の回路図を探し出して私に渡すというミッションだ。期限は二週間」

成神は、残りのコーヒーを舌のやけどを覚悟で一気に飲み干すとその場に立ち上がった。

「最初に言ったとおり、他に選択肢はありません……が、期間が短いため、図々しいとは思いますが、ある条件を受けてくれませんか？」

清宮氏は、ただ、ちょっと微笑んで目で承知の合図を送った。

「二週間後に元気なアスカとグソクの姿を見たいのですがいかがですか？」

「君は、ずいぶん今のアスカにこだわっているが、元気になったアスカは、最悪、今のアスカの記憶ってか内蔵データを似て非なる別のアンドロイドに移動しただけの物になるかもしれないんだが、それでもこの依頼、受けるかね？」

「グソクも超真面目なMFに変わるかもしれませんね。でも覚悟は出来ています。似て非なる物でも私には、掛け替えの無い大切な相棒、いや親友なんです」

「そうか、わかった。半死半生の君の親友をTAC宛に特急便で送っといてくれ。二週間後にまた連絡する」

清宮氏は、感慨深げだった。

「承知しました。よろしくお願いします」

ここで電話のベルが鳴った。清宮氏は、スマートウォッチをチラッと見た。

「すまないが、見送りは無しだ。会議の時間になってしまったんでね」

成神を送り出した清宮氏は、スコピで自社ビルを出て行く成神を見送りながら冷め切ったウンココーヒーを一気に口に含んで無理矢理飲み込んだ。

「……あいつの味覚は、どーなってるんだ？」

清宮氏は、コーヒーカップをテーブルに置くとスマートウォッチにしゃべりかけた。

「ああ、滝野さんかね。ちょっとお使いを頼みたいんだが。ああ、そうだな。お客さん帰ったから片付けといてくれ。それは、あとでいいから、ねぎマートのレギュラーコーヒーをブラックでサイズはLで頼むよ。そうか、シナモンカレーパンね。今日はいいや。そうだね、会議室に持ってきてくれる？　じゃあ、十分後に第一会議室で」

清宮氏は、再度、窓の外を眺めて大きなため息をついた。

「ナベさんよ。死ぬこたぁねぇだろ。恥ずかしくて言えなかったけど、俺にとって親友と呼べるのはあんただけだったぜ。もう逢えねぇな。あんたは天国で俺は地獄行きだからな」

20　友に捧ぐ未来

白バイ隊の後輩の延べ三十時間の猛特訓と一日漬けの学科教習で大型特殊二輪の運転免許を三日前に取得した成神はスコピで帰路についていた。何故か急に、アスカの声が聞きたくなった成神は、スマホを中継して真田陸曹逃走事件の捜査会議の音声を聴いていたのだが、その中の音声で気になる一文を聞き逃さなかった。スコピを路肩に止めると改めて気になった箇所をリピートして聴いてみた。それは、以下の会話だ。

「はい、ご主人様。あの写真の被写体を再解析した結果、お尋ねの人物の身元が九十七％の確率で推定できました」

「なにー！　わかっただとぉ!!　時間がないから経緯はいい。誰かだけ言ってくれ!!」

（写真を再解析した……アスカは、写真の何を見て鍋島氏と推定できたんだろう？）

成神は、スマホで会議の中でその写真が映っている場面を拡大して食い入るように隅から隅まで見直したが、わからなかった。

カマイタチが欲しがった鍋島氏の最期の十分間の映像は、カマイタチの推察通り存在する。しかし、それは、大方の予想とは違ってアスカのおつむの中ではない。アスカに危害が及ばないようにあえて他の記録媒体にはちじーの技術を駆使して成神のスマホから逐次転送していたのだ。それは、あの高崎警察署から借りたパトカーのドライブレコーダーのマイクロチップだった。まさか、ＪＬ駅爆発の巻き添えで廃車寸前になるとは想定外だったが、そのポンコツを特捜室が買い取るとは更に想定外だった。しかし、そのお陰で無事にそのマイクロチップが成神の手の中にあるわけだが。

成神はジャンク屋で格安のＷＥＢ環境とは無縁のなんちゃってスマホを買ってきてそれに例のマイクロチップをアダプターで接続し、警察庁のトイレの個室で映像を観た。その結果、岡崎優美が鍋島氏の実の娘だったこと、あの喫茶店の写真は、親子初対面のシーンだったこと。そして鍋島氏が岡崎優美の母親に愛の証としてペアウォッチを贈っていたことなどが判った。カマイタチの雇い主はユニコーンの自己利益最優先判断能獲得の機序の方に興味があったのだろう。成神はこの動画を見終わった後に例の写真を見直してアスカが身元判明に使用した物が一目でわかった。それは、鍋島氏がしている腕時計だ。また成神はこの動画を例の写真の画像と頭の中で比較して動画と写真の重要な違和感を簡単に発見した。それはもちろんペアウォッチだ。写真では鍋島氏は恐らく本物のペアウォッチの片割れの腕時計をしているが、動画の鍋島氏のそれはレプリカという点だ。成神は厚く垂れ込めていた霧が一気に晴れた気がした。

「そうか！　わかったぞ」

（まずは、あの腕時計の購入先を調べないとな。アスカ……はいないからナンバー2に頼むしかないか）

成神は、幾分緊張してその人に鍋島氏がしている時計について大至急調べてくれるようにメールを送った。その人こと多田野巡査の相棒は、アスカの一世代前のプロトタイプで計算処理性能はアスカに多少劣るが、戦闘能力はほぼ互角という素晴らしい物なのだが、今は、そのイケメンぶりと細マッチョの体型しか役に立っていなかった。その彼にちょっとだけ本領を発揮してもらった結果、ほんの三十秒で鍋島氏行きつけの時計店と時計の種類まで探り当ててしまった。これでランチ一回おごりなら安いものだ。成神がその高級時計店に出向いて例のペアウォッチについて聞き込み捜査したところ、あの腕時計は、特注品で見た目はアナログ時計だが、中身は当時では最新のスマートウォッチだったそうだ。二十五年ほど前の時計だから記憶容量は、今の千分の一程度だが、回路図数枚を保存するには充分だろう。更にペアウォッチ間で通信やデータのやり取りもできるし、電波ソーラーと超小型リチウムイオン蓄電池を組み合わせたハイブリッド電源で、光が当たっていれば、作動し続けるし、暗闇でも十年間は動き続けるそうだ。

次に成神は、岡崎優美の実家に出向き、遺品であるペアウォッチの女性用の腕時計を借りてきた。それを多田野巡査の相棒に渡してその女性用腕時計の相方、すなわち鍋島氏の遺品をその発信している電波から探してもらった。すると鍋島氏が愛用していた男性用腕時計は、鍋島家の菩提寺の住職の腕に巻かれていることが判明した。成神は、鍋島氏の事件の調査に必要と説得してこちらも借り受け、多田野巡査の相棒にこのペアウォッチを調べてもらったところ、手の込んだ仕掛けが有ることが、尊くんフル稼働三十分でやっと判った。このペアウォッチはそれぞれプロジェクター機能を備えていて、両方の腕時計を一㎝以内に近づけるとお互いをパートナーと認識し、決められたデータを相手の腕時計に送り、自動でプロジェクター機能が作動してパートナーから送られたカオス回路をスクリーンに映し出す仕組みになっている。ただしその回路は、単一では不完全で互いの図面を重ね合わせると完全な図面になる合わせ図面だった。女性用ウォッチには親子の初対面の後に鍋島氏がデータを送信したのだ。このデータがらみで相棒が拉致されたら多田野さんに殺されてしまうのでお互いの安全のために関係データは完全消去してもらった。念のため、一連のやり取りは、手紙のやり取りで行い、その都度、手紙は焼却処分した。成神は、データ消去の前日、自分の家の不要品保管をカモフラージュに使い、レンタルコンテナにスクリーンの代わりになる大きめの白布を持ち込んでそのスクリーンにカオス回路の回路図を映し出し、それを安物のコンパクトカメラで撮影した。重ね合わせる前の回路図も撮影しておいた。いつか切り札として持っておく方がいいと成神の本能が訴えたのだが、同時に成神は自ら大きなリスクを背負うことになった。そしてペアウォッチをそれぞれ返却した。もちろんメモリー機能と通信機能は、物理的に無効化処置してから返却した。

清宮氏との約束までまだ一週間あった。

清宮氏との約束の期限まであと二日となった日、世紀の大発見及び最期の十分間を記録したUSBメモリーを何処に保管しておこうか悩んでいた成神に清宮氏から呼び出しがあり、午後三時半、成神は指定された足立区にある白金《しろがね》の湯という寂れた銭湯のサウナ室に清宮氏と並んで座っていた。この銭湯の営業時間は、四時半からなのでもちろん他に客はいなかった。

「今時は、こんな場所でも密談は難しいですよね」

「ここは、我が社の技術力の粋を集めて結界を張ってあるから情報が漏れる心配はないよ」

「サウナの入り口に御札は貼ってなかったですけど」

「さすがに我が社も陰陽師は雇ってないぞ」

清宮氏は真顔で冗談を言った。

「実は、この銭湯は、鍋島の実家なんだ。それで試験的にこのサウナを情報隔離ゾーンにすることを承諾してもらったのさ」

清宮氏は、遠い目をしていた。

「話ってなんですか？」

成神はサウナが苦手でなるべく早く出たかったので直球勝負にでた。

「ユニコーンの進化の可能性に気づいた人物が鍋島の他にもいたらしい。どうも三日ほど前から私と君の行動が監視されていると我が社のセキュリティーシステム『サキヨミ』が昨日、警告してきたんだ」

「私とあなたが会っていた理由を知りたい誰かがいるってことですね」

「そうだ。しかも警告の深刻度はレベル5、つまり殺害される可能性が高いという深刻なレベルだった。私のせいで君の身に危害が及ぶのは申し訳ないし、もちろん私も天寿を全うしたい。そこで本題だが、例の私の依頼は無かったことにしようということだけだ」

「それはかまいませんが、アスカとグソクの件は？」

サウナに入って三分経過、成神に限界が迫っていた。

「心配するな。契約の中止はこちらの都合だから、お友達は復元でなく更に進化させて返してやるよ。送料もサービスだ」

「助かります。あなたの依頼はここから出たら忘れます。もう限界なのでお先に失礼します」

成神は、急いでサウナ室を出て行った。清宮氏もすぐ後から水風呂に入ってきた。

「鍋島氏とはどういった関係だったんです？」

成神は、実家に結界を張らしてくれる関係ってどんな関係なんだとふと思ったので興味本位で尋ねてみた。

「それはトップシークレットだからもう一度、サウナ室に入ってもらう必要があるな」

「ちょっと脱衣所から取ってきたい物が有るので先に入ってください」

成神は、脱衣所に向かった。

一分後、サウナ室のさっきと同じ位置に二人して並んで座った。成神は、新たにジャンク屋で買ったなんちゃってスマホで清宮氏に鍋島氏の最期の十分間の映像を見せた。清宮氏の瞳からも汗が出ていた。

「この内容を欲しがっているんですよ。私たちを見張っている誰かは」

「なるほど。鍋島は幼なじみなんだよ。高校で別れちまったが、五年前にユニコーンの開発会議で偶然再会してそれ以来、飲みニケーションを重ねたり、他にもいろいろ楽しんだ。特に全国の温泉めぐりは二人のライフワークにしていたのにあいつが勝手にリタイアしちまった。君の座っている位置がナベさんの指定席だったんだよ」

清宮氏は、目を閉じて暫し考えていた。

「親友の遺言は尊重しないとバチが当たるな」

「この動画もトップシークレットなのでご配慮お願いします」

「墓場まで持っていくよ。このＡＩの突然変異は近い将来、誰かが発見してしまうだろう。でもたとえ一年でもそれを遅らすことは無駄ではないと信じたい。ナベさんがそうであったように

「……そうか！　今、閃いたぞ。この動画を利用して敵を欺くことができるかもしれないな」

その後、成神と清宮氏のサウナ密談が、水風呂休憩を挟んで約三十分続いた結果、成神は湯当たりが激しく、もう二度とサウナには来ないという結論に至った。

21　骨まで愛してくれますか？

サウナ密談後、ジッと警察の独身寮に籠もっていた成神の元に多田野巡査から連絡が入った。

「謹慎処分が延びましたか？」

アスカとグソクはまだ戻ってきていないが、謹慎期間は明後日までだったので成神は、焦っていた。

「残念ながら、その逆よ。謹慎処分がたった今、解除されたわ。パパから人探しの依頼があったんだけど、あなたしか手の空いている人がいなかったので、特別に今日の午後十時付で謹慎処分は解除されたのよ」

「どんだけVIPが迷子になったんだ？」

「パパからの伝言によると、宇宙活用検討委員会の委員長、高橋明《たかはしあきら》氏の孫娘である高橋菜美奈《たかはしなみな》さん十五歳が昨日、学習塾に午後八時に母親が迎えに行ったが、待ち合わせ場所に居らず、行方不明になってしまった。すぐに辺りを探したり、友達の家に確認したが、発見出来なかった。営利誘拐の可能性も有るが、今のところその兆候はない。早急に菜美奈さんを探し出してほしい。以上だって。すぐに捜査開始してね。じゃあよろしく」

まるで人ごとだ。電話は切れたが、一分後、また多田野巡査から電話がかかってきた。

「今、新情報がパパから届いたから伝えとくね。『菜美奈さんのスマホの電源がＯＮになって位置情報がわかったから保護して欲しい。なお、本事案は、極秘捜査だから成神巡査長単独で行動し、地元警察に協力要請してはいけない』だってよ。がんばってね。それと菜美奈さんのスマホのある場所は水名月神社の境内だって。関係資料と位置情報はあんたのスマホに送っとくから保護できたら連絡頂戴ね。パパに連絡しないといけないから。じゃあね」

切れた電話を置いた成神は、いつものように直観をつぶやいた。

「水名月神社、また高崎かよ。いやな予感しかしないな」

ＪＬ爆破事件の後だとしても高崎警察に協力要請するなとはおかしいと思ったが、今回は、従った方がいいと成神の直観が訴えていた。現在、午後十時半だった。ＪＬは無くなってしまったので目的地に最も早く着ける乗り物は、またもやヘリコプターだ。

（これまたヘリかい。係長まだ署にいるかな）

二十分後、成神を乗せた元戦闘ヘリ、通称スマートクロウは、警視庁屋上のヘリポートから飛び立っていた。

「すいません。初実務フライトが、夜間飛行なんて」

カマイタチとの空中戦で被弾し、お払い箱になった百億円の戦闘ヘリは、戦闘能力をほとんど取り除いて特捜室に譲渡されたのだが、係長のカスタマイズとテスト飛行が終わってようやく一昨日、業務使用の許可がおりたばかりだった。

「いいってことよ。長距離飛ばした時の調子も見たかったしな。テストフライトにはちょうどいい距離だ」

係長は、最新鋭の戦闘ヘリが操縦できるのが嬉しくて機嫌が良かった。

約三十分後、約百二十㎞飛行して目的地に到着したヘリは、水名月神社の前で地上五ｍまで降下してホバリング態勢に入り、地面をライトで照らした。成神は、昇降用の電磁ジャケットを着るとヘリのサイドドアを開けてその縁に立ち、係長に手でＧＯサインを示して脱出ランプが赤から緑になったことを確認して飛び降りた。ジャケットの背中に磁力がかかり、成神の身体は、中に浮いた。そして徐々に磁力が調整され、ゆっくりと成神の身体は、地面に近づいて行き、フワリと着地した。成神が電磁ジャケットを脱いで手を放すと、ジャケットは、ヘリからせり出す着脱板の天井部に凄い速さで吸い付けられ、ヘリは上空に舞い上がっていった。

事前に連絡して水名月神社の責任者の方に境内及び境内建築物への立ち入りの許可を貰った。一人では危ないとのことで御親切にというか、お目付役としての目的の方が主だとは思うが、警備担当の人を付けてくれると言っていたのだが、神社の入り口には誰もいなかった。暫く前方の暗闇を見つめていた成神だったが、背後に気配を感じて振り返った。しかしその時にはその気配は、成神の背後に移動していた。成神は、その場でまた神社の方を向いて尋ねた。

「この神社の警備の方ですか？　私、警察庁特別捜査室の成神と申します。立ち入りの許可は、頂いております」

成神は、自分の正面に移動したその気配の発信源を、あえて胸ポケライトで照らすことはしなかった。今夜は新月だったが、目の前の人物が若い女性であることは、暗順応途中の成神の瞳でもその抜群のプロポーションの陰影で容易に判った。

「お待ちしておりました。お探しの女の子は、この神社の領地のどこかにいます。スマホを発見し、充電して位置情報を送った効果がありましたね」

成神の前の暗闇からよく通る若い女性の声がした。

「十五歳の女の子が気配を消してこの山中に潜んでいられるでしょうか？」

「あの子に取り憑いてあの子を操っている何かは、私が一太刀浴びせると神社の裏山深くに逃げ込んでしまいました。後を追うと、私の一太刀でベルトが切れかかっていた彼女の右腕のスマホのベルトが逃走中の激しい動きで切れたようで、そのスマホが山中に落ちていました。これ以上、被害者を出さないために是非ともその何かを退治して欲しいのです」

その声は、真剣だった。

「何かとは？」

「その何かがここに来た目的が判るかもしれない物が封魔殿にございます。ご案内致しますから、足下の蛍石をたどって来てください」

「はあ、ところであなたは、この神社の警備の方ですよね？」

成神は、何がなんだかよくわからなかったので、基本的な質問をしてみた。

「はい、申し遅れました。水名月神社の警護を代々任されております、巫女忍頭首、十六夜《いざよい》にございます」

「お姿は拝見できないんですね？」

「殿方に姿を見られた巫女忍は、巫女をやめなければなりません。我らは、表で仕事をする白巫女でなく、警備担当の黒巫女ですから。さあ、参りましょう」

「はあ、なぜ、私にその何かの退治を頼もうとしたのですか？」

その答えは無く、あきらめて成神が神社の方向に歩き出すと十六夜の気配が神社の中に遠ざかって行き、蛍の発光色そっくりな小さな緑色の明かりの点線が神社の真っ暗な参道の奥へと延びて行った。

「いやな予感しかしないな」

成神は、神社の境内に入り、蛍石をたどって奥へ歩いて行った。道中、何人もの目線と気配を感じながら蛍石のとぎれた地点にやってきた。そこには三m四方程度の高床式の木造の社の陰影があった。

「扉は、開けてあります。中にお進みください」

成神は、オレンジ色が暗闇と解け合う正方形を目指してその前にある七段の古びた木造の階段を昇って賽銭箱を避けて封魔殿の中に入った。そこには左右二対の燭台の蝋燭の灯りに照らされた高さ二mほどの色あせた木像の、しかし目だけは妙にリアルな不動明王が正面奥に鎮座していた。左右の蝋燭の炎の効果もあってこちらをにらんでいるように見えた。その明と暗のコントラストの効いた姿には久遠の畏怖が感じられた。この大日如来の憤怒の化身には一目瞭然で不自然と判る異質な箇所があった。それはその動かざる尊者の左の肩口から背中にかけて、非常に硬質な感じの何かが貫通しているというところだ。成神が近づいてよくよく観てみるとそれは、扁平になった人間の背骨を模した刀もしくは、刀を模した扁平になった人間の背骨みたいな物だった。その骨の色が新鮮な骨の色をしていて昨日今日に突き刺したという感じがしたが、実際は三百年ほど経っている。成神が興味津々でその骨の刀を眺めていると床下からこもった声がした。

「あなたがお探しの女の子に取り憑いた何かはその骨で作られた刀、あえて骨刀と呼びますが、その骨刀を奪いにやってきたのだと思われます」

「何故、そう思うのですか？」

成神は、床下から感じる十六夜の気配に問いかけた。

「私が見かけた何かは、人の骨格に似ていましたのでその姿を見た瞬間にこの骨刀を狙っていると直観いたしました」

「この骨刀は引き抜けるのですか？」

「今まで誰も恐れ多くて触れた者はありませんが、必要とあらば、引き抜いてかまいませぬ。恐らく、その骨刀があの女の子の命に係わると思われますので」

成神も菜美奈さんの命を救うには、この骨刀を手元に置く必要が有ると直観したので十六夜が自分と同じ考えだったのがちょっと嬉しかった。

「では、試してみます」

成神は、不動明王の台座に上がり、不動明王のすぐ前に不動明王と同じ方向を向いて立ち、左の大鎖骨上窩から鎖骨に対して四十五度斜め外方に出ている刀の柄に当たる部分を左手で握ると弧を描くようにゆっくり引き抜き始めた。骨刀は、刀部分が背骨の様に十二分割されて弓なりに変形しながら弧を描き、意外なほどスルスルと出てきた。柄を握った成神の拳が右の骨盤の位置まで来たときに左手にズシリと重みを感じて骨刀が完全に引き抜かれた。成神は、自分の正面に骨刀をかざした。その刀身は、長さ約一ｍ、幅十㎝で色もアイボリーというより骨色という言葉が最もしっくり来るくらい骨そのものだった。形状は平たい背骨といった感じで十二個の断面が紡錘形の椎骨が連なっていて、それぞれの椎骨の側面が鋭利になって全体として刃を形成している。更に切っ先は鋭利に椎骨が変形していてまさに骨刀というのがピッタリの構造であった。

「その刀の匂いに誘われてお探しの何ものかが自らやって来たようです」

床下から籠もった十六夜の声がした。

「お仲間共々気配がわからぬ位まで退避してくれませんか？」

「私もあなた様一人で相手をされた方が良い結果が得られると考えておりました。では、御武運を祈っております」

十六夜の気配が消えて暫くすると封魔殿の入り口の前に何かが舞い降りた。成神は、不動明王の前の床にあぐらを組んで座り、骨刀を自分の前の床に切っ先を封魔殿の側面に向けて置いた。そして封魔殿の前の何かにやさしく話しかけた。

「私以外近くには誰もいないし、あなたの欲しいであろう物もここに有ります。まずは、私の前に来て菜美奈さんを拉致した事情について話してくださいませんか？」

封魔殿の扉は、上部は格子状になっているが、そこから一本のひも状の物が弓なりに飛び込んで来て成神の右肩を貫通した。それは白く細い硬線で格子の向こうの何かと成神はつながった。成神は、一瞬、痛みに顔を顰めたが、すぐに元の表情に戻った。

「やっぱりあなたは、私と話をしたいのですね。心臓を一突きすれば、容易にこのつぶれた、人の背骨みたいな物を手に入れられたのにわざと肩をねらいましたから」

数秒の静寂の後、白い硬線はかなりの速さで格子の外の暗闇に引っ込んだ。成神の肩から鮮血が吹き出し、成神は激痛を感じたが、微動だにしなかった。

また、数秒の静寂の後、封魔殿の扉が静かに動き始めて観音開きになり、左右の扉を引いていった白い硬線が暗闇の一点に向かってシュルシュルと消えていった。そして成神の前の暗闇から七段の階段と賽銭箱を飛び越えて人間らしき影が飛び出し、骨刀の前に四つんばいで着地した。それは、菜美奈であって菜美奈でない異形の物であった。観音開きの扉を脊椎様のシッポで器用に閉めたその異形のものは、成神のまねをしてあぐらを組んで骨刀を間に置いて成神の前に座った。菜美奈の背中に頭部と骨盤から下の部分が無い人骨格が張り付いているというか、肋骨が菜美奈の脇腹を掴んでいる感じがした。乳首と外陰部は辛うじて隠れていたが最小限で、陰毛は若干はみ出ていた。菜美奈自身は目を閉じて眠っているようなので、パラサイトしている骨格様物体に操られているのは明らかであった。

「日本語話せますか？　なんとお呼びすればいいですか？」

成神は、基本的な質問をしてみた。突然、菜美奈の目が大きく見開いた。

「宿主が日本語話せれば、問題ない。我々に個別識別の呼び名は無い。そちらで決めてくれ」

と菜美奈の口が菜美奈の声でしかし、男言葉で答えた。

「解りました。では、パラボさんと呼ばせていただきます。早速ですがパラボさん、宿主の生命状況はどうですか？」

成神は、最も重要な点を尋ねた。

「一時間くらい前に榛名湖織姫大橋から素っ裸で湖に落ちてきたからな。渡りに船と宿主にした時は既に昏迷状態だった。宿主に死なれては私も生きてはいけないゆえ、寄生してすぐに陸に上げて蘇生させてはみたが、今は小康状態で意識レベルは昏睡状態だが、肉体的には有害な薬物を多量に飲んでいるから肝臓と腎臓があとどれだけ持つかわからんな。今は私が解毒もやっているが、毒を飲んでから時間が経ちすぎていて肝臓のダメージがすでに致命的だ」

（午後十時過ぎに十五歳の美少女が毒薬飲んでマッパで榛名湖にダイブってどういうこと？……遺棄？　逃避？　まさかの自殺？？？）

成神は考えが急にはまとまらなかったので、そっちは放っておいて話を進めた。

「これがここに来た目的ですね」

「そうだ。が、故郷の星に帰れる見込みは無くなった。船は大きな宇宙スラグとの接触で航行不能になって私自身も負傷して意識を失っていた。それで自動脱出カプセルが作動し、船から脱出したら本船と同じ飛行プログラムが設定されていて、元々の目標地点であるこの裏の湖に不時着したのさ。しかし、この星の宿主は相性が最悪だった。三百年前もそれでこの星への移住を諦めたんだろうな。この宿主は体格、運動機能、知能も許容範囲だったが、骨組織がこちらの身体を攻撃してしまうため、宿主としては不的確だったのさ。本来なら皮下に寄生するはずが、表からになってしまって、このままだと体表が酸素で侵され、身体全体が酸化されて粉々になってしまう運命だ」

「解りました。この問題の現状での最善策の提案が有ります。それは、素直に私に捕まることです。お話を聞くともはや日本の医療技術、科学技術にかけるしか、あなたと菜美奈さんの双方を救う方法は無いと考えられます」

成神は、これ以上は無いと言うくらいのドヤ顔をパラボに向けた。

パラボは暫く黙考していた。

「そうだな。私もこの宿主に死なれては目覚めが悪い」

「では……」

突然、封魔殿の扉が開いて長髪黒巫女姿の人物が転がり込んできた。

「突然、ポリスロボに攻撃されました。私も他の者も麻酔弾を打ち込まれてほとんど眠り込んでしまいました。警戒を……」

十六夜は、その場に倒れ込んだ。成神は、その声で目の前の人物が十六夜だと判断した。そして十六夜のところへ行き、まだ辛うじて意識の有る十六夜を立たせて肩を貸し、引きずるように不動明王の裏に連れていって床に寝かせた。

「あなたが、十六夜さんですね。ここに居てください」

成神が出入り口の方を見るとパラボが骨刀を振り上げて封魔殿の外の何かを威嚇していた。そしてパラボは、麻酔弾を菜美奈の腹部に被弾して一瞬よろめいたが、すぐに持ち直した。その時には、ポリスロボはすでに封魔殿の中に入って来ており、間合いが一mほどになった瞬間、パラボは、まさに目にも留まらぬ早業でポリスロボの右肘に骨刀を振り下ろし、麻酔弾を発射する右前腕を切り落とした。その様子を見た成神の身体がほぼ無意識にポリスロボに向かって突進し、パラボの身体を背後から押しのけ、ポリスロボに体当たりして一緒に七段の階段の上から賽銭箱を乗り越えて封魔殿の外に弧を描いて転落していきながら左手に握ったポリスソードをポリスロボの胸に突き立てた。ポリスロボは、地面に左手掌をついて成神もろともバク転して着地した。その着地より一瞬早く成神は、ポリスソードを引き抜き、それを日本刀タイプに変化させてポリスロボが着地した瞬間――この一瞬しか隙は無かったのだが――ポリスロボと距離を取り、ポリスロボの左肩口から袈裟懸けにポリスソードを一閃した。ポリスロボは、左肩から右脇腹にかけて真っ直ぐに分割されて右上肢帯部がそれ以外の部分の右横に落ちた。成神はポリスソードを振り下ろした体勢から上半身を正対に戻そうとして一瞬隙が出来てしまった。ポリスロボはそれを見逃さず、残った左前腕をわずかに上方に動かし、麻酔弾を発射した。その弾は成神の右大腿直筋にめり込んで、成神の脳天にまで激痛が走った。成神は怒りが抑えきれなくなり、返す刀を逆袈裟に払い上げ、ポリスロボの左腕を肘関節から切り落とした。成神は、慌てて走ってきた男たち五人に取り囲まれて我に返った。成神は、ポリスソードを通常サイズに戻し、ホルダーに納めると五人の男たちを目で制しながら大声で背後のパラボに声をかけた。

「お迎えが来たようです。菜美奈さんのためにも素直に捕まってください！」

その声に答えるように封魔殿の暗闇からポリスロボの右前腕が飛び出してきて、成神の右横の男の足下に落ち、男たちの内の二人は、同時に胸の拳銃に手をやった。

「落ち着いて。大丈夫です」

成神が、男たちを毅然とした声で制した。そしてパラボが右手に骨刀を持って飛び出して来て成神の右横に両足で着地した。

「お前を信用するしかないか」

「私は、菜美奈さんの命を救いたいのです」

「異星人の命の心配はしてくれないのね」

急に十五歳の菜美奈さん風の声でしゃべった。

「警察の仕事はあくまでも人間が対象でエイリアンは目の前の方々の担当ですから。気に入られるようにおとなしく指示に従ってくださいね」

「お世話になりました」

パラボは、成神の正面に立ち、一礼すると顔を上げ、菜美奈の人差し指を菜美奈にしゃぶらせ、その唾液のたっぷり付いた人差し指を突然、負傷した成神の右肩の傷口にグリグリ押し込んでその指をぐるぐる回転させてから一気に引き抜いた。

「変わった別れの儀式ですね」

成神は激痛を無視した。

「ウギャーとか、ウワーとかいう反応を期待していたのにつまらん奴だな」

パラボはまた男言葉に戻っていた。そしてパラボが骨刀を背中の背骨に沿わせて下ろしていくと骨刀はその背中に溶け込むように脊椎と一体化した。そして骨格エイリアンは、くるりと向きを変えると宇宙活用検討委員会、外務省、ＳＰの私服警官の計五人の男たちを引き連れて神社から出て行った。パラボご一行様が完全に闇に飲み込まれた時には成神の右肩の傷は跡形もなく治っていた。恐るべき治癒能力である。

「そりゃあ、お偉方が必死こいて捕まえにくるわなあ！」

成神は、思わず、目の前の暗闇に叫んでしまった。

成神は封魔殿の中に戻ると十六夜のところに向かった。十六夜は麻酔の影響で意識が朦朧としていて筋肉も弛緩していたので、成神を見て無理に立ち上がろうとしたが、よろけて成神の方に倒れてきた。成神は、十六夜を受け止めたが、左足だけではそれを支えきれず、思わず、後ろに倒れまいと前のめりになった瞬間、成神の脳に一気に麻酔が効いてきて身体に力が入らなくなり、十六夜を抱きしめたままその場に崩れ落ちて十六夜が下になって成神がその上に覆い被さる形になった。成神は直前まで激しく動いていたので急激に薬が効いてきて激しい眠気と強い幻覚に襲われ、その時の成神には十六夜の顔がアスカに見えていた。

「おお、アスカ、直ったか。そうか、わかった。エネルギー補給だな」

成神は、十六夜の唇に吸い付くと、むさぼるように舌を絡ませて長い間唇を求め続けた。十六夜は、意識が朦朧として身体に力も入らないのでされるがままになるしかなかった。そして二人ともそのままやがて深い眠りに墜ちていった。

ひどい頭痛によって成神が眼を開けると封魔殿に朝日が差し込んでいた。昨夜の出来事を順番に思い出した成神は、十六夜に対する準猥褻行為を思い出し、飛び起きて辺りを見回した。十六夜の姿は無く、気配も感じられなかったが、成神は自分の格好に唖然とした。なんとパンツ一丁だったからだ。しかも右大腿部に十六夜の袖部が包帯代わりに巻かれていた。どうやら麻酔弾を摘出して処置してくれたらしい。さすがに十六夜を強姦した覚えは無いが、一気に不安になった成神はきちんと畳んである衣服を急いで身につけると封魔殿の扉を開けて外を眺めた。ポリスロボの残骸は、全て片付けられていて、昨夜の騒動の痕跡は一見してわからなかった。唯一の痕跡は、封魔殿の前の石畳に残るポリスロボの左手の手形だけだった。成神は、七段の階段をゆっくりと下りて辺りを見回したが、十六夜の気配は感じられなかった。十六夜に昨夜の失態の謝罪と釈明をしたかったのだが、あきらめて頭痛と右太股の疼痛と罪悪感を噛みしめながら神社の領界を出たところで襟元のスピーカーから声がした。

「成神、聞こえるか。聞こえたら応答しろ」

明らかに寝起きの係長の寝ぼけた声だったが、成神には天使の囁きに聞こえた。

「係長、おはようございます。私は、大丈夫です。神社の前に来てくれますか？」

「おお、生きとったか。なぜか、外務省と同業の刑事さんたちに神社に入っちゃいかんと言われて今まで待機してたんだが、やつら帰ったみたいだから連絡してみたんだ。待ってろよ。五分で着くからよ」

「ラジャー」

係長が眠り込んでくれて助かったと思ったが、神社の鳥居から出て二、三歩歩いたところで、また十六夜の顔が脳裏をよぎった。成神は、胸騒ぎを覚えて胸に手を当てた瞬間、あることに気づいて更に焦りまくった。警察官の証であるポリスソードが胸のホルダーに無かったからだ。

（あの時のどさくさでどこかに置き忘れたかな。まいったな。探しに戻るか）

「あ、そうか、スマホでソードの在処判るんだった。グソクもたまにはいいことするな」

思わず、大きな声で一人ごとを言ったことに苦笑した成神だったが、ホッとしてスマホを取り出してソードの位置を検索した。成神はそのスマホが指し示したソードの位置に驚いて再検索してしまったが、マーカーはまた同じ位置を示していた。成神は、クルッと神社の方向に身体ごと方向転換してスマホが示したソードの位置、つまり神社の領界の入り口、鳥居の真下に確かにソードを発見した。ただし、そのソードは十六夜の手に握られていた。二人の距離は二ｍほどしかなかったのに気配を感じなかったのは、麻酔の後遺症の頭痛のせいか。

「十六夜さん、脚、治療してくれたんだね。有り難う。それと昨夜の私の行為は……」

「言わなくていいです。拒まなかった私に責任が有るのですから」

「いや、あれは……」

十六夜がいきなり突進してきてポリスソードを成神の首筋に突きつけた。それは成神にのけぞる猶予も与えぬほどの素早い身のこなしであった。そして成神の耳元にささやいた。

「あのような辱めを受けては、黒巫女は続けられません。かくなる上は、あなたを殺して私も死ぬ……もしくは、一生、あなた様をお守りする。もしもあなた様がそれを望まぬ場合は、この場であなたのこの刃で自害いたします」

成神から一歩、後ろに退いた十六夜は、ポリスソードの切っ先を自分ののど元に当てた。何とも古風な芝居じみた演出だと思ったが、成神は真顔で一般的な答えを返した。

「私もまだ死にたくないし、あなたが死ぬなど絶対に許しません」

成神は、毅然として十六夜を見つめた。

「では、これから私はあなたをお守りして生きていきます。この刀は、研ぎ直して御武運上昇のご祈祷をしておきました」

そう言って十六夜がソードを成神の頭上高く放り投げると、それは成神の頭上を越えてそのすぐ背後に切っ先を下にして墜ちてきた。成神は、百八十度向きを変えて墜ちてくるソードの柄を左手で掴んで胸のホルダーにしまった。ふと気づくと十六夜の気配は、もう感じられなかった。

「議論の余地なしか。まあ、いやな予感はしないからいっか」

軽く微笑んで上空を見上げた成神の視線の先に朝日を背にしたスマートクロウの黒い機体が見えた。

22　猫ちゃんは、どこ？

水名月神社の件は当然、公表されなかった。あの骨格エイリアンと菜美奈さんの命がどうなったのか、成神に誰も知らせてくれなかったし、お問い合わせ先も解らなかった。

謹慎処分が解けたとはいえ、相棒のいない成神は、相変わらず、多田野巡査の下部《しもべ》となってこき使われていた。相棒がＴＡＣに行ってから既に四週間が経とうとしていたが、ＴＡＣからは何の連絡も無かったし、配送会社のカスタマーセンターに配送状況を尋ねるメールを送っても「二日前に発送済み」との返答しか得られなかった。アスカは修理済みで配送中の迷子ということだ。配送中のトラブルのため相棒を替える必要は当面無くなったが、ずっと単独捜査という訳にはいかないので成神はヤキモキしていた。そんなある日、また警察庁長官からの仕事の依頼が多田野巡査のＰＣに入った。

「また迷子の捜索の依頼が来たわよ」

「今度は、誰だ？」

「今回は、人間じゃないわ」

「え、まさかまた宇宙人か？」

「またってなによ。前にも宇宙人を探したことあるの？」

「あ、いや、３Ｄゲームの話だよ」

成神は、とっさに嘘をついた。さらっと嘘が出てくる自分をちょっと嫌悪したが、パラボのことは誰にも言えないトップシークレットだ。たとえ真実を話したところで多田野巡査に不気味がられるだけだろうが。

「今回の探し物は猫ちゃんです」

「ね、猫？　猫探偵でなく、警察庁長官事案になるとは、よっぽど大事な猫なんだろうな」

「たぶんね。パパからの資料があるからスマホに送っとくわね。持ち主のパメラ王国王女の帰国日は、明後日だから今日の閉園時間までに探してだって。明日にはその王女の父親であるパメラ国王と大事な契約を結びたいらしいからよろしくだってよ。その猫が返却できないと国際問題になる恐れがあるらしいわね」

「今は、もう午後四時だよ。あと七時間で猫なんて探せるかな？　動物捜索の専門家に頼んだ方がよくないか？」

成神は、面倒臭いので誰でも思いつく代案を提示してみた。

「あなたに頼む理由も書いてあるからそこだけ読むと、『水名月神社で行方不明人物を速やかに発見し、保護した手腕は素晴らしかった。今回も速やかに解決して欲しい』だって。だいぶ評判いいわね。早速、捜索にかかった方がいいわよ。見つけたら連絡ちょうだいね。パパに報告するから」

成神は、転送された資料のホルダーを開いた。すると新たなメールが送られてきた。

「いやな予感しかしないな」

成神は、新たに送られてきたメールを開いた。

〝この依頼を無視したり、期日までに完遂できなかった場合は、猫を逃がした世話係の外務省女性事務員がキャリアを終えることになる。また、水名月神社で警察庁その他関係省庁が受けた被害額約二十五億円を特別捜査室に請求することになる。今日の午後十一時までに依頼事項を完遂すれば、職員の依願退職も損害賠償請求も見送る。以上〟

「たかが猫様、されど猫様だな」

資料の概要は、以下のような内容であった。

「来日中のパメラ国王のお嬢さんが連れてきた猫は、日本固有の妙義山猫という群馬県の妙義山の険しい山岳地帯だけに生息する西表山猫《いりおもてやまねこ》の亜種である。二〇五二年に妙義山で滑落遭難した登山者が偶然発見した新種の猫であり、当時の現地調査で二十六頭の生息が確認された。そして二〇五五年のパメラ国王初来日の際に当時五歳の三女エスメラルダ王女へのプレゼントとして特別に贈られた。妙義山猫は、二〇六一年、国の天然記念物に指定されているが、密猟により生息数が激減し、今年七月の調査では生存を確認できなかった。そこでクローン技術による妙義山猫の個体数の増加計画が始動し、エスメラルダ王女に贈った個体を借りて妙義山猫のクローンを誕生させる実験を実施する目的でパメラ国王とエスメラルダ王女を国賓として迎えた。そして本日、お二人は、千葉のテーマパークで終日楽しまれている。その間、愛猫のプークを外務省で預かっていたのだが、おやつの時間にケージを開けた際、世話係がちょっと目を離した隙に逃げられてしまった。テーマパーク外に出たとは考えにくいが、未だ発見に至っていない。閉園時間までにプークを探し、王女に返却できない場合、国際問題に発展し、百％パメラ王国からの輸入に頼っている高性能全固体電池の材料として欠かせないレアアースメタルの供給体制に悪影響を与える恐れがあるため、慎重かつ迅速に対処されたい」

資料の内容を確認した成神は、いろんな意味で迷子の猫を探し出すしかないと覚悟を決めたのだが、いったい、どうすればいいのか皆目わからなかった。とりあえず、千葉にある日本最大級のテーマパークに行かなければ何も始まらない。

「また、係長にお世話になるしかないな」

三十分後、日本で唯一の警察公務用元戦闘ヘリは、全国一の巨大テーマパーク上空に到着していた。

「妻にお土産買って帰らないとな」

パーク内のヘリポートに見た目は最新鋭の戦闘ヘリを残して、係長は意気揚々とパーク内に消えて行った。残された成神は、最後に目撃された場所に向かい、その場所に着くと辺りを見回してみたが、人以外のほ乳類を発見することはできなかった。時刻は午後五時だからまだ日の入りまでには一時間ほど時間があった。山猫は、夜行性だからどこか目立たぬ場所でまどろんでいるのだろう。

「さて、マジで困ったぞ。そこらの物陰から探してみるか」

成神は、こちらの物陰、あちらの茂みと、いぶかしむ周囲の視線を感じつつも一生懸命探してみたが、何の収穫も無く日没を迎え、更にイルミパレードも終わってしまい、閉園まであと三十分となってしまった。

「ダメだ。広すぎて物理的に探しきれん！」

諦めかけた成神の目に遠くの地面で光る点が急に飛び込んできた。

（あれは、もしや山猫の目か！）

成神はゆっくりと光る点に近づいていくと意外すぎるその光の正体を知り、その光をつまんで拾い上げた。

「これは、蛍石」

成神が辺りを見回すと緑色に光る蛍石の点線が横の建物の裏に続いていた。成神が蛍石を拾いながら建物の裏に回り込むと建物の壁と垣根の間に電子レンジほどのケージが有り、その中に資料にあった写真と全く同じ動物が入っていた。成神は、そのケージを目の前に持ってきて中を覗くとプークの目は半開きで脱力していた。ケージの下に隠れていたＡ４用紙に気づいた成神は、ケージを置いて代わりにその用紙を拾い上げた。

親愛なる主様へ
　お探しの猫を見つけておきました。マタタビから調合した秘香で簡単におびき出し、捕獲できましたので私はさほど苦労していません。よって気遣いは無用です。では、また、On Demand で
　　　　　　　　　　　　　　　　　　　　あなたの忠実な下部《しもべ》　十六夜

「あの時の言葉は、マジだったのか！　でも今はマジで助かったあー。十六夜ありがとう！」

　思わず大声で目の前の空に向かって十六夜に呼びかけた。

　成神が、プークの発見を多田野巡査に報告するとスマホを切ってから数分後、一目で、プークを逃がした外務省職員とわかる二十五歳くらいの女性が半ベソかいて髪振り乱して成神の所にすっ飛んできた。

「ね、猫は？」

「ここにいます」

　成神が足下にあるケージを指で指し示すと、女性職員は、ケージを奪い取るように持ち上げて、中身を確認すると一瞬微笑んでまたすぐ真顔に戻り、半ベソで爆走してきた道を今度は、満面の笑みで悠然とケージをぶら下げてモンローウォークで去っていった。

「礼は無しね。まあ、あの美人外交官のキャリアが続いて何よりだ。俺も特捜室に借金負わせな

くて済みそうだから今回は良しとしよう」

帰りのヘリでウトウトしていた成神は、自分の携帯の音に驚いて目が覚めた。多田野巡査からの電話だった。

「また、猫が逃げたんですか？」

「スマホでテレビ観て。TACの清宮社長が午後十一時から緊急記者会見するみたいよ。パパから内緒で聴いたんだけど、鍋島防衛副大臣の死亡にユニコーンの突然変異が絡んでいたことを暴露するらしいわよ。あなたは真相を知る一人だからライブで観た方がいいと思って知らせたのよ」

「そう、有り難う。観てみるよ。それより菜美奈さんはどうなったか知っていますか？」

「それは、パパの管轄でなくてあなたのお友達の鬼頭さんの担当らしいわよ」

「外務省か。解った。有り難う」

あと三分で清宮氏の会見が始まる。成神は、既にあの結界サウナで会見の内容を聞いていたので観なくてもいいのだが、せっかく教えてもらったので観ることにした。会見で清宮氏は、鍋島氏の最期の十分間のうち必要最小限の部分だけを公開し、自社製AIのバグについても謝罪し、問題のAIの回収、修理を発表した。また問題のバグとAIの突然変異E－VoM（イーボム）は全く関係無いことを強調した上で、「人類サミット宣言」を脅かす最大の脅威としてE－VoMの研究を当面、凍結することも発表し、全世界に同調を求めた。

白金の湯で成神との別れ際、清宮氏は、ぽつりと成神に問いかけた。

「これで俺も天国に行けるかな？」

成神は、どう答えていいか解らず、黙ってただ、清宮氏を見つめていた。

「まあ、たとえ天国に行けたとしてもあいつにこっぴどく叱られるだろうがな」

23　パンドラの箱プロジェクト

清宮氏の衝撃的な記者会見から十一時間後、外務省の特別補佐官室でそこの主の鬼頭氏と成神は大きな机を挟んで二人とも立ったままで黙っていたが、根負けした鬼頭氏が話し始めた。

「あの記者会見をさせたのは君かね？」

「そう考えてくださって結構です」

もちろん嘘で、清宮氏と練りに練って考えたシナリオだったのだが、鬼頭氏はかなりご立腹だった。

「ＴＡＣの株価は四〇％余り下がり、清宮氏は責任取らされるかもしれんのだぞ。ＡＩの高度自己判断能力獲得技術は、我が国がやらなくてもそう遠くない未来、どこかの国が確立するんだ。そしてその国が世界、いや宇宙の覇権を握ることになる可能性が高い。君は、ちっぽけな正義感と浪花節的感情と自己満足のためにこの国の輝ける未来を他の国にタダで渡してしまったんだぞ！！！」

「私を売国奴と罵るためにわざわざ警察庁長官命令で呼び出したのですか？」

成神はさすがにむかついたのでストレートに抗議した。

「もちろん、それが第一目的ではない。貴重な時間を無駄にはできないので早速、本題に入ろう。あの会見で使用された鍋島氏の断末魔の記録のマスターデータを提出して欲しい。むろん君が素直に渡すとは考えていない。そこで何か適当な交換条件がないか、君に関する情報を調べ直した。そしてやっと交渉材料になりそうなものを見つけたのでここに来てもらったんだ」

「どんな交換条件も飲むつもりはありません。他に話が無ければ失礼します」

成神はくるりと鬼頭氏に背を向けると出入り口の扉に向かって一歩踏み出した。

「清宮明日香は知っているな」

鬼頭氏はわざと大きめの声で禁断のワードを成神の背中に突き刺した。そのキラーワードは、成神の歩みを止めるには充分過ぎる威力があった。

「君が間接的に殺したとされている清宮政彦の娘だ。そのままでもいいから今から私がしゃべる独り言を聴いてみろ。ここを出るのはそれからでも遅くはあるまい」

成神は、動揺した表情を観られたく無かったので鬼頭氏に背を向けて一歩踏み出した状態で動かなかった。これからの展開が恐ろしくて動けなかったのかも知れない。成神は、今までで最も強くその第六感を感じた。そして鬼頭氏に聞こえないくらい小声でささやいた。

「いやな予感しかしないな」

鬼頭氏は、その囁きには気づかず、大きなよく通る声で独り言をしゃべり始めた。

「結論から言うと清宮明日香はまだ生きている。余談だが、君のガードバディの音声は、iPS細胞技術を応用して清宮明日香の声帯機能をクローン声帯で構築し、バディが発声しようとした音声をこのクローン声帯に送ってそこで発生させた音声をバディに送り返して発声させているんだよ。君の相棒のおしゃべりは人間と全く遜色無いだろう。はちじーならほぼ遅滞なく音声データの送受信ができるからね。ただ変声フィルターを通しているから君の相棒の声が清宮明日香の声とは気づかなかっただろうがね。まあ、これは清宮明日香が死亡してもTACが存続すれば支障は無いだろうが、TACの存続もあのばかげた会見で先行き不透明になったから、もしも君の相棒の声が突然、出なくなったらTACに何かあったと思ってくれ。

おっと、余談が過ぎたな。最初に言った通り、まだ清宮明日香は生きてはいるが、余命は、あと一週間だ。TACの研究所の生命維持装置の中で脊椎全損、脳の三十五％損傷という状態で奇跡的に生きている。しかし、長時間、組織液の中に浸かって浮いていた影響で、骨軟化症の症状が高度になり、ほぼ全身の骨が軟化している。なおかつ、破骨細胞の活動が異常に活発化して骨が加速度的に融解している。このままだと頭蓋骨が内圧に耐えきれずに破裂するのも時間の問題だ。しかし、この状態の清宮明日香を救う方法が一つだけある。しかしその方法は、いくつもの問題を含んでいるため、明日、その対処に関する会議が開かれる。その会議の議長は私なので最終的な判断を決定するのは私なのだ。と言うことは清宮明日香の命は私の掌中にあると言っても過言ではないのだよ。そこで私は提案したい。もし、君が、鍋島氏の断末魔のマスターデータを私に渡してくれるなら清宮明日香の生命が永らえる方向で努力しよう。もしこの提案を蹴るなら清宮明日香の生命は絶たれることになるだろう。そして君は今度こそ本当に清宮明日香を殺した張本人になるんだ」

成神は、どんな方法で明日香が助かるのか想像がついていた。だから清宮明日香の命乞いをすべきか迷っていた。

「父親は、娘に対する処置を許可しましたか？」

「清宮氏は反対したよ。そもそも娘の死亡届はとっくに受理されている。つまりは、献体とかわらないんだよ。しかし、清宮氏は決してクビを縦には、振らなかったよ」

「父親の意志を無視することはできません。私にとってもあの時に清宮明日香は亡くなっているのです。ここでの話は、無かったことにしてください。では、失礼します」

成神は、歯を食いしばり、溢れてくる涙を無理矢理こらえながらぎこちない足取りでなんとか部屋を出て行った。

それを見届けた鬼頭氏は机の上の電話を取るとどこかに電話した。

「予想通りの反応だったよ。清宮明日香を早急にこちらに移してくれ。そうだ、国家治安維持法を適用しろ。予定通り例のプロジェクトを始動させる。あと、鍋島さんの断末魔の記録は成神巡査長のバディの体内には無かったんだから、鍋島事件の証拠物件から除外してくれ。そうだ、その金色のダンゴムシもだ。忘れるなよ。送料こっち持ちで届けてやってくれ。長官には俺から伝えとく。配送最優先で頼むよ。解ってるよ。次期防衛大臣の椅子は後輩のお前にゆずってやる。その代わり金輪際、成神に手を出すなよ。じゃあ、明日の会議でまた」

鬼頭氏は受話器を置いて椅子に勢いよく身を投げ出すように座ると目を閉じた。

「成神君にとっては、新しいカルマになるか……俺の首が飛ぶか……どっちにしても地雷踏んじまったな」

目頭に両拳を当ててうつむいて暫く物思いに耽っていた鬼頭氏の全身は、小刻みに震えだした。

「とうとうパンドラの箱開けちまった。行き着く先は、進化か、奴隷か、家畜になるか。成神だけが日本の、いや世界、いや宇宙の残された希望になるかもな。本当にお前がうらやましいよ。俺もできれば、そっち側の人間になりたかったな。友達は無理でも相棒にはなれたかも……やっぱ、無理か」

鬼頭氏は、自分の爪が掌に食い込むほど拳を握りしめた。明日開催される超極秘会議の資料の入ったA４サイズの封筒の上に鮮血が滴り落ちた。

「悪魔に魂売っちまったよ、母ちゃん。ごめん、ごめんな」

滴り落ちた鮮血の上に涙が落ち、カオスを作り出して拡がりながら資料に染み込んで行った。

鬼頭氏は、自責の念と後悔と恐怖で身体がガクガク震えて冷や汗が止まらなかった。そして椅子から床に硬直して倒れ込むと思い切りわめき声をあげた。

「ウワァーー！！！」

24　おかえり、相棒＋一匹

未だに相棒は戻って来ていなかったが、清宮氏とは安全確保のため、連絡することはできないし、カスタマーセンターに問い合わせても、三日前に配送済みというＡＩ音声の決まり文句を聞かされるだけだった。配送追跡サービスは、何故か、拒否されてしまったので成神には、待つしか方法が見つからなかった。そんな時、また仕事の依頼が舞い込んできた。

室長の説明を要約すると、本日、午後三時、足立区のＮ銀行Ｅ支店で五人組の押し込み強盗が発生した。その犯人が銀行内に三人の人質をとって籠城したため、現在、警視庁のネゴシエーターが交渉中であるが、犯人の要求が銀行の金庫に眠っている金塊約一トンの引き渡しだったため、膠着状態となっている。そこで成神巡査長に現状を打開してほしい。という依頼であった。

「また、責任逃れかよ」

成神は、あきれてしまって怒る気にもなれなかった。今時、銀行強盗なんてほとんど発生しない。銀行内の防犯装置のＡＩが犯罪関連ワードや画像を感知した瞬間に現金の引き出しは強制的に停止され、出入り口も金庫もロックされてしまう。また人質の安全は通常、無視され、保安用アンドロイドが即座に犯人逮捕行動を起こす。つまり銀行強盗はほぼ失敗するので誰もやろうとはしないのだ。なお、外部のアンドロイドは銀行内に入れない決まりになっているし、物理的に入り口の監視装置に感知されて前室に閉じこめられてしまう。

　では、今回は何故、立てこもりに発展してしまったのかというと、休日や夜間に実施すべきＡＩ保安システムの定期点検を経費削減のため営業時間中に実施してそのシステムが復旧するのが今日の午後三時五分であった。さらに保安用アンドロイドがメンテナンス中でこれまた経費削減のために交代のマシンを用意していなかったという保安意識の麻痺もしくは欠如が理由だった。犯人は、保安システムが復旧する直前に銀行に侵入したのだが、その立ち振る舞いや見た目が、あまりにも怪しすぎたので、今回は支店長が、異常と判断して手動で保安システムを復旧させたのだ。そのため、入り口も金庫も強制的にロックされてしまい、犯人は、なんとか金庫を開錠するように要求しているというのが現状である。一旦ロックされた金庫を開錠するには通常営業に戻すしかないのだが、これがまた難しくて、従業員のバイタルも正常値に戻らないと営業再開できないシステムになっている。つまり恐怖心や閉塞感等で心拍数、血圧、呼吸数、血中ホルモン等のバイタルの測定値の通常値との差が許容範囲を超えている場合、ＡＩは異常事態が継続していると判断して金庫を決して開けてはくれないというまさに鉄壁の強盗防止体制が確立されているのだ。

ならば、警察が突入すればいいような気がするが、この場合には一転して失敗して人質が死亡した場合、道義的責任が問われてしまう。そこでポリスロボを使用したいところだが、これがまた復旧した鉄壁の防犯体制が裏目に出て銀行内にすぐには入れない。前述したように前室で一旦、足止めを食らってしまうため、前室の開錠に手間取っている間に人質を殺害されかねず、これまた大失敗で責任問題になる可能性が高い。他の出入り口も静かに開錠できそうもない。そこで警察は表面上ネゴしているが、本心では、犯人が人質を皆殺しにして自らも自殺してくれないかと思っている。よって膠着状態が延々と続くというイマドキ珍しい事態に陥ってしまった。と成神は、推測していたのであきれてしまったわけなのである。

（警察官は、あくまでも人命第一で行動しないといけないからな）

尊くんを多田野さんに借りようとしたが、珍しくアンドロイドが起こした殺人事件の捜査にというか、アンドロイドが抵抗して市中に逃走し、ポリスロボの手にあまり、戦闘能力のずば抜けている尊くんに逮捕協力の要請があったため、多田野さん共々、昨日から広島に出張中であった。

（さて、どうするかな。仕事が速い相棒を持っているのは……だな）

銀行は事件発生から一時間経っていたが、何の進捗もなかった。犯人の素性も判らなかった。それをスマホのライブ映像で確認してから成神は、リサイクル課とのリモート回線をＯＮにした。

「開いてぇるだぁよ」

いつもの独特の言い回しとイントネーションの声がモニターの向こうから聞こえた。

「こん、にち、はあ」

成神は、お化け屋敷に入る時みたいにワクワクとヒヤヒヤの混じった感情でそーっと魔界への扉を開ける気分でモニターに映った滝川警部を見た。タマちゃんがモニターに寄ってきて成神を見上げてシッポを振った。成神は、タマちゃんの頭を撫でる仕草をしながらグソクがモニターの背景の雑然とした部屋で起こした事件を懐かしく思い出していた。

「タマも自分のあしー、直してもらったこと感謝しっとるだなぁ」

「毎回、急ですいません。また人命がかかっているので、早速、電話で頼んだ件、お願いします」

「おぅ、草津の湯でも直らなかったタマちゃんの脚をチャチャと治してくれたダンゴムシにかけられた恩は倍返しだぎゃ。あのぅ、銀行のぅ前を映した監視カメラの事件発生前三週間分の映像から車両とぅ人物のぅ識別認証をしてさ、ヒット数の多い奴をいろんなビッグデータと比較したらさ、一人、飛び抜けて特異点になった奴がヒットしただぎゃ」

滝川健司警部は、お手製の量子コンピューター〝Qちゃん〟を駆使して、成神が欲しい情報をたった五分であっさり探し出してしまった。さすが、元サイバーテロ対策課主任は伊達じゃない。ちなみにQはquantum（量子）の頭文字である。このQちゃんは量子ビット数一万五千量子ビット、誤り率〇・〇一%の汎用量子コンピューターを滝川警部が、上司の許可無く、全国の警察機関のコンピューターを勝手に連動させて構築したホメオスタシスアルゴリズム（恒常性自動調節機能的計算手法）を組み込んだカスタム量子コンピューターである。非公式ではあるが、処理能力は、世界中の量子コンピューターの中でもトップクラスだと滝川警部は自画自賛していた。人体の臓器に当たる警察組織内の膨大な数の特異的量子コンピューターが出した解から大脳役のQちゃんが最適解を選びだすのだが、相応しい解が無い場合、何度でも下位のコンピューターに計算をし直させる。その際は、最も有力な解に対して亢進的に働く量子コンピューターと他の解や新しい解を最適化に近づけようと見直しや後退を進める拮抗型コンピューターの両方の計算の相乗効果を利用する。このルーティーンを平均毎秒一千億回ほど繰り返して考えられる全てのアルゴリズムで計算して最適解を導き出し、常に誤り率を〇・〇一％±〇・〇〇五％以内に調整する仕組みがホメオスタシスアルゴリズムである。

「ほいよ。これで借りは返したかんね」

滝川警部は、そのデータを成神の机のPCに送ってドヤ顔を見せた。

成神は、そのデータを確認した。

「恒栄データバンク主任研究員、廣田祐二《ひろたゆうじ》。滝さんは、なぜ、この人物が怪しいと？」

「こいつはN銀行に口座もないしぃ、事件前の三週間前までは一度も来店がないくせにぃ、三週間前から事件前日までに七回も来店しているんさぁ。しかも三分ぐらいで出てるだいね」

「それは、九十八％犯人に間違いなしですね」

「なんだー、おぬし、あのミイラ製造マシンに言い回しが似てきたぞいな」

「確かに確率の根拠ないですけどね」

成神は、アスカに似ていると言われてちょっと嬉しかったが、〝うれしくてやがて哀しきバディかな〟という川柳が何故か脳裏に浮かんで表情が曇った。

「ちなみに情報だが、その九十八パーの勤めている会社が、N銀行の三十㎝横におっ建ってるんだぎゃぁ。こりゃぁプンプンプン臭うなぁや。ワシの経験からしてこりゃぁ、九十九パー偶然でねぇよ」

「鼻が効きますね。滝さんもだいぶ相棒に似てきましたね」

成神は滝さんの隣で伏せているタマちゃんを指さした。

「お世辞はいいでよ。はよ、現場行かねば、人質の命があぶねえどっぉ」

「ですね。もう行きます。有り難うございました」

リモート会議室を退出しようとした成神に滝川警部がお土産をくれた。

「ああ、忘れるとこだったわ。恒栄データバンクとN銀行の見取り図と構造設計図もお前さんのスマホに送っといたでよ。百パー必要になるかんねぇ」

「借りが出来ましたね」

急にあることに気づき、何とかこれだけ言った成神は、PCをOFFにすると声を殺して泣いてしまった。またグソクのお陰でスムーズに事が運んだのに礼を言うべき、あの憎たらしい黄金色ダンゴムシはここに居ないのだから。

成神が、現場に到着した時、事態は膠着状態のままだった。銀行の出入り口及び全ての窓は防犯シャッターが下ろされていた。銀行の前の国道左右一信号区画分を封鎖して銀行の道路に面した正面の歩道及び不動産屋の駐車場に作戦指揮車が陣取っていた。その外側に二十人ほどのTOP（Tactical Offer Police の頭文字。警視庁、警察庁の精鋭を集めた戦術機動隊）の面々が待機していたが、その大半は、戦闘用アンドロイドだった。成神は指揮車に入り、警視庁捜査一課のネゴ担当係長に到着を知らせたが、その刺さるような視線に耐えきれず、一旦、表に出た。

そしてもう一度、意を決して中に入ると、滝川警部から頂いた重要な情報を告げてその資料を取り出し、N銀行と恒栄データバンクの見取り図を中央の机に控えめに拡げた。二つの図面を見比べると銀行と恒栄データバンクが地下で繋がっていることが一目瞭然で解った。そこは、N銀行のデータを恒栄データバンクに送る光回線やその他の共同で使用している相互通信機器の送電線等とそれらの点検用の大型の制御装置が置いてあった。ただし、この地下の点検通路には防犯の意味合いからあらかじめプログラムされた日時に特定のキーワードを入力しないと通路の扉は開錠できないようになっていた。突然、捜査一課のネゴ担当の係長が、誰でも思いつく仮説をドヤ顔でしゃべりだした。

「読めたぞ。犯人の真の目的は、金塊でなく、暗号化資産もしくは、恒栄データバンクかN銀行が預かっているビッグデータだ。今、犯人たちは、地下通路の分厚い扉を開けることができる時間になるのを待っているんだ」

そこまで一気にまくし立てて手柄を横取りされないために息を多めに吸い込んでまたすぐにしゃべり出した。

「N銀行の本社に連絡して開錠可能時刻を確認しろ。TOPの精鋭を恒栄データバンク側から点検通路に進入させて、犯人が侵入するのを待ちかまえて一網打尽にするんだ」

誰も異論は無かった。若手の刑事がすぐに指揮車の電話でN銀行の本社に確認をとったところ、電話では教えられないと言われ、係長が受話器を奪い取って怒鳴ったが、保安担当のアンドロイドの答えは同じだった。仕方なく、若手の刑事がN銀行の本社に出向くことになり、飛び出して行き、その場にいたTOPの隊長も指揮車を出ると部下を数名引き連れて恒栄データバンクに向かった。成神は、基本的な質問をドヤ顔の係長にしてみた。

「犯人と人質の位置関係は、把握していますか？」

早くも勝利の余韻に酔っていた係長が、ほろ酔い気分を急に壊され、まるで無理矢理起こされた子供のようにあからさまにイヤな顔をして成神の方に顔を向けた。

「犯人は全部で五人、屋上に二人、カウンター前に一人だ。その犯人とカウンターの間に横一列に並んで座らされている人質が三名で、男一名、女二名だ。これは、十分前に広範囲X線撮影と防犯ドローンの映像から確認済みだ。残りの犯人二人は恐らく地下の点検通路だろう」

成神は、机の上に放られたX線フィルムを見た。そこにはカウンターの前に立ち、機関銃のような形をした物を持っている白抜きの人物らしき形状の陰影とカウンターの前に横一列で座っている三体の人型の陰影が確認できた。放射線量を許容範囲内に抑えて撮影されたボケボケのX線写真をAＩの形状予測によって強調して被写体の大まかな形状と位置を示しているので、通常のレントゲン写真のように骨格まで鮮明に判るというようなものではない。成神は、その写真に写っている犯人と思しき人型が機関銃のような形状の物を持っていたので確認の意味で尋ねた。

「武装していますよね？」

「当然だ。それぞれ密輸された軍用銃を所持している。もちろんここも射程距離内だ」

係長は明らかに面倒臭そうだった。警視庁の捜査一課にも「言っとくさん」の大活躍は知れ渡っていて警視庁には、地方担当だったにわか部署が首都を守るエリートである警視庁の捜査一課を出し抜いてまた手柄を横取りしにやってきたと思われている。一言で言うと招かれざる客であり、最初にエゴ係長、いやネゴ係長が成神を見た時、刺さるような視線を浴びせたのは当然の成り行きであった。成神は、その威圧的な雰囲気を振り払うように一番大切な事項を尋ねた。

「人質の救出方法については？」

ネゴ係長は、待っていましたとばかりに意味深な微笑みを成神に投げかけた。

「そこは百戦錬磨の成神さんにお頼みしたいのです。こちらは、地下の犯人を捕まえるので手一杯ですから。人質の救出とただの見張り役の確保はお願いできますかな」

とても断れる雰囲気では無かった。

「解りました。それと杞憂とは思いますが、点検通路のドアが開錠されて扉が開かれたら恒栄データバンクのメイン電源を切ってください。これは、ＤＪ（データジャッカル：データの送信経路の途中で情報を横取りすること）事件の定石ですが、念のため」

成神は、精一杯の反撃をすると指揮車を出て大月室長に作戦の支援と点検通路の開錠時間の確認を電話で依頼した。それともう一つ頼み事をした。十五分後、大月室長が成神の後ろから声をかけて来た。この人は気配を消すのが神業級にうまい。大月室長は、お届け物を成神に渡すといつもの嫌味スイッチが入った。

「なーるがみー、これは、高くつくでぇ」

「ビンビンＺ二十本では？」

「最近、老眼が進んでよ。この仕事は無理かなぁ」

「三十本で勘弁してください」

「時間もないし、今回は、大サービスだな」

「一応、言っときますけど、これはお仕事ですからね。ところで、開錠可能開始時間は？」

「おう、十七時十五分だ」

成神は、自分の腕時計を見た。

「では室長、電話で説明した手はずでお願いします。それと一課のネゴ係長に説明をしといてくれますか？」

「しゃーねーなぁ。可愛い部下のために同期のライバルにまたこの軽い頭下げてくるわい」

室長は何故か嬉しそうに指揮車に入っていき、五分で出て来ると成神に親指を立ててOKサインを出した。そして指揮車の前に持ち運びできる射撃用ブースを組み立ててその中に入った。表向きは、簡易トイレにしか見えなかったが、その壁は、アミド繊維とチタン繊維で仕上げた防弾仕様だ。成神は、腕時計で時刻を確認すると十七時五分前だった。室長に十七時ちょうどにアクションを起こす事を告げると室長は、頷いてスマホで誰かに電話した。

すると指揮車からネゴ担当の係長が出てきて成神に一枚のX線写真を渡した。そこには、機関銃を持った一人の白い人影とその後ろの受付窓口のカウンターの前に座り込む三人のボヤッとした人影が写っていた。

「たった今、撮ったもんだ。大月に渡してくれ」

「有り難うございます」

成神は、一課の係長の背中に礼を言った。係長は照れ隠しに、わざと大声で応えた。

「するべき事をしただけだ」
五、四、三、二、一。十七時ジャストに指揮車の陰から署の武器保管庫で埃をかぶっていたところを大月室長に持ってきてもらったラジカルイオンシューターを持った成神が銀行の正面に飛び出してイオン拡散ビームを発射した。防犯シャッター、銀行の壁、窓など、直径一mのグリーンの真円がそれらに張り付くと、その円内と円周上の物質が瞬時にイオンレベルまで分解されて蒸発し、直径四ｍの大穴が開いてレントゲン写真の人影のままの格好の実物が露わになった。一番手前に居た廣田祐二は驚きの表情をこちらに向けていた。大穴が開いてから一秒後、一発の銃弾が廣田の右肩にめり込んだ。廣田は持っていた軍用銃を落とすはずだったが現実は違っていて廣田は、一瞬、ひるんだが、左手に軍用銃を持ち替えただけだった。ここでもう一発、今度は、廣田の眉間に銃弾がめり込んだ。さすが元ＴＯＰのトップスナイパーの腕は健在だ。だが、弾はただめり込んだだけだった。伝説のスナイパーのライフルから放たれた銃弾は正確に的に命中していたが、相手は倒れなかった。そして室長がその意外性に驚いている間に人質の腕を掴んで自分の前に立たせ、人質のアゴに銃口を押し当てて人質の頭の後ろから半分だけ顔を出して廣田は成神をにらみつけた。

「狙撃防御用のプレート入れといて正解だったぜ。屋上の相棒、聞いてるな。生意気な警察にお仕置きしてやれ」

（しまったぁ！　サイボーグ化してたとは。アスカ、助けて！）

成神は、廣田の盾にされて悲壮な顔をしている女性の表情に清宮明日香のあの時の恐怖の表情が重なってしまい、フラッシュバックで身体が震えて身動きができなくなり、思わず目を閉じてしまった。室長も人質を避けて犯人だけに致命傷を負わせるポイントがすぐには見つからなかったし、屋上の犯人は狙えない位置だった。つまり成神は絶体絶命の状態に陥ってしまったということだ。

ドゴン、ドゴン。

何かが、地面に当たる音が二回した。予想外の音にビックリして成神が我に返って目を開けると目の前に頭頂部が凹んだアンドロイドの頭部が転がっていた。その音で我に返り、今しか制圧のチャンスは無いと閃いた成神は、ラジカルイオンシューターを大げさに身体の前に構えて廣田に銃口を向けると叫んだ。

「どうやら相棒は、役に立たなくなったようだな。もし人質に危害を加えたらその時点でお前さんは蒸発するぞ」

「はったりだ。この人質も蒸発しちまうじゃないか！」

「ピンポイント射撃もできるからご心配なく。こいつの出力最小に絞ってお前さんの顔の今、見えてる部分だけ蒸発させるよ。万が一、人質に被害が出てもイマドキは、コラテラルダメージという考えが浸透しているから警察としては、三人中二人助けられれば上等なんだよ。それに今、お前さんが人質の陰からそのマシンガンを乱射したらトイレの中の超ド級のスナイパーがお前さんの左目を正確に射抜く。俺と違ってミスは無いよ。まあ、そもそも俺がこのえげつない武器を使うのはお前さんがその人質を殺した後だし、罪悪感は低いと思うぞ。それにだ、もうすぐお待ちかねの十七時十五分だが、このままだと生きてそこは出られないな。五、四、三、二、一。ほら、点検通路の開錠可能時間になったぞ。お連れの皆さんがやっと扉を開けました。暗号通貨で億万長者だーってか。しかーし！　世の中、そんなに甘くないのよ。残念ながら扉の向こうには

ＴＯＰの精鋭が待ちかまえているんだなぁ、これが。夢破れたりーだな。さて廣田祐二さん、どうします？　今日をあなたの命日にしますぅ？」

盾になっている女性の恐怖と非難と絶望の眼差しに詫びながら成神がうった大芝居は効果覿面だった。廣田の顔に計画は失敗で面も割れているという驚愕と不安と絶望とそして狂気の表情が浮かんだ次の瞬間、盾にしていた女性を自分の横に凪ぎ倒して成神に銃口を向けた。それとほぼ同時に室長のライフルから放たれた銃弾は、廣田の腹部を打ち抜いたが、廣田は、それでもすぐには倒れず、体勢を崩しつつも持てる力の全てを使ってトリガーを引いてから大量吐血してその場に倒れた。廣田が放った弾丸は成神の下腹部めがけて突進していったが、成神の前に突如現れた濃い紺青の何かに当たって跳弾せず、その場の地面に落ちた。成神は、その弾丸が見覚えのある股の間から自分の前の地面に落ちるのを見ていた。廣田は、待機していた一課の方々が大挙して押し寄せ、一応取り押さえられて武器を没収された後、待機していた救急隊に引き渡された。ちなみに今の医学では、廣田の命に別状はない。

「さすが相棒だ。ちょっと登場が遅かったけどな」

成神は、チタンブラックプルシアンブルーミックスのアーマースーツの臀部に、いや背中に懐かしそうに声をかけた。アスカは、振り向くと捜査モードに変わった。顔は、成神の好みの女子柔道選手似だった。

「お怪我は、ありませんか？」

「それは確認済みだろ。おかえり、アスカ。ところで黄金色ダンゴムシはどうした？」

「銀行の地下でＴＯＰが二体のアンドロイドの制圧にてこずっていたので加勢しています」

「あいつでだいじょうぶか？」

そこへ明らかに銃弾を浴びてボコボコのボロボロで銃弾の貫通孔だらけになった犯人のアンドロイドが銀行の中から現れたので辺りが一瞬にして凍り付いた。

「マスター、お久しぶりでーーーす!!」

その〝オンボロイド〟から懐かしい声が響いた。成神は、指揮車から飛び出して拳銃をオンボロイドに向けているネゴ係長と大挙してすっ飛んできたＴＯＰの方々に事情を説明して低頭平身で謝った。更にオンボロイドにライフルを構えて臨戦態勢に即座に戻った室長も腰砕けで、苦笑いし、ネゴ係長のご機嫌をとってくれたのでやっと一件落着となった。

「グソーク！　アンドロイドの乗っ取りは法律で禁止されてるんだぞぅ。とっとと押収証拠物件として提出してこい」

成神の方に近づいてくるオンボロイドの肩に生えてきたグソクにわざと周りに聞こえるように大声で警告した成神は、大きなため息をついた。

「もう、せっかく家来ができたのにぃ。仕方ないな。ヨシタカ、残念だけどさよならだ」

「ヨシタカだとっっっぉ。機械に俺の名前つけてんじゃねーよ！　このシューターで蒸発させちまうぞ！」

成神は、ラジカルイオンシューターの銃口を目の前に到着したオンボロイドの肩に乗っかっているグソクの眉間に当てた。

「相変わらず怒りんぼなんだからぁ、マスターは」

グソクに操られたオンボロイドは、向きを左に変えると、ＴＯＰの方々が、もう一体の完全にスクラップになった証拠品を囲んでいる場所へ歩いて行った。

「グソクは、敵に回したくないな……おかえりなさい」

オンボロイドの千鳥足歩行の後ろ姿を見ながら成神から思わず本音が漏れた。その様子を楽しげに見ていたアスカが成神の決行した作戦のキーポイントとなる事を尋ねた。

「もしも犯人が、そのシューターは一発発射したら次のビームの発射には、充電用電池パックに十二時間のフル充電が必要だと知っていたらどうするおつもりでしたか？」

「君が屋上から舞い降りるのを待っただろうな。屋上で見張りの首を切り落としたら次は愛しの相棒を助けに颯爽と駆けつけるのが『相棒のセオリー』でしょ」

「ご主人は、やはり強運の持ち主ですね。私が屋上に着いたのは、見張り役のアンドロイドの首が地面に衝突した直後でした」

「えぇぇ!?　じゃぁあ、首切り執行人は誰なんだ？」

「わたしは、その人物と百十三・五四ｍの距離で十三・三六秒間対峙していました」

成神は思わず、割り込んだ。

「小数点以下は四捨五入しようか」

「はい、ご主人様。わたしは、その人物と百十四ｍの距……」

「復唱は必要ない」

成神は思わず、再度、割り込んだ。

「はい、ご主人様。その人物は事件関係者と判断して顔認証で個人データを調べました」

「いまどき、高硬度金属のアンドロイドの首を一刀両断にできそうな人物は俺の知り合いでは一人しか思い当たらんな」

「どなたですか？」

アスカが珍しく興味を示した。成神にはエメラルドグリーンの瞳が好奇心で潤んでキラキラ輝いているように見えた。

「水名月神社の黒巫女で巫女忍の頭首とか言ってたかな。名前は、十六夜だ」

「どのようなお知り合いですか？」

成神は、何故か、少しアスカの表情が曇った気がした。

「この前の迷子探しの時にほんのちょこっと世話になったんだ」

成神は、封魔殿でのアクシデントを思い出してアスカに後ろめたさを感じたが、話せるわけはない。

「少々、厄介な方に好かれましたね。十六夜こと福善寺《ふくぜんじ》環《たまき》、二十一歳、独身。代々、水名月神社の巫女役を担当している福善寺家の五十二代当主、福善寺喜一郎《ふくぜんじきいちろう》の孫です」

「何が、厄介なんだ？」

「福善寺家はもともと群馬県の車郷地区の大地主で養蚕農家でした。今では、遺伝子組み換え技術により四倍体の蚕と黒蟻のＤＮＡを融合させて蟻の集団生活をする蚕を創り出し、そのハイブリッド蚕にワクチンや新薬や特殊機能繊維等を大量生産させることにより世界的大企業に成長しました。またフェイクミートの原料の一つはその会社の開発した蚕のサナギから作った栄養補助食品で国連の飢餓撲滅対策計画に大きな貢献を果たしています。ちなみに四倍体の蚕の大きさは、ご主人様のフル勃起時の陰茎の大きさとほぼ同じです」

「そのちなみに情報はいらんだろ？」

「通常の蚕よりだいぶ大きいということがイメージし易いとか思いまして」

「確かに。かなり大きいな……そんなことはどうでもいいんだ。話を元に戻してくれ！」

アスカの言う通りイメージはしやすかったが、成神は急にはずかしくなって大声を出してしまった。

「はい、ご主人様。現当主の福善寺喜一郎は公安調査庁長官で、その息子、つまり環の父親である宗一郎《そういちろう》は、現在、防衛副大臣で国家公安委員会のメンバーです。そして四十三歳にして次期防衛大臣の最有力候補の一人ですが、ライバルと目されている人物が一人います」

「大臣コースとしては、ずいぶん早い大抜擢だな。ライバルは誰？」

成神にはライバルの名前を聞く以外の選択肢は無かった。

「ご主人のご友人である鬼頭司です。民間人から防衛大臣になれば、約六十年ぶりの快挙です。つまりご主人は、次期防衛大臣の椅子取りゲームのトップ2の本人と次女の両方とお知り合いであるということです。現状ではあくまでも厄介な事になる可能性がやや高いという程度のことです」

「鬼頭さんも確か四十代だ。しかも普通なら大臣レースとは無縁のポストだが、何故だろう。今回は特例かな?」

アスカは意味深な笑みを浮かべた。

「一言で言うとご主人様の活躍のせいですね」

「はあぁ?」

「カマイタチやユニコーン関連の事件を受けて防衛大臣はお飾りじゃなくてAIやIT等の知識があって実務ができる人物を任命する必要が有ると思い知ったようです」

「そうだったのか。最適の人物が自殺しちまったからな」

成神は、あの時、力ずくでも鍋島氏をユニコーンから遠ざけるべきだったと、自分をずっと責めていた。

「あの時、自殺を回避できたとしても恐らく鍋島氏の命日がほんの少し先に延びただけです。鍋島氏の意志は強固だと容易に予測できますから。更に鍋島氏の橈骨に鍋島氏オリジナルの爆薬が仕込まれていたのを見逃した私に責任があります」

アスカが慰めにならない慰めを言った。ＡＩが選んだ最適の文章を発言することで、落ち込んでいる相棒の心に響かせようとアスカは相棒として最高の役目を果たそうとしてくれた。それが心に直に響いた成神はアスカがとても愛おしく思えた。

「ありがとうよ、相棒さん……ところで、十六夜は何か言ってたか？」

成神はまた泣きそうになったので話題を変えた。

「百十四ｍでは通常、聞き取れない音量でしたが、私にははっきり聞き取れました。『あとは、お任せします。今日のところは』と述べて隣の建物に飛び移って行きました」

「そうか」

封魔殿の不動明王の鋭い目つきが脳裏に浮かび、成神は、我が身を戒められている気がして身震いした。

25　何気ない日常、再び

ある日、用事を済ませた成神が、特捜室の入ったビルの玄関に戻ると、地下駐車場から排気音の爆音が聞こえてきた。何事かと成神がその爆音の発生源に急行すると、変わった形の車が、排気音のうなりを上げていた。しかも運転席に乗っているのは通常モードのアスカだった。

その車体のフォルムと配色に成神は見覚えがあった。それは、成神愛用の電気カミソリの形ソックリだった。以前、そのカミソリを見ながらこんな形の車に乗ってみたいなと言ったことがあったことを今、後悔している成神は、車の前に仁王立ちになり、怒鳴った。

「電源切って！　外に出なさーい‼」

車の排気音はすぐに止んでアスカが降りてきた。そして成神の最も聞きたくないあの言葉を宣うた。

「ダーリン、おなか空いたよー」

やたら長いボンネットの中央部分から黄金色のグソクの頭部が出て来た。

「修理したパトカーの調子を見ていただけですよ」

（あのボロボロのパトカーが大きなカミソリカーに化けるとはグソクの性能はだいぶグレードアップしたな）

成神は思わず、感心してしまったが、あることが気になって何故か今は触角だけボンネット上を動き回っているグソクに問うてみた。

「電気自動車にあの排気音の効果音はいらないだろう」

触角の動きがピタッと止まって触角の先からこぶりなグソクが誕生した。

「もともとあのパトカーに付いてたんですよーだ」

そう言われては成神は返す言葉が無かった。

「ダーリン、セックスする？」

発言の内容に驚いて成神が声の方に目を移すといつの間にか一糸まとわぬ女子高生風アスカがカミソリパトカーの横に立っていた。

「するか！　服着ろ！　下着も着けるんだ」

「下着は、マスターの担当ですぜ」

提灯グソクが成神の気持ちを逆撫でした。以前、確かにグソクの反対を押し切って市販の下着にこだわったのは成神本人だった。

「わかっとるわい。車に乗れ。下着買いに行くぞ」

「わーい。ダーリンとドライブだ」

アスカが助手席に回ると自動で助手席のドアが開き、アスカは早速乗り込んだのだが、成神が運転席に近づいても扉は開かなかったし、自分で開けようとしても開かなかった。

「マスターのドライバー登録まだしてないっすよ」

通常サイズに戻って全身がボンネットの上に出ているグソクが意地悪げに触角を揺らした。

「すぐせい！」

「イエッサー」

グソクは、その両方の触角をボンネットの中に挿入した。

「五、四、三、二、一、ハイ、完了っす。さすが、はちじーですな。一瞬でできましたぜ」

自動で開いた扉に満足して成神が助手席を見るとそこには見た目女子高生が素っ裸でこっちを向いて笑顔を振りまいていた。

「今すぐ、服着ないと下着買ってやらないぞ」

「試着の時どうせ脱ぐじゃん」

一見、合理的なように思えるが、社会通念上許されない。

「そこまでの過程は服着てないとダメしょっ！」

「ダーリンのご命令とあらば、しかたないわね」

アスカの体表に、女子高生の制服風コスチュームが瞬時に現れた。

「ダーリン、かわいい？」

「ああ」

成神は、ぶっきらぼうに答えて運転席に乗り込んだ。ドアが自動で閉まった。

「グソク、東京にも前行った店はあるのか？」

「イエッサー！　原宿本店のマーメイドに向けて出発進行！」

カミソリパトカーは、ランジェリーショップに向けて爆走して行った。

「ダーリン、すっごくおなか空いちゃったよー」

最近、直接的なエネルギー補給が多かったので、ＥＢでのエネルギーの補給がちょっと煩わしく感じていた成神であったが、まさかキスや、ましてやいくら完全自動運転とはいえ、疑似セックスなどできるはずもなかった。

「アスカ、エナジーボールくれる？」

「口移しであげるよ」

言うが早いかアスカは成神の口にかぶりついてきて成神の口の中にエナジーボールを舌で突っ込んだので、成神は慌ててアスカを押しのけた。エナジーボールは、さらっと溶けて成神の体内に吸収されて行った。通常モードのアスカはエロ度がグレードアップしていた。

「グソーク、スモーク頼む」

「今更、遅いですけど、せっかくある機能だからご披露しますよ」

カミソリパトカーのガラスは、瞬時に真っ黒くなった。

「マスター、目の前のモニターにランジェリーのカタログを出しますから店に到着するまでにお気に入りを選んどいてください」

フロントガラスに３Ｄ映像でいろいろなランジェリーを着た通常モードのアスカが十秒ごとに現れた。スライドが進むに連れて徐々に過激な商品に移っていって最後の方は、マイクロミニでほぼヒモだった。

「アスカは、どれが良かったんだ？」

最後まで三十着ぐらい見終わった成神は興味本位で尋ねてみた。

「一番最後のやつ！」

それは、真っ赤なマイクロミニだった。

「なんで？」

「ダーリンのあれがフル勃起したから！」

束の間の成神の「何気ない日常」がそこにはあった。

著者プロフィール
奈々志野 幻語（ななしの げんご）
1967年生まれ。群馬県高崎市出身、在住。
県内の大学在学中に人形劇の脚本を執筆。
卒業後、県内の会社に勤務する一方で、ある日、ヒヨコやニワトリをモチーフにした物語を思いつき、以後、児童文学の創作に目覚め、大人も楽しめる作品、ナンセンスで難解ながらも面白い作品づくりを目指して執筆している。
〈著書〉
『ピヨコとコン太と歌う森』（2008年　文芸社）
『ピヨコ姫と歌う森の仲間たち　batアニマルたちの戦い』（2017年　文芸社）

プラクティス メイクス パーフェクト（P.M.P.）

2023年10月15日　初版第１刷発行

著　者　奈々志野 幻語
発行者　瓜谷 綱延
発行所　株式会社文芸社
〒160-0022　東京都新宿区新宿1－10－1
電話　03-5369-3060（代表）
03-5369-2299（販売）

印刷所　株式会社フクイン

ISBN978-4-286-24529-4